주홍 글자

옮긴이 **박계연**

고려대학교 영어영문학과와 신문방송학과 졸업. 런던 시티 대학교에서 문화정책경영
(Cultural Policy and Management) 석사 졸업했으며, 현재 고려대학교 영상문화학협동과정
박사과정에 있다. 영국 레딩 뮤지엄(Reading Museum), 첼시 스페이스(Chelsea Space)에서
근무, 2011, 2012년 4482[sasapari]展 큐레이터로 활동했고, 현재 광주시립미술관에서
국외 홍보 담당으로 일하며 성신여자대학교 대학원과 동아방송예술대학에 출강하고
있다. 저서로 『나의 뉴욕 이야기』가 있다.

주홍 글자

초판 1쇄   2013년 7월 22일
지은이   너새니얼 호손
옮긴이   박계연
펴낸이   김영재
펴낸곳   책만드는집

주소   서울 마포구 합정동 428−49번지 4층 (121−887)
전화   3142−1585·6
팩스   336−8908
전자우편   chaekjip@naver.com
출판등록   1994년 1월 13일 제10−927호

* 잘못 만들어진 책은 구입하신 서점에서 교환해드립니다.

ISBN 978−89−7944−437−7 (03840)

이 도서의 국립중앙도서관 출판사도서목록(CIP)은 e−CIP
홈페이지(http://www.nl.go.kr/cip.php)에서 이용하실 수 있습니다.
(CIP제어번호 : CIP2013008066)

주홍 글자

너새니얼 호손 지음 | 박계연 옮김

책만드는집

|차례|

1

감옥 문

잿빛 고깔모자를 쓴 칙칙한 복장의 수염 난 남자들 사이에 두건을 쓰기도 하고 쓰지 않기도 한 부인네들이 뒤섞여, 목조 건물 앞에서 웅성거리고 있었다. 떡갈나무로 만든 육중한 문엔 뾰족한 쇠못이 박혀 있었다.

새로운 식민지를 개척한 사람들이 애초에 어떠한 인간적인 덕성과 행복의 유토피아를 계획하였든 간에 그 처녀지의 일부를 묘지로, 또 다른 일부를 감옥의 터로 정하는 것은 건설 초기에 예외 없이 행해지는 일이었다. 이러한 관례에 따라 보스턴의 옛 조상들은 콘힐 가까이에 최초의 감옥을 세웠고, 최초의 매장지를 아이작 존슨[1]의 묘지 주변으로 정한 것 역시 이 무렵일 것이라고 짐작할 수 있다. 존슨의 묘지는 후에 킹스 채플 교회 인근에 들어선 공동묘지의 중심이 되었다. 마을이 생긴 지

15년에서 20년 정도 지나자 목조 감옥은 비바람으로 얼룩져 흘러간 세월을 드러냈고, 그것은 일그러지고 음침한 입구에 한층 더 어두운 분위기를 더해주었다. 떡갈나무로 만들어진 문에 거창하게 박혀 있는 녹슨 철 장식은 신세계의 그 어떤 것보다도 고색창연하게 보였다. 죄와 관련된 모든 것이 그렇듯, 그것은 창창했던 시절이 없었던 것 같아 보였다. 이 흉측한 몰골의 건물 앞, 즉 건물과 길 사이에는 풀밭이 있었으며 그 풀밭에는 우엉, 명아주, 흰독말풀과 같은 보기 싫은 잡초들이 무성하게 자라 있었다. 이 잡초들은 감옥이라는 문명사회의 검은 꽃을 그렇게나 빨리 피우게 한 이 대륙의 토양과 궁합이 잘 맞는 것 같았다. 그러나 문 한쪽, 문턱 아주 가까이 뿌리를 내린 찔레나무에서는 보석과 같은 꽃잎이 가득 피어나, 감옥에 들어가는 죄인들이나 형 집행을 앞둔 사형수들에게 6월의 싱그러운 향기와 연약한 아름다움을 보내고 있었다. 그것은 흡사 깊고 큰 자비로움을 지닌 자연이 불쌍한 죄인들에게 위로의 손길을 뻗고 있는 것처럼 보였다.

기이한 우연으로 말미암아 역사의 풍파를 견디며 살아남은 이 들장미가, 그 위에 그늘을 드리우던 거대한 소나무나 떡갈나무가 잘려 나간 후에도 오랫동안 메마르고 거친 황야에서 면면이 생명을 부지해온 것인지, 아니면 성자라 불렸던 앤 허친

---

1) ?~1630. 1630년에 매사추세츠로 이주해 온 식민지 개척자 중 한 사람으로, 찰스타운에 처음 교회를 세웠다.

슨[2]이 감옥 문을 들어서면서 심어놓은 발자국에서 피어난 것인지, 그 점에 대해서는 알 수가 없다. 그러나 이 이야기를 시작하려 하는 그 꺼림칙한 감옥의 입구에서 몇 송이 장미를 발견한 이상, 필자로서는 그 꽃을 한 송이 꺾어 독자 여러분께 바치지 않을 수 없다. 희망하건대 이 꽃 한 송이가 우리가 이야기를 더듬어가다가 발견할지 모르는 곱디고운 도덕의 꽃을 상징하거나, 또는 인간의 나약함이 담긴 이 비극의 어두운 결말을 다소나마 부드럽게 해주었으면 하는 바람이다.

---

2) 1591~1643. 1634년에 영국에서 매사추세츠로 건너온 종교인으로, 선행을 쌓든 악행을 거듭하든 신의 은총에 의해 '구원받은 자'의 천국행은 변하지 않는다고 주장했다. 이는 당시 식민지 공동체의 도덕적인 기반을 위협하는 것이었으므로 식민지의 지도자들은 이것을 '이단'이라고 결론짓고 재판을 열어 그녀를 추방했다. 후에 그녀는 로드아일랜드로 옮겨 가 그곳에서 신자들을 모아 정착했으나, 인디언들의 습격을 받아 무참히 살해당했다. 이 소식에 보스턴 시민들은 '신의 뜻'이라며 기뻐했다고 한다.

2
광장

　지금으로부터 2백 년 전 어느 여름날 아침, 감옥 앞 풀밭, 길
가에는 보스턴의 주민들이 꽤 많이 모여 있었다. 그들은 모두
튼튼한 꺾쇠로 굳게 잠긴 문짝에 시선을 고정하고 있었다. 어
딘가 다른 곳에서였다면, 아니면 뉴잉글랜드의 역사에서도 더
후대의 경우였다면, 이러한 선량한 사람들의 수염 난 얼굴을
돌처럼 굳어지게 한 특별한 긴장감은 무언가 무서운 일이 일어
나려고 하는 전조였을 것이다. 한 악명 높은 죄인이 드디어 사
형대에 오르려 하는 것일지도 모른다. 그러나 초기 청교도 신
자들의 고지식한 성격을 고려한다면 그 같은 추측이 반드시 옳
다고 할 수는 없었다. 게으른 머슴이나, 혹은 부모의 손에 이끌
려 벌을 받게 된 망나니가 채찍을 맞는 정도의 일일 수도 있었
다. 도덕률폐기론자[1]라든지 퀘이커교도[2], 혹은 이교도인이 채

찍질을 당하고 마을에서 쫓겨나는 것일 수도 있고, 아니면 백인들이 마시는 독한 술에 고주망태가 된 인디언이 길거리에서 큰 소란을 피워 채찍을 맞는 것일지도 몰랐다. 혹은 치안판사의 성미 고약한 미망인인 늙은 히빈스 부인[3]과 같은 마녀가 교수형에 처해지는 것일 수도 있었다. 그 어떤 경우라도 구경꾼들의 태도에는 변함없는 일종의 엄숙함이 있었다. 종교와 법률이 거의 일체를 이루고 있었던 이때에 공적인 형벌이란 경중을 불문하고 한결같이 경외심과 두려움을 갖고 받아들였던 민중들이었으므로 그것은 당연한 태도였다. 따라서 처형대 옆에 서 있는 그 같은 구경꾼들로부터 죄인이 기대할 수 있는 것이란 오로지 야박하고 냉담한 야유뿐, 동정 같은 건 상상도 할 수 없었다. 오늘날 같으면 명예에 다소 손상을 입힐 정도에 지나지 않을 징벌이라도 당시에 있어서는 사형 못지않은 엄숙한 무게를 지니고 있었던 것이다.

특기할 만한 것은 이 이야기의 출발점이라 할 수 있는 그 여름날 아침, 군중 속에 섞여 있던 몇몇 여자들이 이제 곧 집행되

1) Antinomian. '무법률주의자'를 의미. 앤 허친슨과 같이 '신의 은총'을 더 중시하고 지상에서의 행위나 법률을 경시하는 신앙지상주의자들을 일컫는 말.
2) 오로지 '신의 목소리'에만 전율(quake)하고 자신의 양심만을 따르며, '내적인 빛'에 이끌려 속세에서 바른 삶을 살다 천국에 가는 것을 신조로 삼았던 독실한 크리스천의 일파. 당시 이단으로 간주되어 박해를 받았다.
3) 실존 인물로 보스턴의 치안판사의 미망인이었으며, 1656년에 마녀라는 이유로 사형에 처해졌다. 『주홍 글자』에서는 벨링엄 총독의 여동생으로 등장한다. 또 앤 터너(p.107 주3 참조)와 친분이 있기도 하다.

려 하는 형벌에 각별한 관심을 기울이고 있었다는 점이다. 당시는 페티코트와 파딩게일[4]을 입은 부인들이 길거리로 몰려나와, 결코 날씬하다고는 할 수 없는 덩치로 인파를 헤치고서 처형대 바로 옆에 진을 치고 있어도 그것을 경박스럽다고 책망할 만큼 세련된 시대는 아니었다. 영국에서 태어나 그곳에서 자란 이런 부인들이나 아가씨들은 그로부터 여서일곱 세대쯤 지난 후대의 여인들과 비교해볼 때, 정신적으로나 물질적으로 촌스러운 구석이 많이 있었다. 이는 세대가 내려감에 따라 어머니가 그 딸들에게 더 창백한 안색과 섬세한 미, 가냘픈 몸매를 물려주었기 때문이다. 지금 감옥 문 주위에 서 있는 여자들은 그 남성적인 엘리자베스 여왕이 한 나라를 지배했던 시대에서 반세기도 되지 않은 시기의 여자들이었다. 그들은 여왕과 같은 나라에 살던 여자들로, 그들의 조국의 촌스러움이 그곳에서 먹던 고기나 맥주 맛과 함께 몸에 하나 가득 스며들어 있었던 것이다. 밝은 아침 햇살이 그들의 떡 벌어진 어깨와 풍만한 가슴, 그리고 먼 섬나라에서 성숙한 붉은 기 도는 둥글둥글한 볼 위에 빛을 던졌다. 또 이런 부인들의 대화에는 그 내용이나 음량에 있어서도 놀랄 만한 대담함이 있었다.

"부인네들." 우락부락한 얼굴의 50대 안팎으로 보이는 여자가 말했다. "내 생각은 이래요. 우리는 모두 나이도 지긋하고 수상쩍은 짓 따윈 요만큼도 하지 않는 교인들이니까, 이 헤스

---

4) 버팀살이 들어간 풍성한 치마.

터 프린 같은 음탕한 여잔 우리 손으로 처벌하는 것이 세상에 도움이 되지 않겠어요? 어떻게 생각해요, 부인네들? 저런 여자가 지금 모여 있는 우리 다섯 명에게 재판을 받는다면, 그 고매한 판사 양반들이 내린 그런 정도의 판결로 끝날까요? 어림도 없죠, 그렇게는 안 될걸요!"

다른 여자가 말했다.

"들리는 말로는 딤스데일 목사님 있죠, 왜 그 여자가 소속돼 있는 교구의 목사님 말이에요. 그런 파렴치한 여자가 자신의 교인이라는 걸 너무나 마음 아파한다고 하더군요."

"판사님들이야 신앙심이 두터운 분들이지만, 이건 아무래도 너무 관대한 처분 아닌가요, 정말로."

세 번째 여자가 말했다.

"적어도 헤스터 프린의 이마에 인두로 낙인을 찍는 정도는 해야 하지 않겠어요. 그래야 확실히 헤스터 부인도 기가 꺾이죠. 그 여자가―그 음탕한 여자가 말이죠―가슴에 무엇을 붙인다 한들 신경이나 쓰겠어요! 그 여잔 브로치 같은 비종교적인 장식품으로 그걸 감추고 태평하게 거리를 돌아다닐 거예요. 그렇고말고요!"

"아아, 하지만." 어린아이의 손을 잡은 젊은 부인이 조금 더 부드러운 말투로 살짝 끼어들었다. "그 표시를 감추는 것 정도는 마음대로 하라고 내버려 둬도 상관없지 않을까요. 그래도 가슴의 아픔은 영원히 사라지지 않을 테니까요."

"표시다 낙인이다 하는 걸 가슴에 꿰매 붙이거나 이마에 지

13

진다 한들 그런 게 다 무슨 소용 있죠?" 재판관을 자처하는 그들 중에서 가장 험상궂게 생긴 냉혹한 여자가 말했다. "그 여잔 말이죠, 우리 모두의 얼굴을 더럽혔으니까 죽어 마땅해요. 그런 법이 없는 줄 알아요? 있어요, 있고말고요. 성서에도 법률서에도 확실하게 있어요. 그런 걸 무시했으니 재판관 나리들은 자신의 마누라나 딸들이 도리에 벗어난 짓을 해도 자업자득이죠, 뭐!"

"어허, 부인들." 군중 속의 한 남자가 말했다. "교수대에 대한 두려움이 없으면 여자는 미덕을 지킬 수 없는 겁니까? 그런 심한 말은 들은 적이 없군요! 쉿, 봐요, 부인들. 감옥 문이 열립니다. 드디어 프린 부인이 나오는군요."

감옥 문이 안쪽에서 슥 열리자, 허리에는 칼을 차고 손에는 방망이를 쥔 무서운 표정의 간수가 모습을 나타냈다. 간수는 청교도 법규의 엄격함을 그대로 용모에 재현하고 있었다. 법률을 위반한 자에게 그에 상응하는 대가를 엄격하게 집행하는 것이 그의 직무였다. 그는 왼손에 방망이를 쥐고 다른 손으로 여자의 어깨를 잡아 밖으로 끌어내려 했으나, 문턱 부근까지 오자 그녀는 간수의 손을 뿌리친 채 자연스런 품위와 특유의 기개를 가지고 스스로 햇빛 아래로 걸어 나왔다. 그녀는 팔에 생후 3개월 정도 된 아기를 안고 있었다. 아기는 너무나도 밝은 햇빛에 눈이 부시는지 눈을 깜박이며 작은 얼굴을 옆으로 돌렸다. 태어나서부터 줄곧 지하 감옥의 어슴푸레한 빛에만 익숙해 있었기 때문이다.

아기의 엄마인 젊은 여자는 군중 앞에 완전히 모습을 드러내자, 반사적으로 팔에 힘을 주어 아기를 꽉 부여안았다. 그러나 그것은 모성에서 오는 충동이라기보다, 그녀의 옷에 꿰매 붙인 하나의 표시를 감추기 위함이었다. 하지만 곧 하나의 부끄러움을 감추었다 해도 또 하나의 부끄러움은 감출 수 없다는 것을 깨닫고, 그녀는 아기를 안은 채 얼굴을 붉게 물들이며, 그러나 조금도 주눅 들지 않은 눈길로 마을 사람들을 둘러보았다. 그녀가 입은 옷의 가슴 언저리에는 빨간 천에 금실로 정성 들여 가장자리를 수놓은 A 자가 보였다. 그것은 풍부한 상상력과 눈부신 화려함을 갖춘 훌륭한 솜씨가 빚어낸, 그녀가 몸에 걸치고 있는 옷에 둘도 없이 잘 어울리는 장식이었다. 그 화려함은 당시의 사치금지령의 한계선을 훨씬 넘어서고 있었다.

젊은 여자는 키가 크고 남다른 우아함을 갖추고 있었다. 풍부하고 윤기 나는 흑발은 햇빛에 반사되어 빛났으며, 이목구비가 정돈된 아름다운 얼굴에 단정한 이마와 깊고 검은 눈동자가 인상적이었다. 또 그녀에게는 귀부인과 같은 위엄과 기품이 있었는데, 그것은 오늘날 상류층 여성들의 섬세하고 가냘픈 우아함과는 다른 것이었다. 헤스터 프린이 감옥에서 나왔을 때, 그 모습은 귀부인 그 자체였다. 그녀를 전부터 알고 있었던 사람들이나 그녀가 불행에 의해 그늘지고 애처로운 모습을 보일 거라고 기대했던 사람들은 불운과 치욕의 어두운 그림자를 아름다운 후광으로 변화시켜 나타난 그녀를 보고 충격을 받기까지 했다. 물론 예민한 관찰자는 거기에 무언가 절묘한 고통이 숨어 있다는 것을 느꼈을 것이다. 그녀의 옷은 이날을 위해 감옥에서 바느질해 만든 것으로, 그녀의 취향에 따라 재단된 이 분방하고 기이한 옷은 그녀의 절망적인 심정을 표현하고 있는 듯했다. 그러나 모든 사람의 이목을 끌고 오늘의 주인공을 생소하게 변신시킨 것은 다름 아닌 기발한 모양으로 가장자리를 수놓은 '주홍글자'였다. 그것은 마법과 같은 힘으로 그녀를 통상적인 인간관계에서 떼어놓아, 그녀만의 영역 속에 가두어버렸다.

"과연 저 여자의 바느질 솜씨 대단해." 구경하고 있던 한 여자가 말했다. "하지만 말이지, 그 솜씨를 이런 식으로 과시하는 사람이 저 파렴치한 여자 말고 달리 있을까 싶네! 봐요, 여러분들. 저런 게 다 신앙심 깊은 판사님들을 웃음거리로 만들려는 게 아니겠어요? 저 높으신 분들이 벌을 주려고 한 걸 자랑거리로 만들다니?"

"이렇게 하면 되겠어." 나이 든 부인들 중에서 우락부락한 얼굴의 여자가 속삭였다. "저 헤스터란 여자의 나긋나긋한 어깨에서 저 화려한 옷을 벗겨내는 거야. 그리고 거창하게 꿰매 붙인 빨간 글자 대신에 내 관절염 파스 조각을 붙여주면 그쪽이 훨씬 더 잘 어울릴 거야!"

"여러분, 조용히 하세요!" 한 젊은 여자가 속삭였다. "그런 말씀 하지 마세요! 저 바늘 한 땀 한 땀이 저 여자의 가슴을 쿡쿡 찔렀을 거라고요."

아까 그 험상궂은 간수가 봉을 휘둘렀다.

"비켜요, 비켜. 여러분들, 국왕님의 이름으로 명합니다." 간수가 외쳤다. "길을 여세요. 그러면 약속하지요. 지금부터 오후 1시까지 남녀노소를 불문하고 프린 부인의 용감함이 돋보이는 드레스를 충분히 잘 볼 수 있는 장소에 부인을 세우겠소. 정의가 행해지는 매사추세츠 식민지에 축복이 있기를! 이 땅에서는 어떠한 부정도 모두 태양 아래로 끌려나와 고개를 숙이리니! 나오시오, 헤스터 부인. 광장에 나와 당신의 주홍 글자를 모두에게 보여주시오!"

순식간에 구경꾼들 사이에 한 줄 길이 열렸다. 신랄한 표정의 남자들과 여자들이 뒤를 따르는 가운데, 헤스터 프린은 형벌을 위해 간수에게 이끌려 정해진 장소로 발걸음을 옮겼다. 덕분에 학교를 반나절 쉬게 된 호기심 많은 아이들은 뭐가 어떻게 돌아가는지도 모르고 그녀의 앞으로 뛰어다니며 계속해서 그녀의 얼굴과 아기의 얼굴, 그리고 가슴의 불명예스런 글자를 번갈아 쳐다보았다. 당시 감옥 문에서 광장까지는 그다지 먼 거리가 아니었다. 그러나 죄인 입장에서 본다면 상당한 도정이었을 것이다. 왜냐하면 그녀는 태도는 당당했지만 몰려드는 사람들의 발소리를 들을 때마다 마치 자신의 심장이 거리에 내동댕이쳐져 무참히 짓밟히는 듯한 고통을 느꼈을 것이기 때문이다. 그러나 괴로워하는 자는 고통을 당하는 순간에 괴로움을 느끼는 것이 아니라, 그 후의 마음의 작용에 의해 그것을 알게 되는 법이다. 때문에 거의 흐트러짐 없이 헤스터 프린은 이 시련을 통과하여, 광장의 서쪽 끝에 있는 처형대에 도달했다. 그것은 보스턴 최초의 교회 처마 밑에 있었고 교회 시설의 일부처럼 보였다.

사실 이 처형대는 최근 두세 세대 사이에는 역사적인 유물로 남아 있을 뿐이지만, 당시에 있어서는 형구의 일부를 형성하면서, 예전에 단두대가 자코뱅 당원들에게 그랬듯이 선량한 시민을 길러내는 데 유용한 역할을 하는 것으로 간주되고 있었다. 요컨대 그것은 목에 씌우는 칼로, 그 항쇄 안에 인간의 목을 단단히 끼워 넣어 구경거리로 제공하는 것이었다. 나무와 강철로 만들어진 이 장치에는 오욕이라는 관념 자체가 선명히 구현되어 있었다. 생각건대 그 비행이 어떤 것이든 죄인에게 자신의 부끄러운 얼굴을 숨기지 못하게 하는 것만큼 인간성에 대한 잔인한 짓은 없을 것이다. 바로 그것이 이 처벌이 의도하는 바였다. 하지만 헤스터 프린의 경우에는 단상 위에 일정 시간 동안 서 있게는 했지만 이 추악한 장치의 가장 악마적인 사용법, 즉 목을 끼워 머리를 고정시키는 형은 면제되어 있었다. 자신의 역할을 잘 깨닫고 있었던 헤스터는 나무 계단을 올라가 사람들의 어깨 정도의 높이에서 군중에게 모습을 드러냈다.

만약 청교도인들 사이에 가톨릭교도가 있었다면, 가슴에 아기를 안은 이 그림 같은 복장과 태도의 아름다운 여성으로부터 지금까지 수많은 화가가 다투어 그려 온 성모마리아상을 떠올렸을지도 모른다. 그녀와는 너무나도 대조적인, 세상을 구원할 아기를 안은 그 청순하고 무구한 모성의 성스러움을. 그러나 헤스터 프린은 생명을 탄생시키는 인간의 가장 신성한 부분에 있어 이미 깊은 죄로 오염되어 있었기 때문에, 이 여성의 아름다움으로 인해 세상은 한층 더 어두워지고 그녀가 낳은 아기로 인해 세상은 한층 더 암울해질 뿐이었다.

이웃이 죄를 짓고 모욕당하는 것을 보고 무서워 떨기는커녕 미소를 지을 정도로 인정이 메마르지는 않았던 이 사회에서, 사람들 마음에 일말의 공포심이 따라붙지 않았던 것은 아니다. 헤스터 프린의 치욕을 눈앞에 보고 있는 사람들은 그 같은 순박함을 아직 잃지 않고 있었다. 그녀에게 사형 판결이 내려졌다 해도 그 가혹함에 이의를 제기하지 않을 정도로 그들은 냉철했지만, 이 같은 광경을 웃음거리로 여길 만큼 냉혹하지는 않았다. 설사 상대를 경멸하고 싶은 마음이 있었다 해도, 총독을 비롯하여 참사관, 판사, 장군, 또 마을 교회의 목사들과 같은 대단한 분들이 근엄하게 임석하고 있는 자리에서 그러한 욕구는 억눌려졌을 것이다. 그들은 모두 교회의 발코니에 앉거나 서서 처형대를 내려다보고 있었다. 이러한 대단한 분들이 위엄을 잃지 않고 이 같은 볼거리의 일부를 구성하고 있다는 것은 법에 근거한 판결이 제대로 집행되고 있다는 뜻이었다. 그런고로 군중은 차분하고 근엄했다. 이 불쌍한 죄인은 가차 없는 수많은 시선이 모두 자신에게, 그 가슴에 쏟아지고 있다는 중압감을 최대한 견뎌내고 있었다. 그것은 참아내기 힘든 고통이었다. 격정적이고 정열적인 성격이었던 그녀는 사람들의 모욕적인 비난이 갖가지 형태를 띠고 바늘처럼, 혹은 독화살처럼 마구 찔러대는 것을 감당할 준비를 하고 있었다. 그러면서도 사람들의 근엄함 속에는 더 오싹한 무언가가 있었기 때문에, 그녀는 자신을 향해 멸시 섞인 야유로 일그러뜨리고 있는 얼굴에 오히려 또렷이 되받아주고 싶은 충동에 사로잡혔다. 만약 군중 속에서 큰 웃음소리가 터져 나왔다면 헤스터 프린은 쓸쓸한 경멸의 미소로 되받아쳤을 것이다. 그러나 납덩이처럼 무거운 형벌에 짓이겨져서, 그녀는 당장이라도 폐의 모든 힘을 다해 비명을 지르며 차라리 땅으로 몸을 던져버리고 싶었고, 그렇게 하지 않으면 완전히 미쳐버릴 것만 같았다.

한편으로 이 끔찍한 광경이 모두 그녀의 시야에서 사라져가는, 혹은 형태가 뚜렷하지 않은 유령의 무리처럼 눈앞을 스쳐가는 순간이 있었다. 그리고 그녀의 생생한 기억을 통해 이 작은 마을의 황량한 거리가 아닌 다른 곳, 고깔모자 밑에서 혐오스런 얼굴로 그녀를 노려보는 것과는 다른 모습이 계속해서 떠올랐다. 유아기나 학교 시절의 사소한 추억들, 놀이, 싸움, 처녀 시절의 여러 가지 일들이 그 후의 굵직한 사건들과 한데 섞여 그녀의 기억 속에서 되살아났다. 머리에 떠오르는 영상은 모두 한결같이 선명하고, 모두 똑같이 중요해 보이기도 하고 연극처럼 느껴지기도 했다. 아마 그녀는 이 같은 환영을 그림으로써 현실의 잔혹한 중압감을 본능적으로 완화하려고 했던 것이리라.

어쨌든 처형대는 헤스터 프린에게 행복했던 어린 시절에서부터 그때까지 걸어온 모든 인생 역정을 전망할 수 있는 지점이었다. 그 비참한 단상 위에서 그녀는 영국의 고향 마을과 아버지의 집을 보았다. 잿빛의 석조 건물은 아주 가난한 분위기를 띠고 있었지만, 유서 깊은 집안임을 말해주는 문장이 현관 위에 어렴풋이 흔적을 남기고 있었다. 아버지의 얼굴도 떠올랐다. 이마는 벗겨져 있었고 위풍당당한 흰 수염은 고풍스런 엘리자베스 시대풍의 주름진 옷깃 위에 늘어져 있었다. 어머니의 얼굴도 떠올랐다. 그 얼굴은 자애로우면서도 걱정스런 표정으로 항상 헤스터의 추억 속에 떠올라, 돌아가신 후에도 온화한 질책과 함께 그녀의 가는 길을 바로잡아 주곤 했다. 자신의 얼굴도 떠올랐다. 그것은 젊은 처녀의 싱그러움으로 빛나고 있었고, 그녀가 늘 바라보던 희뿌연 거울의 안쪽까지도 환하게 비추고 있었다. 또 다른 얼굴도 떠올랐다. 꽤 나이 지긋한 학자풍의 얼굴로, 창백하고 야위었으며 두 눈은 램프 아래서 수많은 책을 읽느라 멍하게 흐려져 있었다. 하지만 그 눈이 인간의 영혼을 읽기 위해 사용되는 경우에는 아주 날카로운 통찰력을 발휘했다. 그 은둔자와 같은 남자의 모습은 왼쪽 어깨가 오른쪽보다 약간 올라가서 다소 기형적으로 보였다. 다음에 그녀의 화폭에 떠오르는 것은 유럽 대륙의 어느 도시였다. 복잡하게 뒤얽힌 좁은 통로, 죽 늘어선 높은 회색 집들, 오래된 기이한 모양의 대성당과 공공건물들. 그 도시에서 바로 그 기형적인 학자와 연관된 새로운 생활이 기다리고 있었다. 새로운 생활이기는 했지만, 그것은 무너져 가는 벽에 피어나 변질된 문질을 양분으로 하여 자라는 녹색의 이끼와도 같은 것이었다. 장면은 계속 바뀌어 이윽고 환영은 사라지고 모든 마을 주민들이 모여 서 있는 청교도 식민지의 황량한 광장이 눈앞에 다시 펼쳐졌다. 마을 주민들은 여전히 그 험악한 시선을 헤스터 프린에게—아기를 안고, 금실로 화려하게 수놓은 주홍색 A 자를 가슴에 붙인 그녀에게—향하고 있었다!

이런 일이 있을 수 있을까! 그녀가 아기를 너무나 힘껏 껴안 았기 때문에 아기는 울음을 터뜨렸다. 그녀는 아기와 이 치욕 이 과연 현실인지 확인하기 위해 주홍 글자를 다시 보고 손으 로 만져보기까지 했다. 그렇다!—이것이야말로 그녀의 현실이 었다—다른 것은 모두 사라져버렸다!

3
확인

주홍 글자를 가슴에 단 여자가 군중의 매서운 시선을 한 몸에 받고 있다는 강한 의식으로부터 한참 후 해방될 수 있었던 것은, 사람들로부터 좀 떨어진 곳에서 한 남자의 모습을 발견하고 거부할 수 없을 정도로 그것에 마음을 빼앗겼기 때문이었다. 한 인디언이 민족의상을 몸에 걸치고 거기에 서 있었다. 그러나 영국의 식민지에서 붉은 피부의 인디언을 보는 것은 드문 일이 아니었으므로 이것이 헤스터 프린의 주의를 끌 리는 없었다. 더군다나 그 외의 모든 사물이나 사고를 배제시킬 정도로 그녀의 마음을 사로잡을 이유가 없었다. 다만 그 인디언 옆에는 친구인 듯한 한 백인 남자가 문명과 미개함이 기묘하게 어우러지는 복장을 하고 서 있었다.

그는 작은 체구에 주름이 많은 얼굴이었지만, 아직 노인이라고는 할 수 없었다. 그는 신체적인 부분까지 영향을 줄 정도로 정신적인 수련을 한 사람으로서, 그의 용모에서는 괄목할 만한 지성이 엿보였다. 기묘한 의상을 아무렇게나 몸에 걸침으로써 그 남자는 한쪽 어깨가 반대편 어깨보다 올라가 있는 기형적인 체형을 어떻게든 감추려 하고 있었지만, 헤스터 프린의 눈에는 그 특징이 분명하게 보였다. 그 야윈 얼굴 윤곽과 약간 기울어진 어깨를 본 순간 그녀는 발작하듯 다시 팔에 힘을 주어 아기를 꽉 껴안았고, 가엾은 아기는 또다시 괴로운 듯이 울음을 터뜨렸다. 그러나 그 울음소리는 어미의 귀에 들어오지 않는 것 같았다.

광장에 도달하여 그녀가 그를 알아보기 전부터, 이 낯선 남자의 시선은 헤스터 프린을 향하고 있었다. 처음에는 외부의 사건에 전혀 관심이 없는 사람처럼 멍하니 바라보고 있을 뿐이었으나 별안간 그의 눈빛은 찌를 듯이 날카로워졌다. 공포의 전율이 그의 얼굴을 스쳤다. 그것은 마치 한 마리의 뱀이 얼굴 위를 미끄러져 내려와 불쑥 멈추어서 몸을 서리고 있기라도 한 듯한 표정이었다. 남자는 격정에 사로잡혀 잠시 얼굴에 그늘이 드리워졌다. 그러나 곧 의지의 힘으로 자신을 억제했기 때문에 한순간을 제외하곤 그의 표정은 흐트러짐이 없어 보였다. 시간이 지나자 경련은 거의 가라앉고 결국 남자는 자신의 본성 깊은 곳으로 빠져들었다. 헤스터 프린의 시선이 자신의 눈동자에 멈춘 걸 보고 그녀가 자신을 알아보았음을 깨달은 남자는 천천히 그리고 차분하게 손가락을 들어 허공에 무슨 신호를 하더니 그것을 곧 입술에 갖다 댔다.

그런 후 옆에 서 있던 마을 사람의 어깨를 두드려 정중한 태도로 말을 걸었다.

"실례지만, 저 여자는 누굽니까? 왜 사람들 면전에서 저렇게 모욕을 당하게 됐습니까?"

"당신은 이 근방 사람이 아닌 모양이군요." 마을 사람은 질문자와 함께 있는 인디언을 의아한 눈초리로 바라보면서 말했다. "그렇지 않다면 헤스터 프린이란 여자가 어떤 짓을 저질렀는지 모를 리가 없을 테니까요. 저 여잔 고결한 딤스데일 목사님의 교회에서 정말로 끔찍한 죄를 저질렀지요."

"아, 그렇군요!" 남자는 대답했다. "말씀하신 대로 저는 타지에서 온 떠돌이랍니다. 본의 아니게 그렇게 됐지요. 저는 바다와 육지에서 큰 재해를 만나 먼 남쪽 땅 이교도들 손에 오랫동안 붙잡혀 지내다가 몸값을 지불한 이 인디언에게 이끌려 가까스로 여기에 오게 된 것이죠. 그러니 괜찮으시다면 헤스터 프린이란―아마 그런 이름이었죠―저 여자가 무슨 죄를 지었는지, 또 어째서 저 처형대에 세워지게 됐는지 얘기 좀 해주시지 않겠습니까?"

"해드리고말고요." 마을 사람은 말했다. "객지에서 오랫동안 고생을 하다가 모든 죄는 철저히 파헤쳐져 민중의 눈앞에서 재판을 받는 땅, 우리 신성한 뉴잉글랜드에 오셨으니 얼마나 기쁘시겠습니까? 저기 서 있는 여잔 말이죠, 어느 학자의 아내였답니다. 그 학자는 영국에서 태어났지만 오랫동안 암스테르담에서 살다가 얼마 전에 바다를 건너 매사추세츠로 건너올 결심을 한 겁니다. 그래서 아내를 먼저 이쪽에 보냈죠. 그 사람은 그쪽에서 정리해야 할 일들이 있었거든요. 그런데 저 여자가 보스턴에 온 지 2년이 다 돼가도록 그 학식 높으신 프린 선생으로부터는 아무런 소식이 없지 뭡니까. 거기서 말이죠, 글쎄 그 선생의 젊은 마누라가 몸을 잘못 놀린 겁니다."

"이런! 세상에! 그랬군요." 상대는 쓸쓸한 미소를 띠며 말했다. "당신이 말씀하신 그 학자분은 일이 이렇게 되리라는 걸 책에서 미리 공부해두지 못한 모양입니다. 그런데 혹시 프린 부인 팔에 안겨 있는 저 아기의 아버지가 누군지 아십니까? 보아하니 3, 4개월 정도 된 것 같은데요."

"사실 말이죠, 그건 아직 수수께끼랍니다. 진상을 밝혀줄 다니엘 님[1] 같은 명재판관이 아직 나오질 않고 있어서요." 마을 사람은 대답했다. "헤스터 부인이 절대로 입을 열지 않으니 판사님들이 아무리 머리를 짜낸다 해도 소용없는 짓이지요. 하지만 혹시 모르죠, 죄를 지은 그 상대 남자가 하나님께서 자신을 내려다보신다는 사실을 잊은 채 여기서 이 꼴을 지켜보고 있는지도."

방랑자는 다시 미소를 머금으며 말했다.

"그 학자라는 사람이 스스로 나와서 진상을 규명해야겠군요."

"만약 그가 아직 살아 있다면 그렇게 해야겠지요." 마을 사람은 대답했다. "그런데 우리 매사추세츠의 판사님들은 저 젊고 아름다운 여자가 자신의 미모 때문에 죄의 유혹에 넘어가지 않

---

1) 구약 성경 「다니엘서」에 나오는 이스라엘의 예언자.

을 수 없었을 거라고 생각하고 있지 뭡니까. 게다가 그녀의 남편은 바다를 건너다 큰일을 당했을지도 모른다고요. 그래서 우리의 공정한 법칙을 엄격하게 적용하질 않는 겁니다. 원칙대로 하자면 사형인데 말이죠. 자비심 넘치는 판사님들은 프린 부인을 처형대에 겨우 세 시간 정도 세우고, 그다음엔 평생 가슴에 치욕의 상징을 달도록 하라고 판결을 내렸죠."

"현명한 판결이군요!" 방랑자는 크게 머리를 끄덕이면서 말했다. "그러면 여자는 묘비에 저 부끄러운 글자를 새길 때까지 죄의 징계에 대한 살아 있는 교훈이 되겠군요. 그렇지만 같이 부정을 저지른 상대가 여자 옆에 나란히 서 있지 않는 것은 마음에 안 드네요. 하지만 남자는 곧 밝혀질 겁니다! 밝혀지고말고요! 꼭 그렇게 될 겁니다!"

수다스런 방랑자는 마을 사람에게 정중히 인사를 하고, 옆에 있던 인디언과 한두 마디 얘기를 나누더니 함께 인파 속으로 모습을 감추었다.

이 사이 줄곧 헤스터 프린은 그 방랑자를 가만히 응시하면서 처형대 위에 서 있었다. 그에게 너무나도 집중하고 있었기 때문에 그녀의 시야에선 오로지 그만 남고 모든 것이 깨끗이 사라져버린 듯한 느낌이었다. 둘만의 대면은 그녀에게 있어 무엇보다 두려운 일이었을 것이다. 오히려 지금처럼 바작바작 타는 한낮의 태양 아래 치욕스런 주홍색 표지와 함께 한쪽 팔에는 죄의 씨앗인 아이를 안은 채, 가정의 행복한 그늘이나 교회에서 쓰는 품위 넘치는 베일 아래서만 볼 수 있을 용모를 만천하에 드러내 놓고 힐난의 화살을 받으며 그와 만나는 편이 나았다. 끔찍한 일이기는 했지만 이렇게 많은 사람 사이에 있는 것이 차라리 그녀에게는 안도감을 주었던 것이다. 헤스터는 사람들의 시선에 둘러싸여 숨고 있었다. 그리고 그 보호막이 벗겨질까 봐 무서워하고 있었다. 이런 생각에 잠겨 있었기에 헤스터 프린은 자신의 이름이 여러 번 큰 소리로 반복되어 불리고 있는데도 전혀 들리지가 않았다.

"들으시오, 헤스터 프린!"

그 목소리는 말했다.

헤스터 프린이 서 있는 처형대 바로 위에는 교회의 발코니가 있었다. 그것은 당시 이 같은 공적인 행사 때 여러 권위 있는 집정관들이 모여 각종 중대사를 선포하는 장소였다. 여기에 벨링엄 총독[2]이 손에 창을 쥔 네 명의 경사를 의장병처럼 거느리고 임석했다. 총독은 벨벳 상의에 가장자리가 수놓인 망토를 걸치고, 검은 깃털로 장식된 모자를 쓰고 있었다. 주름을 통해 연륜이 짐작되는 그는, 그러나 여전히 공동체의 수장으로서 손색이 없었다. 왜냐하면 이 공동체의 기원과 진보, 또 현재의 발전은 젊은이의 혈기가 아닌 장년의 성숙된 활력과 노년의 냉철한 지성의 산물이었기 때문이다. 이 수장을 둘러싸고 있는 다른 높

---

2) 1592?~1672. 1634년에 영국에서 보스턴으로 이주해 와 세 차례에 걸쳐 매사추세츠 식민지의 총독을 지냈다. 단 『주홍 글자』에서는 은퇴한 총독으로 설정되어 있기 때문에 역사적인 시간을 이야기의 시간에 삽입하면, 이야기 속의 사건이 일어난 것은 1641년 이후 1654년 이전이라는 계산이 된다.

은 분들도 모두 당당한 위엄을 갖추고 있었으며, 그들의 권위란 신이 정해주신 제도가 갖는 신성함에서 비롯된다고 여겨지고 있었다. 그들은 선량하고 공정하며 동시에 현명하다는 점에 있어서는 의문의 여지가 없었으나, 지금 헤스터 프린이 고개를 향하고 있는 이 근엄한 자들만큼 잘못을 범한 여자의 마음을 심판하고 또 그 선악의 복잡한 실타래를 푸는 일에 무능한 인물은 다시없었다. 사실 그녀는 자신이 동정을 바랄 수 있다면 그것은 더 마음이 넓고 따뜻한 대중의 심중에서 찾을 수 있을 것이라고 생각한 것 같다. 이 불행한 여자는 시선이 발코니 쪽을 향하면서 얼굴이 창백해지고 온몸을 떨었던 것이다.

그녀의 주의를 끈 것은 고명하고 덕망 높은 존 윌슨 목사[3]의 목소리였다. 이 사람은 보스턴의 목사로서는 가장 연장자로, 깊은 학식과 온화한 마음을 겸비하고 있었다. 그러나 이 온화함은 지성만큼 정성스레 계발한 것은 아니어서, 사실 그에게 있어서 자랑스럽기보다 부끄러워해야 할 성질의 것이었다. 머리가 희끗희끗한 그는 발코니에 서서, 서재의 어슴푸레한 빛에 익숙한 잿빛 눈을 헤스터 품속의 아기처럼 깜박이고 있었다. 그는 설교집의 표지에서 자주 볼 수 있는 동판화의 초상을 닮았는데, 그러한 초상화의 인물이 표지에서 걸어 나와 인간의 죄라든지 정열, 고뇌와 같은 문제에 개입할 권리가 없는 것처

---

3) 1591~1667. 1630년에 매사추세츠로 이주해 와서 보스턴 제1교회의 목사를 지냈으며, 인디언의 교화에도 힘을 쏟았다.

럼, 윌슨 목사에게도 그런 일을 할 권리는 없었다.

"헤스터 프린." 목사는 말했다. "그대는 여기에 계시는 젊은 형제로부터 신의 말씀을 전해 듣는 영광을 얻은 적이 있을 것이오. 나는 이분과 방금 약간의 언쟁을 했소." 윌슨 목사는 곁에 있는 얼굴이 창백한 젊은이의 어깨에 손을 얹었다. "나는 이분께 신이 보시는 곳에서, 또 현명하고 고결한 행정관들이 보는 앞에서 그대의 사악한 죄를 어떻게 하면 좋을지 그 조치를 부탁했소. 나보다 그대의 성격을 더 잘 알고 있기에, 그대의 고집을 꺾고 그대를 이렇게 타락시킨 남자의 이름을 털어놓게 하려면 회유와 협박 둘 중에 어떤 것을 선택해야 좋을지, 이분이 좋은 판단을 내릴 수 있으리라 생각했소. 그런데 이분은, 이 자애로운 젊은 분은 내 의견에 반대를 했소. 이런 대낮에 많은 사람 앞에서 그대의 심중을 무리하게 파헤치는 것은 여자의 인격에 대한 모독이라고 말이오. 이분에게도 말했지만, 부끄러운 것은 죄를 범한 것이지 죄를 백일하에 드러내는 것이 아니오. 딤스데일 형제여, 재차 묻건대 어떻게 해야 하겠소? 이 가련한 죄인의 영혼을 처리할 사람은 당신이어야겠소, 나여야겠소?"

발코니에 진을 치고 있던 높으신 분들과 목사들은 일제히 술렁이기 시작했다. 벨링엄 총독은 젊은 목사에 대한 존경심에서 부드럽게, 그러나 위엄 있는 목소리로 술렁임의 뜻을 헤아리고 대변했다.

"딤스데일 목사, 이 여인의 영혼에 대한 책임은 당신에게 있소. 그러니 이 여인에게 죄를 뉘우치게 하고 고백하게 하는 것은 마땅히 당신이 해야 할 몫이오."

이 명쾌한 호소에 모든 시선이 딤스데일 목사에게로 쏠렸다. 목사는 영국의 저명한 대학을 나와, 원시림과 같은 이곳에 당시의 여러 학문을 전파하고 있었으며, 그의 화술과 종교에 대한 열정은 이미 성직자로서의 높은 지위를 보장하고 있었다. 그는 희고 돌출된 이마, 갈색의 크고 슬픈 눈, 굳게 다물지 않으면 떨릴 것만 같은 입을 가진, 긴장된 모습이 역력한 가운데 강한 자제심을 보여주는 사람이었다. 본래 겸비한 재능과 학식에도 불구하고 이 젊은 목사의 모습에서는 어딘가 불안하고 겁에 질린 기색이 보였는데, 그것은 그 혼자 외따로 있을 때 비로소 풀어질 것 같았다. 그는 자신의 의무에 따라 어두운 통로를 걸어 나와 천사의 말과 같이 향기롭고 순수하며 결백한 생각으로 많은 사람에게 감동을 주곤 했다.

윌슨 목사와 총독으로부터 더럽혀진 여자의 영혼을 향해 말을 하도록 청을 받은 것은 이 같은 젊은 목사였다. 거북한 입장에 서게 된 그는 볼에서 핏기가 사라지고 입술이 떨렸다.

"형제여, 저 여인에게 말을 하시오." 윌슨 목사는 말했다. "이것은 저 여인의 영혼에 있어서 아주 중대한 일이오. 또 총독 각하가 말씀하신 대로, 그녀의 영혼을 맡고 있는 당신에게 있어서도 중대사라 할 수 있소. 진실을 고백하도록 잘 설득해보시오."

딤스데일 목사는 무언의 기도를 드리는 듯 고개를 숙이더니, 이윽고 앞으로 나왔다.

"헤스터 프린." 그는 발코니에서 몸을 내밀어 그녀의 눈을 들여다보며 말했다. "당신은 이분이 말씀하시는 것을 들었으니 내가 짊어지고 있는 의무를 알 것입니다. 만약 그렇게 하는 것이 당신의 영혼의 평온함을 되찾아주고 또 지금 세상의 형벌로써 당신이 구원받을 수 있다고 생각한다면, 당신과 함께 죄를 범하고 당신과 함께 괴로워하고 있는 자의 이름을 말하도록 하세요! 그 남자에 대한 잘못된 동정심이나 애정 때문에 입을 다물어서는 안 됩니다. 헤스터, 그 남자도 자신의 지위에서 내려와 죄의 단상 위에, 당신 옆에 서는 것이 불안한 마음을 감추고 살아가는 것보다 훨씬 나을 것입니다. 당신이 침묵하는 것은 그 남자로 하여금 죄에 위선을 덧붙이도록 부추기는, 아니 강요하는 것일 뿐, 달리 그에게 무슨 도움이 되겠습니까? 하나님은 당신이 사람들의 면전에서 치욕을 드러냄으로써 당신의 내부의 악과 외부의 슬픔을 극복하여 영광스런 승리를 얻을 수 있도록 해주셨습니다. 부인, 당신의 입술을 강하게 누르고 있는 괴로운, 하지만 도움이 되는 그 잔을 그 남자에게 쥐여주도록 하세요. 당신은 지금 자진해서 잔을 쥘 용기가 없는 그 남자를 방해하고 있는 것입니다!"

젊은 목사의 목소리는 가늘게 떨리면서 띄엄띄엄 끊어졌지만, 풍부한 감정과 깊이가 있었다. 말의 직접적인 의미보다 오히려 목소리에서 자연스레 배어 나오는 감정이 모든 청중에게 공감을 불러일으켰다. 헤스터의 품에 안긴 가련한 아기조차 그 같은 영향을 받았는지 여태껏 멍하니 있던 눈을 딤스데일 목사를 향해 돌리고 기뻐하는 것처럼, 혹은 호소하는 것처럼 작은 양손을 올렸다. 목사의 설득은 정말로 감동적이었기 때문에 사람들은 헤스터 프린이 반드시 상대의 이름을 고백할 것이며, 그러지 않는다 해도 죄를 범한 남자 자신이 지금 어떤 곳에 있든 내면의 거부하기 힘든 필연성에 이끌려 처형대 위로 올라가지 않을 수 없을 것이라고 생각했다.

헤스터는 고개를 가로저었다.

"부인, 하늘의 자비를 시험하지 마시오!" 윌슨 목사는 전보다 더 엄격하게 말했다. "그 아기조차 지금 그대가 들은 충고에 찬동하고 확인하는 목소리를 하늘로부터 내려 받았소. 이름을 말하시오! 그 이름을 말하고 죄를 뉘우친다면 당신의 가슴에서 주홍 글자는 떨어져 사라질 것이오."

"아니요, 사라지는 일은 없을 겁니다!" 헤스터 프린은 윌슨 목사가 아니라, 젊은 목사의 깊고 불안한 눈을 들여다보며 말했다. "주홍 글자는 너무나도 깊이 제 가슴에 새겨져 있습니다. 당신들이 이것을 사라지게 할 수는 없어요. 저의 괴로움만이 아니라, 그 사람 몫까지도 참고 견뎌내고 싶습니다!"

"말해라!" 또 다른 잔혹한 목소리가 처형대 주위의 군중으로부터 날아왔다. "말해라. 그리고 저 아이에게 아버지를 찾아주어라!"

"절대로 말하지 않겠습니다!" 헤스터는 죽은 사람처럼 파랗게 질려 확실히 들은 기억이 있는 이 목소리를 향해 대답했다. "그리고 제 아기에게는 하늘에 계시는 아버지를 찾게 할 것입니다. 이 아기에게 지상의 아버지는 가르쳐주지 않겠습니다!"

"그녀는 말하지 않을 겁니다!" 대답을 기다리고 있었던 딤스데일 목사는 가슴에 손을 얹고 중얼거렸다. "여자의 놀라운 강인함, 그리고 관대함이여! 그녀는 말하지 않을 것입니다!"

가련한 죄인의 벅찬 심리 상태를 파악한 늙은 목사는 여러 종류의 죄에 대해서, 그리고 그 치욕스런 문자를 끊임없이 언급하면서 군중을 향해 설교를 했다. 그가 이 문자의 상징에 대해 한 시간 이상이나 너무나도 힘을 주어 웅변을 늘어놓았기 때문에, 주홍 글자는 청중의 상상력 속에서 새로운 공포를 낳고, 마치 그 주홍색은 지옥에서 타오르는 불꽃으로부터 떨어져 나온 것 같았다. 그동안 헤스터 프린은 극도의 피로에 지쳐 멍하고 무관심한 태도로 치욕의 단상 위에 서 있었다. 그날 아침 그녀는 인간이 견딜 수 있는 인내의 한계에 이미 다다라 있었다. 그러나 그녀는 실신함으로써 가혹한 괴로움에서 도망치는 성격은 아니었기에, 동물적인 기능은 완전히 유지한 채 정신은 무감각이라는 굳은 껍데기 밑에 감추어두는 수밖에 없었다. 이 같은 상태에 있었기에, 설교자의 목소리는 가차 없이 쩌렁쩌렁 울려 퍼졌지만 그녀의 귀에는 아무것도 들리지 않았다. 아기는 시간이 지날수록 귀가 찢어질 듯 소리를 지르며 울어댔다. 헤스터는 기계적으로 아기를 달래려고는 했지만, 아기의 괴로움에 진심으로 동정하고 있는 것 같지는 않았다. 감옥 문을 나왔을 때와 같은 태도로 그녀는 또다시 감옥으로 인도되었고, 철 장식이 박힌 문 뒤로 모습을 감추었다. 냉혹한 시선으로 옥중까지 그녀를 쫓았던 자들은 주홍 글자가 감옥 안의 어슴푸레한 통로를 기분 나쁘게 비추고 있었다고 수군거렸다.

4
대면

    감옥에 돌아온 후 헤스터 프린은 신경이 극도로 날카로워져서, 자신을 스스로 다치게 하거나 반미치광이가 되어 가여운 아기에게 해를 입힐 염려가 있었기에 한시도 감시의 눈을 뗄 수가 없었다. 밤이 가까워옴에 따라 질책을 하거나 징계로 위협을 해도 그녀의 반항적인 태도는 가라앉을 줄 몰랐고, 간수인 브래킷은 의사를 부르는 게 좋겠다고 판단했다. 간수의 말에 의하면 그 의사는 기존 의학에 정통할 뿐만 아니라, 숲에서 나는 약초나 약 뿌리에 관한 원주민의 지식에도 정통한 인물이라고 했다. 사실 말하자면 헤스터를 위해서만이 아니라 그 이상으로 아기를 위해서도 의사의 도움이 필요했다. 아기는 엄마의 가슴에서 양분을 취하면서 엄마의 몸에 깊이 스며든 마음의 동요, 고뇌, 절망 모두를 모유와 함께 빨았던 모양이다. 지금 아기는 고통으로 인해 경련을 일으키며 몸부림치고 있었고, 그것은 낮에 헤스터 프린이 참고 견딘 정신적인 고통을 그 작은 몸으로 한껏 표현하는 것이었다.

간수의 뒤를 따라 어슴푸레한 감방에 들어온 것은 특이한 용모의, 군중 속에서 헤스터의 주의를 강하게 끌어당겼던 인물이었다. 그 인물은 감옥에 묵고 있었으나 죄인은 아니었다. 단지 재판관들이 그의 몸값에 대해 인디언 추장들과 얘기를 매듭짓는 동안 그곳에 묵게 하는 것이 이 남자에 대한 대우로서 제일 간편하고 온당했던 것이다. 그의 이름은 로저 칠링워스라 했다. 간수는 이 남자를 헤스터의 감방으로 안내한 후 감방 안이 갑자기 조용해지자 꽤 놀라는 눈치였다. 아기는 변함없이 소리를 내고 있었지만 헤스터 프린은 쥐 죽은 듯이 조용해진 것이다.

"이보시오, 환자와 둘만 있도록 해줄 수 없겠는지요." 의사를 자칭한 남자는 말했다. "간수 양반, 나를 믿어주시오. 곧바로 감옥을 조용하게 해드리겠습니다. 그리고 약속하지요. 프린 부인이 앞으로 상부의 분부에 잘 따르도록 해 보이겠다고."

"뭐, 당신이 그렇게 할 수 있다면……" 간수 브래킷은 말했다. "그렇다면 내 당신을 명의라고 인정하리다! 저 여자는 꼭 악마가 씐 것 같아서 말이지요. 채찍질해서 악마를 쫓을 수 있다면 나도 할 수 있겠지만……"

낯선 남자는 의사다운 차분한 태도로 방 안에 들어갔다. 간수가 떠나고 여자와 둘만 남아 서로 마주 보게 되었을 때도 남자의 태도는 변함이 없었다. 하지만 두 사람이 밀접한 관계에 있다는 것은 그녀가 군중 속에서 이 남자를 발견했을 때의 심상치 않았던 기색으로부터 추측할 수 있었다. 그는 우선 아기를 진찰했다. 아기는 바퀴 달린 침대에서 발버둥 치며 괴로워하고 있었기 때문에 아기를 편안하게 해주는 것이 무엇보다도 급선무였다. 그는 아기를 찬찬히 진찰하더니 옷 아래에서 가죽 가방을 꺼내어 열었다. 가방에는 조제한 약이 들어 있었고, 그 하나를 컵 속의 물에 풀었다.

그는 말했다.

"예전에는 연금술을 연구했었고, 최근 1년 남짓 약초의 뛰어난 효능에 대해 잘 알고 있는 이들과 지낸 덕에 나는 의학 학위를 갖고 있는 자들보다 나은 의사가 되었소. 자, 이것이오! 당신 아기는—내 아기가 아니지—내 목소리를 듣거나 얼굴을 보고 아버지라고 생각하지 않을 테니, 이 약을 당신 손으로 먹이시오."

헤스터는 그가 내민 약을 밀치고, 동시에 몹시 겁에 질린 표정으로 그의 얼굴을 바라보았다.

"당신은 죄 없는 아기에게 복수를 할 작정인가요?"

그녀는 작은 소리로 말했다.

"어리석은 여자군." 의사는 냉담한 어조로, 그러나 달래듯이 말했다. "무엇 때문에 내가 이 가련한 사생아에게 해를 가하겠소? 이 약은 잘 들을 거요. 내 아기라 해도—그래, 나와 당신의 아기라고 해도—이보다 더 좋은 약을 줄 수가 없소."

그녀는 여전히 망설였고 정신 상태도 정상이 아니었기 때문에 그가 아기를 팔에 안고 직접 약을 먹였다. 의사의 말대로 효능은 뚜렷했다. 어린 환자의 신음 소리는 그치고 경련은 점차 가라앉았으며, 조금 지나자 고통에서 해방된 어린 아기는 깊고 포근한 잠에 빠져들었다. 이미 의사라는 이름에 손색이 없는 이 남자는 다음으로 엄마를 치료하기 시작했다. 냉정하게 주의력을 집중시켜 그는 엄마의 맥을 짚어보고 눈을 들여다보았다. 그의 눈빛은 낯익고 친숙하기는 했지만, 그러면서도 지극히 서먹하고 냉담해서 그녀의 마음은 바짝 졸아들었다. 잠시 후 진찰을 마친 그는 또 다른 약을 조제했다.

그는 말했다.

"나는 레테[1]나, 네펜테스[2]는 모르지만, 황야에서 많은 새로운 신비를 배웠소. 이것이 그 하나요. 연금술사 파라셀수스[3]의 그것만큼 오래된 나만의 비법을 가르쳐준 보답으로 인디언이 알려준 처방이지. 마시도록 하오! 죄를 지은 적이 없었던 때의 양심만큼 마음의 평안함을 찾을 수는 없겠지만. 그런 것은 내가 줄 수가 없지. 그러나 거친 바다의 파도에 부은 기름처럼, 솟아오르고 들어 올려진 당신의 열정을 가라앉히는 데는 도움이 될 것이오."

---

1) 망각의 강.
2) 근심을 잊게 한다는 묘약.
3) 1493~1541. 스위스의 연금술사이자 의사. 의학과 연금술에 대한 저서도 있다.

그가 헤스터에게 컵을 내밀자 그녀는 가라앉은 눈빛으로 상대의 얼굴을 쳐다보았다. 그것은 공포의 눈빛이라기보다는 그의 목적이 무엇일지 깊이 의심하는 눈빛이었다. 그녀는 쌔근쌔근 잠자는 아기에게도 눈길을 주었다.

"죽을 생각도 했었지요." 그녀가 말했다. "죽고 싶다고도 생각했었어요. 저 같은 사람도 하늘에 빌 수가 있다면, 죽게 해달라고 빌었을 거예요. 하지만 만약 이 컵에 죽음이 들어 있다면, 내가 이것을 다 마시기 전에 다시 한 번 생각해봐 주세요. 자! 컵은 이미 제 입술에 닿았어요."

"그러면 마셔요." 그는 변함없이 냉담하게 대답했다. "헤스터 프린, 당신은 나를 그렇게도 모르는가. 나의 술책이 그렇게도 경박할까? 가령 복수를 꾀한다 하더라도 이 치욕의 표시가 언제까지나 당신의 가슴에서 타오르도록 당신을 살려두는 것이, 인생의 온갖 고난이나 위험을 제거해버리는 약을 당신에게 주는 것보다 훨씬 좋은 방법이라고 생각지 않소?"

그렇게 말하면서 그는 자신의 긴 손가락을 주홍 글자 위에 놓았다. 그러자 그 글자는 실제 벌겋게 타오르고 있었던 것처럼 그녀의 가슴에 까맣게 새겨지는 느낌이었다. 그녀가 자신도 모르게 몸을 떠는 것을 보고 그는 미소를 지었다.

"그러니 사시오. 살아서 많은 사람과 당신이 남편이라 불렀던 사람, 그리고 당신 아이의 눈앞에서 당신의 숙명을 짊어지고 걸어가시오! 자, 살기 위해서 이 약을 어서 마셔요."

그 이상은 간청도 주저함도 없이 헤스터 프린은 컵의 약을 다 마신 후, 명의가 지시하는 대로 아기가 자고 있는 침대에 앉았다. 한편 그는 방 안에 하나 있던 의자를 끌어당겨 그녀의 곁에 자리를 잡았다. 이 같은 남자의 행동을 보고 그녀는 겁을 먹지 않을 수 없었다. 왜냐하면 의무적인 치료를 다 끝낸 지금, 그는 치유하기 힘든 깊은 상처를 받은 남자의 입장에서 그녀를 다룰 것이라 생각했기 때문이다.

"헤스터." 그는 말했다. "왜 당신이 지옥에 떨어졌는지, 왜 당신이 그 불명예스런 처형대에 올라가게 되었는지, 그런 것은 묻지 않겠소. 그 이유는 그렇게 복잡한 것이 아니니까. 그것은 내 어리석음과 당신의 나약함 탓이었지. 나는 책벌레였고, 굶주린 지식욕을 채우기 위해 인생의 전성기를 다 소비해버린 늙어가는 남자였던 것이오. 당신처럼 젊고 아름다운 여자를 어떻게 했으면 좋았을까! 타고난 불구이면서도 지적인 재능만 있으면 육체적인 결함은 가려질 거라는 환상에 빠져 있었다니, 얼마나 자신을 기만하고 있었던가! 사람들은 모두 나를 현자라고 했소. 그러나 내가 진실로 그랬다면 이런 일들을 전부 꿰뚫어 보았어야 했겠지. 광막하고 어두운 숲을 빠져나와 이 땅을 밟았을 때 최초로 보게 될 것이 치욕적인 모습으로 사람들 앞에 서 있는 당신, 헤스터 프린이리라는 것을 알고 있었어야 했소. 아니, 우리가 부부가 되어 그 오래된 교회의 계단을 걸어 내려왔을 때, 우리가 가는 길 끝에 이 주홍 글자의 불꽃이 타오를 것이라는 걸 마땅히 보았어야 했소!"

"알고 계시겠지만." 헤스터는 말했다. 의기소침해 있던 그녀였으나 자신의 치욕의 상징에 대한 이 마지막 언사에는 참을 수가 없었다. "알고 계시겠지만, 저는 당신에게 정직했어요. 저는 사랑을 느끼고 있지 않았고, 그런 척한 적도 없었어요."

"맞는 말이오!" 그는 대답했다. "내가 어리석었소. 그건 이미 말했소. 나는 그때까지 허무하게 살았었소. 이 세상은 얼마나 무미건조했던가! 내 마음은 많은 손님을 초대할 만한 충분한 공간을 갖고 있었지만 쓸쓸하고 차가웠지. 따뜻한 화로 하나 없었소. 나는 난로에 불을 지피고 싶었던 것이오! 그것이 그렇게 터무니없는 꿈이라고는 생각지 않았소. 나이도 많고 음울하고 불구이기는 했지만, 그래도 어디에나 굴러다니는, 누구나가 주워 들고 있는 소박한 행복을 나도 가질 수 있다고 생각했소. 그래서 헤스터, 내 마음속 가장 깊은 곳에 있는 방으로 당신을 초대하여 그로 인해 생기는 온기로 당신을 따뜻하게 해주려 한 것이오!"

"저는 당신에게 큰 죄를 지었어요."

헤스터는 중얼거렸다.

"서로 죄를 지은 것이지." 그는 대답했다. "처음에 죄를 범한 것은 나요. 이제 막 싹트기 시작한 젊은 당신과 시들어가는 나와의 부자연스러운 관계를 원했으니 말이오. 그러니까 나는 당신에게 복수를 하거나 해코지를 할 생각은 없소. 당신과 내가 서로에게 죄를 지은 것은 피차 마찬가지니까. 그러나 헤스터, 우리 두 사람에게 죄를 지은 한 남자는 태연히 살아 있소. 그자는 누구요?"

"묻지 마세요!" 헤스터 프린은 상대의 얼굴을 단호하게 바라보며 대답했다. "절대 말하지 않겠어요!"

"절대 말하지 않겠다고?" 상대는 음침하면서도 자신 있는 미소를 띠었다. "무슨 일이 있어도 말하지 않겠다고! 헤스터, 이 세상에는 눈에 보이는 것이든 보이지 않는 것이든, 비밀을 풀려고 결심한 자의 눈으로부터 숨길 수 있는 것은 아무것도 없소. 당신은 목사나 재판관들이 당신에게서 그자의 이름을 끌어내려 했을 때 오늘 호기심 가득한 대중 앞에서 해낸 것처럼 비밀을 잘 숨길 수 있을지 모르오. 그러나 나는 그들과는 다른 감각을 지니고 있소. 나는 책 속에서 진리를 구하고 연금술로 금을 만들어낸 것처럼 그자를 찾아내 보일 것이오. 그자를 알아볼 수 있는 힘이 나에게는 있소. 나는 그자가 온몸을 떠는 것을 느낄 수 있을 것이오. 그러면 나 역시 떨기 시작할 테지. 조만간 그자는 내 손아귀에 들어오고야 말 것이오!"

주름진 얼굴의 의사가 눈을 번쩍이며 너무나 강렬하게 그녀를 응시했기 때문에, 헤스터 프린은 지금 당장이라도 마음속의 비밀이 파헤쳐지는 것이 아닌가 두려워 두 손을 꽉 쥐고 가슴을 가렸다.

"당신은 남자의 이름을 절대로 밝히지 않을 작정이겠지? 그러나 언젠가 그자는 내 손에 들어올 것이오." 그는 마치 운명이 자신의 편이라도 되는 듯 자신감 넘치는 표정으로 계속 말했다. "그 남자는 당신처럼 치욕의 상징을 달고 있지 않지만, 나는 그자의 가슴에서 글자를 읽어내고야 말 것이오. 하지만 그를 걱정할 필요는 없소! 나는 하늘의 뜻에 간섭할 생각도, 인간들이 만든 제도에 그를 맡길 생각도 없으니까. 남자의 목숨을 노리지는 않을 거요. 또 그자의 지위가 높다 해서 그의 명성에 금이 가는 짓을 하지도 않을 거요. 살려둘 것이오! 그자가 원한다면 속세의 명성 속에 몸을 감추도록 놔두지! 어쨌든 그자는 내 손에 들어올 테니까!"

"그 말은 자비로움을 가장하고 있기는 하지만 당신이 얼마나 무서운 사람인가를 얘기해주고 있어요!"

두려움에 떨며 헤스터는 말했다.

"한때 내 아내였던 당신에게 한 가지 말해둘 게 있소." 학자는 계속했다. "당신은 당신 애인의 비밀을 지켜주었지. 그러니 이번에는 내 비밀도 지켜주었으면 좋겠소! 이곳에서 나를 알고 있는 자는 단 한 명도 없소. 어느 누구에게도 입을 벙긋해서는 안 되오. 당신이 나를 남편이라 부른 적이 있었던 사실을 말이지! 이 낯선 땅에 나는 거처를 마련할 것이오. 왜냐하면 어디에 가든 떠돌이 신세를 면치 못했지만, 여기서는 한 여자와 한 남자, 그리고 아기라는 끊기 힘든 인연으로 연결되어 있기 때문이오. 그것이 사랑이든 증오이든, 혹은 옳은 것이든 그른 것이든 상관없소! 당신과, 당신의 것은 모두 내 것이오. 당신이 있는 곳이 내 집이고, 그자가 있는 곳도 내 집이오! 그러나 내 정체를 밝혀서는 안 되오!"

"어째서 그러길 원하는 거죠?" 영문을 알지 못하는 헤스터는 이 비밀스런 인연의 고리에 겁을 먹으면서 물었다. "왜 사람들에게 이름을 밝히고 나와 연을 끊지 않는 거예요?"

"그것은 말이오." 그는 대답했다. "아내를 빼앗긴 남편이라는 치욕 위에 또 치욕을 덧칠하는 불명예를 뒤집어쓰고 싶지 않기 때문이오. 그 외에도 이유는 있을 것이오. 어쨌든 정체를 밝히지 않고 살다가 죽는 것이 내가 바라는 바니까 당신의 남편은 이미 죽었고, 아무 소식도 없는 것으로 해주었으면 하오. 말이나 태도, 얼굴 표정에서도 나를 알은체해서는 안 되오! 특히 그자에게 비밀을 누설해서는 절대 안 되오. 만약 이를 어긴다면 그 남자의 명예, 지위, 목숨은 모두 내 뜻대로 될 것이오. 명심하시오!"

"그의 비밀을 지키듯이 당신의 비밀도 지키겠어요."

헤스터는 말했다.

"그럼 맹세하시오!"

그는 되받아 말했다.

그러자 그녀는 서약을 했다.

"자, 프린 부인." 늙은 로저 칠링워스는 말했다. "아기와 주홍 글자와 함께 당신만을 남겨두고 나는 이만 여기에서 물러나기로 하지! 어떻소, 헤스터? 잠을 잘 때에도 그 표시를 붙이고 있어야 하는 거요? 끔찍한 악몽을 꿀까 봐 무섭지 않소?"

"나를 왜 그런 식으로 비웃는 거죠?" 꺼림칙한 그의 눈빛을 보고 헤스터는 물었다. "당신은 숲을 어슬렁거리는 악마 같아요. 내 영혼을 파멸시킬 계약을 맺기라도 한 건가요?"

"당신의 영혼이 아니오." 다시 미소를 지으며 그는 대답했다. "당신의 것이 아니야!"

5
삯바느질하는 헤스터

헤스터 프린의 금고 형기가 끝났다. 감옥 문이 열리고 그녀는 햇빛 아래로 나왔지만, 모든 것에 한결같이 내리쬐는 햇빛도 그녀의 병든 마음이 느끼기에는 단지 가슴에 붙은 주홍 글자만을 비추기 위한 것 같았다. 감옥 문턱 밖으로 처음 발을 내디뎠을 때, 그녀는 많은 사람이 떠들썩하게 따라다니며 모욕하고 손가락질했을 때보다 더 아픈 고통을 느꼈다. 그때 그녀는 극도의 긴장감과 타고난 오기로 자신을 지탱하며 그 장면을 일종의 끔찍한 승리로 전환할 수 있었다. 게다가 그것은 처음 경험해본 일생일대의 커다란 사건이었기 때문에 수십 년은 버티고도 남을 전신의 힘을 모두 짜내어 대처할 수 있었다. 그녀를 단죄한 법률 그 자체가 무시무시한 굴욕의 시련 속에서 그녀를 떠받쳐 준 것이었다. 그러나 지금은 감옥 문에서 홀로 걸어 나와 앞으로 시작될 하루하루의 생활을 어떻게든 버텨나가든지, 아니면 그 중압감에 짓눌려 파괴되어버리든지 둘 중에 하나였다. 현재의 슬픔을 견뎌내기 위해 미래로부터 빌려 올 힘도 그녀에게는 없었다. 내일은 내일의 시련이 있고, 다음 날도, 또 그다음 날도 시련은 지속될 것이며, 그것은 늘 가혹하고 견디기 힘든 것이 될 것이다. 먼 미래에도 그녀는 마찬가지로 무거운 짐을, 어디다 팽개칠 수도 없는 그 짐을 지고 터벅터벅 길을 걸어갈 것이다. 거듭되는 시간은 그녀의 치욕 위에 비참함을 쌓아 올릴 것이다. 그러한 긴 세월을 살아가는 동안 이윽고 그녀는 한 인간으로서의 존엄성을 잃고 보편적인 죄의 상징으로 굳어버려, 사람들로부터 늘 손가락질당하게 될 것이다. 그리하여 젊고 순결한 아가씨들은 가슴 위에서 주홍 글자가 타오르는 그녀─훌륭한 부모의 자식이었으며, 여인으로 자라날 한 아기의 어머니이며, 예전에는 순진무구했지만 이제는 죄의 화신이 된 그녀를 보고 가르침을 얻게 될 것이다! 그리고 묘비 위에는 그녀가 저세상까지 끌고 가지 않으면 안 될 오욕의 문자가 그녀에 대한 유일한 기념으로 새겨지리라.

이상하게 보일 것이다. 그녀 앞에는 넓은 세계가 열려 있었다. 그녀에게 이 구석진 청교도의 울타리 안에서 살아야 한다는 징벌이 가해졌던 것은 아니니, 그녀는 태어난 고향으로 돌아가거나 유럽 어딘가에 가서 신분을 숨기고 완전히 새로운 삶을 시작할 수도 있었다. 또 어둡고 알 수 없는 숲 속으로 통하는 길도 열려 있어서, 거기에서 법의 규제와 상관없이 자유롭게 살아가는 사람들 틈에 끼어 생활할 수도 있었다. 그런데 다른 곳도 아닌, 바로 그녀의 위신이 갈기갈기 찢어진 이 땅에 영주하려 한다니 이해할 수 없을 것이다. 그러나 이 세상에는 좀처럼 피해 가기 힘든 숙명이라는 것이 있어서, 자신의 삶에 어떠한 색채를 입힌 사건이 일어났던 장소를 마치 유령같이 어슬렁거리게끔 하는 것이다. 그리고 이것에 굴복할수록 운명을 슬프게 하는 색채는 더더욱 짙어지는 것이다. 그녀의 죄, 그녀의 치욕은 그녀가 그 땅에 내린 뿌리였다. 죄가 가져다주는 새로운 생명이 그 이전의 생명보다 더 강력한 친화력을 갖고 있기 때문에, 다른 이주자나 방랑자들에게는 아직 익숙지 않은 황량하고 쓸쓸한 산림지대가 헤스터 프린에게는 평생의 거처가 된 것인지 모른다. 그것에 비교한다면 지상의 어떤 장소도—더럽혀지지 않은 처녀 시절이 아직 가슴에 살아 있는 고향 마을조차—마치 먼 옛날에 벗어버린 옷과도 같이 그녀에게는 아무 미련이 없는 것이었다. 그녀를 이 땅에 묶고 있는 쇠사슬은 그녀의 영혼 깊숙한 곳에 상처를 입히고 있었지만 결코 끊어버릴 수 없는 것이었다.

어쩌면 그녀가 이 운명적인 장소에 머물게 된 것은 다른 생각이 있었기 때문인지도 모른다. 그녀는 자기 자신에게조차 이 비밀을 숨기고 있었으며, 그것이 마음속에서 마치 뱀이 빠져나오듯 슬금슬금 기어 나올 때면 파랗게 질리곤 했다. 이곳은 지상에서는 인정받지 못했지만 최후의 심판을 받는 날, 그 심판의 법정이 결혼의 제단이 될 때에 자신의 옆에 서서 함께 끝없는 형벌을 받게 될 사람이 있는 곳이었다. 유혹의 손길은 이러한 망념을 계속해서 그녀의 마음에 심었고, 그녀가 망념에 희열을 느끼며 필사적으로 매달리는 것을 비웃고 그녀로부터 그것을 빼앗으려 했다. 그녀 역시 이 망념을 똑바로 쳐다보는 일은 결코 없었으며, 이 망념이 고개를 들면 당황하여 다시 지하 감옥 속에 가둬두려 했다. 그녀가 억지로 믿고자 했던 것, 즉 그녀 스스로 생각하는 뉴잉글랜드에 머무르는 궁극적인 이유는 반은 진실이고 반은 자기기만이었다. 그녀는 이곳은 자기가 죄를 범한 장소이므로 이곳에서 벌을 받지 않으면 안 된다고, 하루하루의 고통으로 인해 필시 영혼은 깨끗해질 것이며 전에 잃은 것과는 다른, 성자와도 같은 새로운 순결을 획득하게 될 것이라고 자신을 설득한 것이다.

헤스터 프린은 그러한 이유로 도망가지 않았다. 마을에서 떨어진 반도와 접하는 부근에 작은 오두막이 하나 있었다. 그것은 초기에 식민지로 이주해 온 자가 세운 것으로, 주위의 토지가 황폐해져서 경작할 수 없게 되자 버려둔 것이었다. 그곳은 인가에서 멀리 떨어져 있었기 때문에 이주자들의 사교 활동권 밖에 있었다. 오두막은 해변가에 세워져 있었고, 만을 건너 서쪽으로는 울창한 산들이 보였다. 오두막 주위엔 이곳에서만 자라나는 초라한 작은 나무들이 있었는데, 그것은 사람들의 눈으로부터 오두막을 감추기보다는 여기에 사람 눈을 피하고 있는 무언가, 혹은 숨어야 할 무언가가 있다는 것을 여실히 드러내는 듯했다. 인가에서 떨어진 이 작은 오두막에서 그녀는 얼마 안 되는 생활비를 가지고 재판관들로부터 허가를 얻어 어린 아기와 함께 정착했다. 그러자 얼마 안 가 괴이하고도 신비로운 그늘이 주위에 드리워졌다. 아이들은 왜 이 여자가 자신들의 영역에서 벗어나 있는지 이해하지 못하고 그녀가 오두막 창가에서 바느질을 하거나 마을로 통하는 오솔길을 걷거나 작은 밭을 경작하거나 할 때면 가까이 다가와서 그녀를 구경하다가, 가슴 위의 주홍 글자가 눈에 띄면 순식간에 전염되는 기묘한 공포에 사로잡혀 쏜살같이 도망치곤 했다.

찾아오는 친구 하나 없는 헤스터는 몹시 쓸쓸하고 고독했지만, 먹고사는 데는 지장이 없었다. 그녀에게는 생계를 유지해 줄 재주가 있었기 때문이다. 지역 특성상 그 재주를 발휘할 수 있는 범위가 그다지 넓지는 않았지만, 한창 자라나는 아기와 그녀 자신이 끼니를 해결하는 데는 불편이 없었다. 그것은 예나 지금이나 여자가 몸에 익힐 수 있는 유일한 기술인 바느질이었다. 온갖 기교를 다해 그녀의 가슴에 정성 들여 수놓은 주홍색 글자는 기발한 창조력과 섬세함의 본보기라 할 수 있었다. 궁정의 귀부인들이 그 뛰어난 솜씨를 보았다면 자신의 드레스를 더욱 아름답게 치장하기 위해 앞다투어 비단과 금실을 내주었을 것이다. 당시 검은색을 기본으로 하는 청교도들의 복장이 주류를 이루었던 이 지역에서 그녀의 솜씨가 엮어내는 화려한 제품은 그다지 수요가 많지 않았던 것이 사실이다. 그러나 버리기 아까운 온갖 호사스러움을 고향에 남겨두고 바다를 건너온 우리의 근엄한 조상들에게도 무엇에나 공을 들였던 시대의 기호가, 이러한 물건을 만드는 데 있어서 영향을 미치지 않을 수 없었던 것이다. 성직자의 서임식이나 재판관 임명식, 또 새로운 정부가 민중들 앞에서 행하는 연례 의식과 같이 위엄을 갖추어야 하는 공식적인 식전은 정책상으로 당당히 위용을 갖추어 행해졌고, 눈에 띄게 화려하진 않았지만 그 모든 것을 이루는 세심한 손길에서 장엄함을 느낄 수 있었다. 주름이 깊게 파인 옷깃이나 호화로운 수가 놓인 장갑 등은 권력을 장악한 인물의 권위를 상징하기 위해 반드시 필요한 것이었다. 사치금지령에 의해 일반인들에게는 이러한 사치가 허용되지 않았지만 지위나 재산 등으로 위엄을 갖춘 사람들에게는 아무 문제가 없었다. 장례식의 옷차림에 있어서도—그것이 수의든, 남겨진 자의 슬픔을 표현하는 검은 천이나 눈처럼 하얀 아마포로 만든 예복이든—헤스터 프린이 제공할 수 있는 바느질 솜씨는 요긴하게 쓰였다. 당시에는 아기들에게 화려한 옷을 많이 입혔기 때문에 아기 옷을 만드는 일도 꽤 수입이 짭짤했다.

서서히 그녀의 바느질 솜씨는 그야말로 유행을 이루게 되었다. 비참한 여자에 대한 동정심 때문인지, 아니면 흔하디흔하고 쓸데없는 것에조차 커다란 가치를 부여하는 병적인 호기심 때문인지, 혹은 그녀가 없었으면 아무도 하지 않았을 역할을 헤스터가 하고 있었던 때문인지, 어쨌든 그녀는 자신이 원하는 만큼의 시간을 바느질 일에 할애하면서 상당한 수입을 얻고 있었다. 어쩌면 사람들은 장엄하고 화려한 의식에서 죄 많은 여자가 만든 의복을 걸침으로써 자신들의 허영심을 타일렀는지도 모른다. 그녀의 바느질 솜씨는 총독의 주름진 옷깃을 장식했고, 군인들의 스카프나 목사의 늘어진 옷깃에도 그녀가 빚어낸 장식이 눈에 띄었다. 그녀는 아기의 작은 모자도 꾸몄다. 그녀의 작품은 죽은 사람의 관에 들어가 시체와 함께 곰팡이 슬고 썩기도 했다. 그러나 그녀의 재능이 순결한 신부의 수줍음을 가려주는 하얀 면사포를 수놓는 데 쓰인 적은 단 한 번도 없었다. 이러한 예외는 그녀가 저지른 죄에 여전히 눈살을 찌푸리고 있는 사회의 가혹하고 가차 없는 태도를 말해주었다.

헤스터는 자기 자신을 위해서는 간소하고 실질적인, 살아가는 데 필요한 최소한의 양식이 있으면 족했고, 아이를 위해서는 소박한 풍요로움이 있으면 그 이상의 것은 바라지 않았다. 그녀가 걸치고 있는 옷의 소재는 대체로 조잡하고 색상도 지극히 수수했다. 단 하나의 장식이라면 그녀에게 부여된 엄격한 규정인 주홍 글자뿐이었다. 그래도 아이의 옷은 창의성과 기발함이 돋보이는 솜씨로 정성 들여 만들었으며, 그것은 아이의 요정과 같은 매력을 더욱 눈에 띄게 해주었다. 여기에 담겨 있는 더 깊은 의미는 나중에 이야기될 것이다. 아기를 차려입히는 얼마 안 되는 비용을 제외하고 헤스터는 남는 수입 대부분을 자신보다 어렵다고도 할 수 없는 자들을 위해 썼다. 그러나 그들 중에는 은혜를 입으면서도 은혜를 베푸는 자의 손을 모욕하는 무리도 드물지 않았다. 그녀는 자신의 기량을 더 유리하게 이용할 수 있었음에도 불구하고 많은 시간을 할애하여 가난한 사람들의 보잘것없는 옷을 바느질해주었다. 자기 잘못을 속죄하고자 그랬을 수도 있고, 그같이 힘든 바느질에 많은 시간을 쏟아부음으로써 속세의 즐거움을 일부러 희생하려 했던 것인지도 모른다. 헤스터는 천성적으로 동양적인 관능미, 즉 호화스런 미를 즐기는 취향을 지니고 있었지만 그것을 즐길 기회란 화려한 자수를 놓는 일을 제외하곤 전혀 없었다. 여자들은 섬세한 바느질 일을 하면서 남자들이 모르는 쾌락을 맛보는 것이다. 헤스터 프린에게 있어서 그것은 인생에 대한 열정을 표현하는 수단이면서 동시에 그 열정을 달래는 방법이기도 했다. 다른 모든 쾌락과 마찬가지로 그녀는 이 열정 역시 죄의식을 가지고 거부했다. 그러나 사사로운 것에도 양심의 가책을 느끼는 이 병적인 성향은 마음속의 깊은 후회를 나타낸다기보다, 무엇인가 불확실한 것, 무엇인가 근본적으로 아주 잘못된 것이라고 할 수 있다.

이렇게 하여 그녀는 어엿한 하나의 역할을 갖게 되었다. 여자로서 카인의 이마에 찍힌 낙인보다 더 견디기 힘든 표시가 그녀의 가슴에 새겨졌다고는 하나, 타고난 강인함과 보기 드문 재주를 지니고 있었기 때문에 세상은 그녀를 완전히 무시할 수는 없었다. 그러나 사회의 일원으로서 그녀가 그 사회에 속해 있다는 환상을 갖는 일은 결코 허용되지 않았다. 그녀가 접촉하는 사람들의 태도와 말, 심지어 침묵조차도 그녀가 추방된 여자라는 것을, 나아가 그녀는 전혀 다른 세계의 이방인이며 고독한 존재라는 것을 때로는 은밀하게, 때로는 노골적으로 인식시켜주었다. 그녀는 실제로 인간 사회에 아주 가까이 서 있었지만 살아 있는 인간의 도덕적인 관심사로부터는 멀리 떨어져 있어서, 마치 죽은 자가 그리운 집의 난롯가를 다시 찾아왔지만 어떤 이의 눈에도 보이지 않고 만질 수도 없으며, 가까운 혈육과 함께 웃을 수도 한탄할 수도 없는 것과 같았다. 혹 그러한 금지된 공감을 나타내는 것이 가능하다 해도 단지 공포와 소름 끼치는 혐오감을 불러일으킬 뿐인 유령과도 같은 존재였다. 사실 이러한 감정, 즉 몸을 에는 듯한 경멸만이 그녀와 세상 사람들의 마음을 이어주는 유일한 고리를 형성하고 있는 듯했다. 당시는 사려 깊은 시대가 아니었다. 그녀는 자신의 처지를 잘 이해하고 있었고 한시도 잊은 적이 없었지만, 누군가 마음의 가장 민감한 부분을 거칠게 건드리면 또다시 새로운 상처를 입은 것처럼 자신의 처지를 새삼 절실히 깨달았다. 이런 일은 자주 있었다. 그녀가 은혜를 베풀었던 가난한 사람들조차 도움을 주기 위해 뻗친 그 손길을 경멸했고, 마찬가지로 그녀가 바느질거리 때문에 문을 두드리는 높은 신분의 귀부인들도 그녀의 가슴에 쓰디쓴 독약을 떨어뜨리는 것이 보통이었다. 부인들은 일상적인 행동에서 은밀한 악의를 풍기는가 하면, 죄인의 쓰라린 가슴에 거친 말을 툭툭 내뱉기도 했다. 헤스터는 스스로를 잘 살 수 있도록 훈련했다. 그녀는 이러한 공격에 전혀 대응하지 않고, 창백한 뺨에 제어할 수 없는 붉은 기로 남겨두거나 가슴 깊은 곳에 묻어둘 뿐이었다. 그녀는 참을성이 많았다. 사실 순교자와 같았다. 하지만 그녀는 적들을 위해 기도하지는 않았다. 왜냐하면 그녀의 용서 가득한 마음과는 달리, 그 축복의 말들이 저주로 바뀌지나 않을까 하는 우려에서였다.

끊임없이, 또 여러 가지 형태로 그녀는 끝 모를 고통의 전율을 맛보았다. 그것은 아무리 시간이 흘러도 없어지지 않고 항상 유효하게 지속되는 청교도의 법률에 의해 교묘하게 짜인 것이었다. 목사가 거리에서 훈계를 하기 위해 발을 멈추면, 사람들은 그 가련한 여자의 주위를 조소와 빈축이 한데 섞인 표정으로 둘러싸는 것이었다. 주님의 안식일에는 신의 은총을 만나볼 수 있으리라 기대하고 교회에 들어가면, 그녀 자신이 설교의 주제가 되는 불운에 부딪히는 일도 드물지 않았다. 그녀는 아이들을 무서워하게 되었다. 아이들은, 딸만을 데리고 거리를 묵묵히 스쳐 갈 뿐인 이 쓸쓸한 여자에게 무언가 무서운 것이 있다는 것을 부모로부터 듣고 있었다. 때문에 아이들은 헤스터를 보면 조금 거리를 두고 따라오면서 날카로운 목소리로 마구 놀려대고 그들 자신도 이해하지 못하는 말을 함부로 내뱉었는데, 그것이 아이들의 입에서 아무렇지 않게 튀어나오면 그녀는 한층 더 섬뜩한 생각이 드는 것이었다. 이것은 그녀의 치욕이 세상 구석구석에 다 알려져 있다는 것을 말해주는 듯했다. 여름 산들바람이 추문을 흩뿌리고 다녔다 해도, 겨울의 질풍이 욕지거리를 소리 높여 외쳤다고 해도 그녀에게 이렇게 깊은 고통을 주지는 않았을 것이다! 새로 이주해 온 주민의 시선은 또 다른 고통을 주었다. 처음 보는 사람이 주홍 글자를 신기한 듯이 바라보면, 또 하나의 새로운 주홍 글자가 헤스터의 영혼에 새겨졌다. 그럴 때마다 그녀는 가슴의 상징을 얼른 한 손으로 감추려고 했지만, 이내 생각을 바꾸고 손을 내렸다. 한편 낯익은 자의 시선도 나름대로 그녀에게 고통을 안겨주었다. 빤히 알고 있다는 듯한 차가운 시선이 견디기 힘들었던 것이다. 요컨대 헤스터 프린은 시종일관 인간의 눈이 이 표시를 응시하고 있다고 느낄 때에는 이러한 무시무시한 고뇌를 맛보았다. 가슴의 글자는 결코 둔감해지는 일이 없었고, 반대로 하루하루의 고통에 의해 점점 민감해지기만 하는 것 같았다.

그러나 때로는 며칠에 한 번, 혹은 몇 달에 한 번, 그저 한순간이기는 했지만 그녀는 편안함을 가져다주고 고뇌의 반을 덜어 가줄 수 있을 듯한 눈길을 그 부끄러운 낙인 위에서 느끼는 일이 있었다. 그러나 다음 순간 고뇌는 전보다 더한 격통을 동반하며 한꺼번에 쏴 하고 역류해 왔다. 그 짧은 순간에 그녀는 또 새로운 죄를 범했기 때문이다. 그러나 헤스터는 혼자서 죄를 범한 것일까?

그녀의 상상력은 다소 이상한 것이었다. 만약 그녀가 더 취약한 정신과 지성의 소유자였다면 그녀는 그 비정상적인 고독한 생활 때문에 더 이상해졌을 것이다. 표면적으로만 연결되어 있는 이 작은 세계를 쓸쓸한 발걸음으로 여기저기 걸어 다니면서 헤스터는 주홍 글자가 그녀에게 새로운 신통력을 부여해준 것이 아닐까 하고 상상하는 일이 있었다. 물론 그것은 순전히 공상이기는 했지만 좀처럼 물리치기 힘든 강력한 것이었다. 주홍 글자가 자신에게 타인의 숨겨진 죄의 냄새를 맡게 하는 능력을 부여해주었다고 생각하게 된 것이다. 그런 생각이 들면 그녀는 몸이 떨렸지만, 그래도 여전히 믿지 않을 수 없었다. 이렇게 하여 알게 된 사실에 그녀는 두려워하고 전율했다. 그녀가 알게 된 것, 그것은 무엇이었을까? 악마의 교활한 속삭임 이외에 무엇일 수 있을까? 악마는 아직 반밖에 차지하지 못한 이 발버둥 치면서 괴로워하는 여자를 설복시켜, 완전히 신봉하게 하고 싶었던 것이 아닐까? 표면상의 순결은 위선일 뿐이라고, 진실이 도처에서 드러난다면 주홍 글자는 헤스터 프린의 가슴뿐만 아니라 다른 많은 사람의 가슴 위에서도 불타오르게 된다고 하면서 말이다. 그녀는 이러한 암시를, 아주 막연하기는 하지만 그래도 역시 명확한 암시를 진실로서 받아들일 수 있었을까? 그녀가 겪은 여러 경험 속에서 이런 의식으로 인한 것만큼 끔찍하고 소름 끼치는 것은 없었다. 또 그런 의식이 반응하기엔 온당치 못하고 불경하다고까지 할 수 있을 때마저 생생하게 살아나는 것에 그녀는 몹시 당황했다. 청렴과 정직의 귀감이 되는 덕망 높은 목사나 판사 곁을 지나갈 때, 가슴의 붉은 오욕의 표시가 공감을 느끼고 고동치는 것이었다. 그럴 때면 그녀는 '도대체 어떤 사악한 것이 내 곁에 있는 것일까?' 하고 혼잣말을 했다. 눈을 떠보면 보이는 것이라곤 오로지 이러한 지상의 성자들뿐인데! 또 나이 많은 부인의 신앙심 깊은 얼굴에서조차 극히 불가사의한 동료 의식이 걷잡을 수 없이 머리를 쳐들고 나오는 것이었다. 그 부인의 차가운 가슴과 헤스터 프린의 불타오르는 치욕의 상징 사이에 어떤 공통점이 있다는 것일까? 나아가 또 이런 경우도 있었다. '자, 헤스터, 여기에

네 친구가 있다!'하는 소리에 깜짝 놀라 올려다보면, 젊은 아가씨가 부끄러운 듯 볼이 발개져서 주홍 글자를 곁눈질하다가, 그 곁눈질로 자신의 순결이 더러워질까 봐 얼른 얼굴을 되돌리는 것이었다. 아아, 악마여, 너의 저주에 대한 답례가 바로 이 숙명적인 상징일진대, 이 가련한 죄인인 헤스터가 존경할 수 있는 이는 누구 하나 남겨주지 않았단 말인가? 이처럼 믿음을 잃는 것이야말로 죄 지은 자가 가장 슬퍼해야 할 것이었다. 헤스터 프린이 자신만큼 죄로 더럽혀진 자는 아무도 없을 것이라고 믿으려 몸부림친 사실은, 스스로의 나약함과 제도의 희생양이 된 여자가 완전히 타락하지는 않았다는 하나의 증거로 볼 수 있을 것이다. 이렇게 삭막한 시대의 일반 대중은 그들의 상상력을 자극하는 것을 괴기한 공포로 물들이는 것이 보통이었으며, 주홍 글자도 예외는 아니어서 이것을 소재로 그럴듯한 괴담을 꾸며냈다. 그들은 주홍 글자가 평범한 염료로 물들인 단순한 주홍색 천이 아니라 벌겋게 타오르는 지옥의 불길이며, 헤스터 프린이 밤중에 밖을 걸어 다닐 때는 항상 이 시뻘건 상징이 불을 밝힌다고 주장했다. 사실 주홍 글자는 헤스터의 가슴에 깊은 낙인을 새기고 있었으니, 그러한 소문에는 의심 많은 현대인들이 인정하는 것 이상의 진실이 있었을 것이다.

6
펄

아직 그 여자의 아기에 대해서는 거의 언급한 적이 없는데, 그 작은 아기의 천진무구한 생명은 헤아리기 힘든 신의 섭리와 죄 많은 정열의 울창한 화려함에 의해 태어난 사랑스러운 불멸의 꽃이라 할 수 있었다. 성장해가면서 나날이 광채를 더해가는 아름다움, 이 아이의 작은 몸에 태양처럼 내리쬐는 총명함의 번쩍임을 관찰하면서 이 가련한 여자는 얼마나 묘한 생각에 사로잡혔던가! 나의 펄pearl!─헤스터는 자신의 아기를 이렇게 불렀다. 그러나 이름이 용모를 말해주는 것은 아니었다. 아기의 얼굴에는 진주와 같은 조용하고 하얗고 차분한 광택은 없었다. 그녀가 아이의 이름을 '펄'이라고 붙인 데에는 자신의 모든 것을 바쳐 얻은 대단히 소중한 존재, 즉 엄마의 유일한 보물이라는 뜻이 담겨 있었던 것이다! 얼마나 기묘한 일인가! 사람들은 이 여자의 죄를 주홍 글자로써 단죄했다. 그러자 그 글자는 어떤 인간의 동정도 그녀에게 허락하지 않는 강력하고 불길한 마력을 부여했다. 그런데 신은 벌을 받아 마땅한 죄의 직접적인 결과로서, 그 더럽혀진 품에 귀여운 아기를 선사한 것이다. 이것은 그 어버이를 영구히 후대에 연결시키고, 나아가 하늘의 축복받는 영혼이 되게 하려는 배려였다! 그러나 이러한 생각에 헤스터 프린은 희망을 품기보다 오히려 불안감을 느꼈다. 그녀는 자신의 행위가 악이라는 것을 알고 있었기 때문에 그 결과가 선일 수 있다는 신념을 가질 수 없었던 것이다. 헤스터는 다음 날도, 또 그다음 날도 아이의 성격이 형성되어가는 모습을 불안하게 지켜보면서, 이 아이를 낳은 자신의 죄에 부합하는 무언가 어둡고 분방한 특성이 아이에게서 발견될까 봐 두려워했다.

아이에게 신체상의 결함은 없었다. 그 완벽한 모습, 활기, 아직 미숙하지만 자연스러운 손발의 움직임 등으로 보아 이 아기는 에덴동산에서 태어나, 인류 최초의 부모인 아담과 이브가 추방된 후에도 거기에 남아 천사들의 놀이 상대가 되기에 충분했다. 완벽한 아름다움과 함께 타고난 우아함을 지닌 이 아이는 아무리 수수한 옷을 몸에 걸치고 있어도 보는 이들에게 그 이상 어울리는 옷은 없다는 인상을 주었다. 그렇다고 어린 펄이 보잘것없는 옷을 몸에 걸치고 있었던 것은 아니다. 아이의 엄마는 손에 넣을 수 있는 가장 좋은 옷감을 구입해서, 온갖 상상력을 발휘하여 아이 옷의 재단과 장식에 신경을 썼다. 그러면 작은 펄의 타고난 아름다움은 화려한 의상을 통해서 더욱 현란한 광채를 발하며 어슴푸레한 오두막의 마루 위에 펄을 둘러싸는 둥근 빛의 테두리를 만들어냈다. 때로 장난을 치다가 옷이 찢어지거나 더러워져도 아이에겐 역시 훌륭한 그림이 되었다. 펄은 마치 다양한 아이들이 그 안에 깃들어 있는 듯 갖가지 매력을 갖추고 있었으며, 그 매력은 들꽃의 가련함에서부터 어린 공주의 화려함에 이르기까지 광범위했다. 그러나 모든 것에 공통된 아이의 절대적인 특질은 정열이었으며 절대 잃지 않을 짙은 혈기였다. 따라서 성장 과정에서 혹시라도 아이의 얼굴빛이 조금이라도 바래거나 창백해진다면, 이미 펄은 펄다움을 잃고 펄로서 존재하지 않게 될 것이었다!

이 외면의 다양한 변화는 아이의 내면생활의 다양성을 암시하고 있었지만, 그것을 모두 드러내지는 않았다. 아이의 천성은 다양성뿐만 아니라 깊이도 함께 갖추고 있는 듯했다. 그러나, 어쩌면 헤스터의 쓸데없는 걱정일 수도 있었지만, 아이의 천성에는 자신이 태어난 세계와의 연대감, 사회에 대한 적응력이 결핍되어 있었다. 그러니 아이에게 순순히 규칙에 따르게 하기도 힘들었다. 아이가 생을 부여받았을 때 이미 커다란 법칙 하나가 깨졌기 때문이다. 그 결과, 아이를 특정 짓는 아름답고 눈부신 요소 상호 간에는 질서가 없어졌고, 독자적인 질서가 있어도 거기에서 조화를 발견하는 것은 거의 불가능했다. 헤스터가 아이의 성격을 설명하고자 한다면, 펄이 정신세계로부터 영혼을 흡수하고 지상의 물질로부터 양분을 흡수하여 신체를 형성하던 중요한 시기에 자신이 어떠했는가를 생각해내는 것 말고는 방법이 없었다. 엄마의 정열적인 상태는 당시 태내에 있던 아기에게 그 정신으로부터 새어 나오는 광선을 전달했다. 본래 무색투명했던 그 광선에는 진홍빛과 금빛이 어우러진 색채, 불과 같은 번쩍임, 검은 그림자, 누그러지지 않은 빛 등의 얼룩이 있었다. 그중에서 특히 헤스터의 심적인 투쟁이 펄에게 영구적인 흔적을 남겼다. 그녀는 자신의 분방하고 필사적이며 반항적인 성격, 변덕스런 기질, 게다가 심중에 쌓여 있는 암담한 실의조차 펄에게서 발견할 수가 있었다. 그러한 자질이 지금 아침 햇살과도 같은 아기의 성격에 나타나고 있었으며, 이윽고 인생의 절정기에 이르러서는 폭풍이나 회오리바람을 일으키는 원인이 될 것만 같았다.

당시 가정의 예의범절은 오늘날보다 훨씬 엄격한 것이었다. 무서운 얼굴로 심하게 야단치거나 회초리를 드는 것도 단순히 장난을 벌하기 위한 수단이 아니라, 아이의 미덕을 키워주기 위한 건전한 훈육법이었다. 그런 점에서 아이 하나를 둔 엄마인 헤스터 프린은 심하게 엄격하다고 할 수는 없었지만, 그래도 자신의 잘못이나 불행을 의식해서 자신의 손에 맡겨진 아이의 불멸의 영혼에 상냥하되 엄격한 감시의 눈길을 잊지 않겠다고 일찍부터 생각하고 있었다. 그러나 그 일은 그녀에겐 벅찬 것이었다. 상냥한 얼굴로도, 찡그린 얼굴로도 시도해봤지만 양쪽 모두 계산대로의 성과를 올리지 못했기 때문에 헤스터는 마침내 두 손 들고 아이가 하고 싶어 하는 대로 내버려 두게 되었다. 물론 육체적인 강압이나 구속은 그것이 지속되는 한 효과가 있었다. 하지만 그 외에 머리에 호소하거나 마음에 호소할 땐 그때의 기분에 따라 펄은 듣기도 하고 듣지 않기도 했다. 펄의 엄마는 펄이 어릴 적부터 아무리 강요하거나 달래보아도 그런 노력은 아무 소용이 없다는 것을 말해주는 듯한 특이한 표정을 짓는 걸 보아왔다. 그 표정은 아주 영리하면서도 종잡을 수가 없었고 또한 너무 삐딱하기까지 해서 가끔은 악의에 가득 찬 것처럼 보였기 때문에, 그때마다 헤스터는 과연 이 아이가 인간의 아이일까 하고 의심하지 않을 수 없었다. 아이는 마치 공기의 요정과도 같아, 마룻바닥에서 잠시 진기한 유희에 빠져 있는가 싶으면 이내 장난기 어린 미소를 띠고 어디론가 훌쩍 날아가 버릴 것만 같았다. 그러한 징조를 보면 헤스터는 도망치려는 꼬마 요정을 뒤쫓아 가슴에 꼭 껴안고 애절한 입맞춤을 하기 위해 뛰어가지 않을 수 없었다. 하지만 그것은 넘쳐흐르는 사랑의 충동을 참을 수 없어서라기보다, 펄이 살과 피로 만들어진 실체며 환상의 산물이 아니라는 것을 자신에게 납득시키기 위한 것이었다. 이때 붙잡힌 펄은 소리 높여 쾌활하게 웃으며 엄마의 귀를 울렸지만, 그것은 헤스터를 더 불안하게 할 뿐이었다.

헤스터는 그만큼 커다란 희생을 치르며 얻은 유일한 보물인 펄과 자기 사이에 이런 당혹스럽고 불가사의한 마력이 자꾸 개입되는 것에 마음이 상해, 때로 격하게 울부짖으며 쓰러지는 일도 있었다. 그러면 펄은 작은 주먹을 꽉 쥐고 그 조그마한 얼굴을 매정하고 불만에 찬 표정으로 굳어지게 했다. 그리고 인간의 슬픔을 알지도, 이해하지도 못하는 존재인 것처럼 전보다 더 큰 소리로 웃기 시작하는 것이었다. 또 그다지 빈번하지는 않지만, 격한 슬픔에 흐느껴 울면서 엄마를 사랑하고 있다는 걸 떠듬떠듬 말하고, 이렇게 슬퍼하는 모습을 보임으로써 자신에게도 마음이 있다는 걸 증명하고 싶어 하는 듯한 때도 있었다. 그러나 헤스터는 그 같은 돌발적인 애정 표현에 그다지 안도하지는 못했다. 그러한 상냥함은 돌연히 찾아와서 돌연히 사라져버렸기 때문이다. 이러한 일을 곰곰이 생각하고 있으면 헤스터는 자신이 요정을 불러내긴 했지만 불러내는 과정에 무언가 실수가 있어서 이 불가사의한 영혼을 지배할 주문을 미처 손에 넣지 못한 것이 아닌가 하는 생각이 들었다. 그녀의 마음이 진정 편안해지는 것은 아이가 조용히 자고 있을 때뿐이었다. 그때야 비로소 그녀는 펄을 자신의 아이라고 느끼고, 슬프면서도 고요하고 감미로운 행복에 잠기는 것이다. 하지만 그것도 작은 펄이 눈을 뜨기 전까지의 일이었다.

어느덧―그 시기는 얼마나 빠르게 다가왔는지!―펄은 친구들과 어울려 놀아도 좋을 나이가 되었다! 사랑스런 펄의 맑은 지저귐을 다른 아이들이 떠드는 소리 속에서 찾아낼 수 있었다면 헤스터 프린은 얼마나 행복했을까! 그러나 그것은 있을 수 없는 일이었다. 펄은 태어나면서부터 아이들의 세계와는 동떨어진 이방인이었다. 악마의 자식이며 죄의 상징이자 산물로서의 펄은 세례를 받은 아이들 사이에 섞일 자격이 없었던 것이다. 그러나 펄은 자신이 고독하다는 것, 자신의 주위에 불가침의 원이 그려져 있다는 것, 즉 다른 아이들과는 다른 특수한 입장에 놓여 있다는 것을 감탄스러울 만큼 잘 이해하고 있었다. 감옥을 나온 이래로 사람들 앞에 모습을 보일 때면 헤스터는 항상 아이와 함께 있었다. 펄은 처음에는 팔에 안겨서, 나중에는 엄마 손가락을 꼭 잡고 엄마의 한 걸음에 세네 걸음씩을 아장아장 걸으며 늘 엄마와 함께 있었다. 펄은 식민지의 아이들이 길가의 풀밭이나 집 앞에서 교회 놀이나 퀘이커교도를 채찍질하는 박해 놀이를 하는 것을 보았다. 아이들은 또 인디언의 머리 가죽을 벗기는 흉내를 내거나 마녀가 되어 서로 위협하면서 놀기도 했다. 펄은 그것을 가만히 응시할 뿐, 결코 그들 사이에 끼어들려고는 하지 않았다. 말을 걸어와도 대답하는 법이 없었다. 때때로 아이들이 자기를 둘러싸거나 하면 펄은 몹시 화를 내며 날카로운 소리를 지르고 돌을 집어 던졌는데, 그 외치는 소리가 흡사 마녀의 저주처럼 들려서 헤스터는 몸을 떨곤 했다.

이러한 작은 집단의 청교도인들은 극히 편협한 무리로서 이 모녀에게 무언가 이상한, 통상적인 관습과는 다른 것이 있다는 막연한 냄새를 맡고서는, 마음속으로 은밀히 두 사람을 경멸하고 온갖 욕지거리를 하는 일도 드물지 않았다. 그러한 낌새를 알아차린 펄은 어린 마음에서 나오는 것이라고는 도저히 상상하기 힘든 강렬한 증오를 품고 반박했다. 엄마에게 있어서 이런 격렬한 발작은 나름대로 가치가 있고 위로가 될 때도 있었다. 왜냐하면 그 격정에는 평소 아이가 나타내는 변덕스런 의사 표시와는 다른, 적어도 이해할 수 있는 마음의 분노가 담겨 있었기 때문이다. 그러나 헤스터는 여기에서도 마찬가지로 예전에 자신의 내부에 존재했던 악의 환영을 발견하고 오싹해졌다. 펄은 이러한 적개심이나 정열을 빼앗을 수 없는 권리로서 헤스터의 마음으로부터 물려받은 것이다. 모녀는 함께 인간사회로부터 소외된 하나의 틀 속에 서 있는 셈이었다. 펄이 태어나기 전에 그렇게 헤스터의 마음을 어지럽혔던 불온한 갖가지 기질이 아이의 본성에 그대로 뿌리를 내린 듯했다. 헤스터 자신은 엄마가 되면서부터 그런 기질이 완화되었지만 말이다.

집에서 놀고 있을 때 펄은 다양한 놀이 상대를 찾을 필요가 없었다. 창의력이 풍부한 펄의 정신에서는 생명의 불을 밝히는 불가사의한 힘이 항상 솟구쳐 올라서 횃불이 불을 밝히듯 도처의 사물에 생명을 불어넣었다. 나무토막이나 넝마 조각, 꽃송이와 같은 생각지도 못한 재료들이 펄의 요술 인형으로 변모했으며, 그것들은 외견은 조금도 바뀌지 않은 채로 아이의 내면세계의 무대에서 다양한 역할을 소화해냈다. 펄은 하나의 아기목소리로 무수한 상상 속의 인물들을 대변하고 있었다. 나무토막과 함께 나이 든 자의 신음 소리나 우울한 중얼거림을 바람에 실어 하늘에 날려 보내면 거의 그대로 청교도 장로의 모습이 되었다. 보기 싫은 잡초는 아이들이었으며 펄은 그것들을 가차 없이 때려눕히고 잡아 뽑았다. 펄이 상상력을 불어넣은 각양각색의 것들이 실제로는 아무 일관성도 없이 초자연적인 활력을 갖고 뛰거나 나는가 하면, 곧바로 급격한 생명의 조류에 휩쓸려 힘이 다 소진되어버리고, 또 다른 모습의 것들이 활력을 얻어 같은 행위를 반복했다. 그것은 마치 북극의 오로라가 연출해내는 환상의 유희와도 같았다. 그러나 자유자재로 상상의 나래를 펴는 것은 다른 아이들에게도 있는 일로, 펄이 그다지 특별한 것은 아니었다. 단지 이 아이에게 다른 점이 있다면, 함께 놀 친구들이 없었기 때문에 자연히 자신이 창조한 공상 속의 인물과 교제하는 일이 많아지게 되었다는 것이다. 또 하나 특이한 점이라면, 이렇게 자기의 마음과 머리로 만든 공상의 산물 하나하나에 이 아이가 적의를 품고 있었다는 사실이다. 펄은 단 하나의 친구도 만들지 않았고, 용의 이빨을 바닥에 뿌려 무장한 적들이 생겨나면 그 군단의 공격에 과감히 맞서 싸웠다.[1] 이렇게 어린아이가 끊임없이 세상에 대해 적의를 품고 격하게 자기를 단련하는 것은 말할 수 없이 슬픈 일이었다. 이 모든 것이 자신으로부터 비롯된 것이라 생각하는 엄마의 슬픔은 얼마나 깊을 것인가!

펄을 바라보면서 헤스터 프린은 종종 바느질을 멈춘 채 마음에 숨겨두고 싶었던 고뇌에 찬 신음을 내뱉기도 했다.

"하늘에 계신 아버지시여, 당신이 여전히 저의 아버지이시라면 제가 이 세상에 데려온 이 아이는 도대체 무엇이란 말입

---

[1] 그리스 신화에서 카드모스가 용을 죽이고 그 이빨을 땅에 뿌리자, 그것들이 무사들로 변해 서로 싸우다 최후에는 다섯 명만이 남아 카드모스의 부하가 되었다고 한다.

니까!"

그러면 펄은 고통으로 가득 찬 이 신음 소리에 그 작고 예쁜 얼굴을 돌려 엄마를 바라보고서 한숨의 뜻을 다 안다는 듯 미소를 짓고는 다시 놀이를 시작하는 것이었다.

이 아이의 행동거지에는 또 하나 특이한 점이 있었다. 아이가 생명을 부여받고 세상에 태어났을 때 처음으로 본 것은 무엇이었을까? 그것은 엄마의 미소는 아니었다. 다른 아기 같으면 어렴풋한 미소를 작은 입가에 떠올리며 엄마의 미소에 응했을 텐데 이 아이는 그런 짓을 절대 하지 않았다. 결코 하지 않았다! 펄이 처음으로 본 것, 그것은 헤스터의 가슴에 달린 주홍 글자였다! 어느 날 엄마가 요람 위에 몸을 숙였을 때, 아기는 글자 주위의 금실이 반짝이는 것을 보고 손을 들어, 신기한 것을 보는 눈빛이 아닌 어른스런 단호한 표정을 띠고 그 글자를 움켜쥐었다. 그때 헤스터 프린은 헉하고 가슴이 철렁 내려앉아, 순간 그 숙명의 상징을 잡고 본능적으로 비틀어 떼버리려고 했다. 펄의 작은 손이 다 안다는 듯이 주홍 글자를 만진 것에 그녀는 심한 충격을 받은 것이다. 그러자 또 엄마의 괴로워하는 몸짓이 자신을 달래기 위한 것이라고 생각했는지, 어린 펄은 엄마의 눈을 가만히 바라보면서 미소 지었다. 그런 뒤부터 헤스터는 아이가 잠이 들었을 때를 제외하곤 한순간도 마음 편하게 자신의 아이를 바라볼 수가 없었다. 몇 주일 동안 펄의 눈이 주홍 글자로 향하지 않은 때도 있었지만, 문득 어느 순간에 바라보면 그 기묘한 미소를 얼굴에 떠올리고 주홍 글자를 응시하고 있는 것이었다.

흔히 엄마들이 곧잘 그렇게 하듯 헤스터가 아이의 두 눈에 비친 자신의 모습을 바라보고 있노라면, 그 요정과 같은 기이한 표정이 펄의 눈에 떠오르곤 했다. 그러면 돌연 이 고독한 여자는 정체 모를 환상에 사로잡혔다. 헤스터는 펄의 작고 검은 눈동자에서 자신의 축소된 모습이 아닌 다른 인물을 보는 듯한 느낌이 들었다. 그것은 만면에 악의에 찬 미소를 띤 악귀의 얼굴로, 그녀가 잘 알고 있는 얼굴의 생김새와 닮아 있었다. 마치 아이에게 옮겨 간 악령이 장난을 치려고 불쑥 모습을 드러낸 듯했다. 그러고 나서 이때만큼 선명하지는 않았지만 헤스터는 몇 번이나 비슷한 환영에 시달렸다.

펄이 뛰어다닐 정도로 성장했을 때의 일이다. 어느 여름날 오후, 펄은 손에 하나 가득 들꽃을 모아 그것을 한 송이씩 엄마의 가슴에 던져 맞히는 놀이에 빠져 있었다. 꽃이 주홍 글자에 명중하면 아이는 마치 요정처럼 폴짝폴짝 뛰며 좋아했다. 처음에 헤스터는 두 손으로 가슴을 감추려고 했다. 그러나 자존심 때문이었는지, 자포자기한 때문이었는지, 아니면 이 말할 수 없는 고통이 자신을 위해서는 가장 도움이 되는 고행이라고 생각한 때문이었는지, 그녀는 그러한 충동을 억제하고 다시 등을 쭉 펴고 앉아 창백한 얼굴로 펄의 자유분방한 눈빛을 서글프게 바라보았다. 그래도 꽃의 탄알은 가차 없이 가슴을 때리고 대부분 표적에 명중하여 그녀의 가슴을 상처투성이로 만들었다. 그녀에게 있어서 그 상처를 아물게 하는 묘약은 이 세상 어디에도 없었으며, 하물며 저세상에서 발견할 방도는 더욱 없었다. 드디어 탄환을 다 써버리자 아이는 헤스터를 가만히 바라보며 꼿꼿이 서 있었다. 그 검은 눈동자의 헤아리기 힘든 심연에서 웃고 있는 작은 악마의 모습이 엿보였다. 아니, 사실 여부를 막론하고 엄마에게는 그렇게 생각되었다.

"애야, 너는 도대체 누구지?"

엄마는 물었다.

"엄마, 난 엄마의 작은 펄이에요!"

아이는 대답했다.

그러나 그렇게 말하면서도 펄은 소리 높여 웃음을 터뜨리고, 마치 작은 악마와 같이 굴뚝 위까지 날아오를 듯이 변덕스런 몸짓으로 폴짝폴짝 뛰어다녔다.

"너, 정말로 내가 낳은 아이니?"

헤스터는 물었다.

단지 장난으로 이런 질문을 한 것이 아니었다. 그녀는 아주 진지했다. 펄은 정말로 영리했기 때문에 자신의 정체를 드러낼 주문을 알고 있어서 지금에라도 본성을 드러내는 것이 아닌가, 헤스터는 불안해졌던 것이다.

"네, 난 엄마의 펄이에요!"

여전히 뛰어다니면서 아이는 대답했다.

"너는 내가 낳은 아이가 아닌걸! 너는 나의 펄이 아니야!" 엄마는 반쯤 놀리듯이 말했다. 심각한 괴로움 속에서 몸부림칠 때조차 농담을 하고 싶은 기분이 들 때가 있었기 때문이다. "그러면 가르쳐주렴. 너는 누구이고, 너를 여기에 데리고 온 것은 누구지?"

"엄마가 가르쳐줘요!" 아이는 헤스터에게 달려가 무릎에 매달리면서 심각한 표정으로 말했다. "엄마가 가르쳐줘!"

"하늘에 계신 아버지께서 너를 나에게 데려다 주셨단다!" 헤스터 프린은 대답했다.

그러나 이 말을 할 때 주저했기 때문에 아이는 날카로운 감으로 무엇인가를 깨달은 것 같았다. 평소의 변덕 탓인지, 아니면 악마로부터 부추김을 당한 것인지 펄은 작은 검지를 들어 주홍 글자를 만졌다.

"하나님이 날 보낸 게 아니야!" 아이는 딱 잘라 말했다. "나한테 하늘의 아버지 같은 건 없어요!"

"어허, 펄. 안 돼! 그런 말 하면 못써!" 헤스터는 떨리는 목소리를 겨우 진정시키며 말했다. "하늘에 계신 아버지께서 우리 모두를 이 세상에 보내신 거야. 엄마도 역시 그래. 그러니까 너는 더욱더 그렇지! 그렇지 않다면 요 이상한 꼬마 요정아, 네가 어디에서 왔겠니?"

"말해줘요! 말해달란 말이야!" 펄은 자꾸 졸라댔지만 그 말투에 이미 심각함은 없었으며 웃으면서 마루 위를 여기저기 뛰어다녔다. "엄마가 말해줘야 해요!"

그러나 헤스터는 자신이 희뿌연 미로 속에 있었기 때문에 이 어려운 질문에 대답을 할 수가 없었다. 그녀는 마을 사람들의 수군거림을 떠올렸다. 아이의 아버지가 누군지 도무지 짐작도

할 수 없었던 마을 사람들은 아이의 기묘한 성질을 수상히 여겨 펄을 손가락질하며 악마의 아이라고 말들 하고 있었다. 이와 같은 일은 오래전 가톨릭 사회 때부터 어머니의 죄에 대한 대가로서, 아니면 무언가 사악한 목적의 수행을 위해서 때때로 일어나곤 했다. 종교개혁자인 루터[2]도 악의를 품은 한 수도승이 퍼뜨린 소문에 의하면 악마의 자식이었다고 한다. 뉴잉글랜드의 청교도들 사이에서 이러한 불길한 혈통을 짊어지고 태어난 아이는 이 외에도 더러 있었으며 펄만이 그러한 것은 아니었다.

---

2) 1483~1546. 종교개혁가. 당시 면죄부를 팔던 로마 가톨릭교회에 대한 항의로 "면죄부가 없어도 진정으로 죄를 뉘우치는 자는 누구라도 정당하게 죄와 고통이 사면된다"라고 하며 속세에서의 선행보다 신앙에 의한 구원을 강조했다. 미국으로 건너간 청교도의 신앙 형태는 이러한 신학 사상의 더 순수한 형태라 할 수 있다.

7
총독 저택의 거실

　헤스터 프린은 어느 날 벨링엄 총독의 저택에 장갑을 가지고 찾아갔다. 장갑은 총독이 주문해 그녀가 수놓은 것으로, 무언가 큰 공식적인 행사 때 착용하는 것이었다. 민중들에 의한 보통선거의 결과 최고 자리에서 한두 단 내려왔다고는 하나, 식민지의 정계에서 그는 여전히 영향력 있는 지위를 차지하고 있었다.

　이날 헤스터가 총독의 저택을 방문한 데는 장갑을 가져다주는 것 외에 또 다른 목적이 있었다. 헤스터는 식민지의 운영에 큰 발언권과 행사권을 지닌 인물에게 회견을 요구했다. 그녀가 들은 바에 의하면, 종교와 정치 양면에서 더 엄격한 도의적 단속이 필요하다고 느끼고 있던 일부 사람들이 헤스터로부터 아이를 떼어놓아야 한다는 주장을 하고 있었던 것이다. 이미 말한 바와 같이 펄을 악마의 자식이라고 생각하고 있는 사람들이 자기들의 믿음을 전제로 아이 엄마의 영혼에 관심을 기울이며, 그 같은 장애물을 제거해주는 것이야말로 자신들의 의무라고 하는 것은 아주 터무니없는 주장은 아니었다. 한편으로, 만약 아이가 도덕적으로나 종교적으로 진실하게 성장하는 것이 가능하고 또 궁극적인 구원에 도달할 수 있는 요소를 지니고 있다면, 확실히 아이는 헤스터 프린보다 더 현명한 보호자의 손에 맡겨져야만 그러한 은혜를 입을 수 있다는 견해도 있었다. 이 계획의 추진에 열심인 사람 중 하나가 바로 벨링엄 총독이라는 소문이었다. 지금 같으면 마을 행정관의 소관이었을 이러한 종류의 안건이 공식적으로 논의되고, 높은 지위에 있는 정치가들이 찬반양론으로 나뉘어 논쟁하는 상황은 이상하고 우스꽝스럽게 생각될지도 모른다. 그러나 이주 초기의 단순하고 소박한 시대에는 헤스터와 그 아이의 행복에 관한 사항보다도 더 공중의 이해와 관계가 없고 본질적으로 중요하지 않은 사항들이 입법 심의나 법률 제정 속에 기묘한 상태로 혼재되어 있었다. 이 이야기가 있었던 때와 비슷한 시기에 돼지 한 마리의 소유권을 둘러싸고 식민지의 입법부 내에서 격렬한 대립이 생겨, 그 결과 입법부 자체의 구조에 중대한 변화가 초래된 일도 있었으니 말이다.

때문에 헤스터 프린은 걱정이 되어 주민들의 동정을 방패로 삼을 수 있는 엄마의 권리를 의식하면서 그녀의 쓸쓸한 오두막을 나선 것이다. 물론 작은 펄도 함께였다. 펄은 이제 엄마 곁을 종종거리며 뛰어다닐 만큼 성장하여 아침부터 밤까지 노상 돌아다니고 있었기 때문에 오늘의 목적지보다 더 멀리까지도 갈 수 있었을 것이다. 그러나 이 아이는 지쳐서라기보다는 변덕스런 마음에서 안아달라고 떼를 쓰고 안아주면 얼마 후 다시 내려달라고 졸라대더니, 풀이 돋아난 오솔길을 팔짝 뛰어다니며 걸려 넘어지거나 구르거나 하면서도 상처 하나 입지 않고 달려갔다. 펄의 풍부하고 화려한 아름다움에 대해서는 이미 언급한 바 있다. 그것은 짙고 선명한 광채를 발하는 아름다움이었다. 밝은 피부색, 광택과 깊이를 갖춘 눈동자, 성장함에 따라 흑색에 가까워질 깊고 은은한 빛의 갈색 머리. 바야흐로 펄의 내부 곳곳에 불이 타오르고 있었던 것이다. 펄은 사전에 계획되지 않은 정열적인 순간으로 인한 결과였다. 펄의 엄마는 아이의 옷을 만드는 데 있어서 풍부한 상상력을 아낌없이 발휘하여, 금실로 환상적인 덩굴무늬를 듬뿍 곁들인 진홍색 벨벳 상의를 아이에게 입혔다. 이처럼 강렬한 색채는 혈색이 좋지 않은 아이의 경우라면 창백한 환자 같은 인상을 주었을 테지만, 펄의 아름다움과는 절묘한 조화를 이루어 마치 펄을 지상에서 춤추는 현란한 불꽃처럼 보이게 했다.

그러나 이 의상의 두드러진 특징과 아이의 전체적인 용모는 보는 이로 하여금 좋든 싫든 헤스터 프린이 가슴에 붙인 그 상징을 떠올리게 했다. 아이의 용모는 주홍 글자의 또 하나의 모습이었고, 바로 살아 있는 주홍 글자였다! 붉은 치욕의 표시가 너무나도 깊이 헤스터의 뇌리에 새겨져 있어 그녀의 머리에 떠오르는 모든 것이 주홍 글자의 모습을 취할 수밖에 없었던 때문인지, 엄마 자신이 정성을 다해 그 비슷한 모습을 만들고 만 것이다. 오랜 시간 병적일 정도로 세심한 공을 들여, 헤스터는 그녀의 애정의 대상과 그녀의 괴로움의 상징을 연결하는 무언가를 창조해냈다. 그리고 실제로 펄은 애정의 대상임과 동시에 죄와 괴로움의 상징이었다. 양자가 일치하고 있었기 때문에 헤스터는 이렇게 완벽하게 펄의 모습에 주홍 글자를 재현할 수 있었던 것이다. 두 모녀가 걸어서 마을로 들어가자, 청교도 아이들은 놀이를 멈추고는 얼굴을 가까이 대고 수군거렸다.

"야, 저기 봐봐. 저기에 주홍 글자 여자가 있어. 그리고 정말 주홍 글자와 똑같은 것이 옆을 달려간다! 자, 우리 같이 두 사람한테 진흙을 던지자!"

그러자 펄은 얼굴을 찡그리고 발을 동동 구르며 위협하듯이 작은 주먹을 휘두르더니, 갑자기 적의 집단을 향해 돌진하여 아이들을 모두 쫓아버렸다. 펄이 아이들을 맹렬히 쫓아가는 모습은 새로운 세대의 죄를 벌하는 전염병과 같아 보였다. 펄이 소름 끼치는 무시무시한 소리를 질렀기 때문에, 도망가는 아이들은 두려움에 바짝 졸아들었다. 승리를 거두자 펄은 조용히 엄마 곁에 돌아와 얼굴을 올려다보며 미소 지었다.

더 이상은 아무 일 없이, 두 모녀는 벨링엄 총독의 저택에 도착했다. 저택은 커다란 목조 가옥으로, 오늘날에도 오래된 마을의 거리에서 자주 볼 수 있는 양식의 건물이었다. 지금의 그러한 낡고 이끼 낀 건물들은 그 안에서 일어났던 수많은 슬프거나 즐거운, 잊혔거나 기억되는 일들로 인해 어딘가 생각에 잠긴 듯한 얼굴을 보여준다. 그러나 죽음은 한 번도 들어온 적이 없었던 이 건물의 외벽에서는 지나간 시절의 신선함이 느껴졌고 활기차고 반짝이는 빛이 창문을 통해 새어 나오고 있었다. 건물은 참으로 밝은 모습이었다. 벽은 유리 파편을 가득 섞은 회반죽으로 칠을 해서 햇빛이 건물 정면으로 비스듬히 내리쬐면 다이아몬드를 흩뿌린 듯 반짝거렸다. 이러한 광채는 나이든 청교도 통치가의 저택이라기보다 알라딘의 궁전을 떠오르게 했다. 그 벽은 또 회반죽을 칠할 때 그려진 신비로운 그림 및 도표가 영구적인 형태로 굳어져 사람들의 감탄을 자아내고 있었다.

펄은 이처럼 눈부시게 빛나는 저택을 보고서 폴짝폴짝 뛰더니, 하필이면 건물 정면을 비추는 일광을 그대로 벗겨내어 장난감으로 썼으면 좋겠다고 끈질기게 졸라댔다.

"안 돼, 펄!" 엄마는 말했다. "갖고 싶으면 네가 가져와야지. 엄마에겐 너한테 줄 햇빛이 없어!"

두 사람은 현관문으로 다가갔다. 아치형의 문 양쪽엔 건물에서 툭 튀어나온 가느다란 탑과 같은 것이 있었고, 양쪽 모두 덧문이 붙은 격자창이 달려 있었다. 헤스터 프린이 현관문의 쇠고리를 탁탁 두드리자 하인이 나왔다. 이 하인은 원래 영국 태생의 자유민이었으나 지금은 7년 기한의 노예 신분으로 일하고 있었다. 이 기한 동안 그는 주인의 소유물로서 가축이나 의자와 마찬가지로 매매할 수 있는 상품이었다. 이 노예는 당시

노예 신분의 하인임을 말해주는 파란 옷을 입고 있었으며, 이 것은 격식 높은 영국 가문의 오랜 관습이기도 했다.

"벨링엄 총독 각하는 안에 계시는지요?"

헤스터가 물었다.

"계십니다." 이 고장에 온 지 얼마 되지 않은 터라 주홍 글자 를 본 적이 없었던 하인은 눈을 둥그렇게 뜨고 그것을 보면서 대답했다. "각하는 안에 계십니다. 하지만 목사님 두 분과 의사 선생님 한 분이 와 계셔서 지금은 만나실 수 없습니다."

"그래도 만나 뵙게 해주세요."

헤스터 프린은 대답했다. 하인은 그녀의 단호한 태도와 가슴 위의 현란한 글자를 보고 그녀를 이곳의 귀부인이라고 생각했 는지 더 이상 막아서지 않았다.

엄마와 어린 펄은 현관 안의 거실로 안내되었다. 벨링엄 총 독은 고국의 상당한 지위를 가진 자의 저택을 모델로 자신의 새로운 주거를 설계했다고는 하나, 자재의 성질이나 기후의 차 이, 생활양식 등을 고려해 꽤 많은 곳을 고쳤다. 따라서 이 저 택은 거실이 넓었으며 천장은 그것에 맞춰 높게 설계되어 있었 고, 안으로 길게 뻗어 있었다. 이 넓은 거실 한쪽 끝에는 현관 의 양측 두 개의 탑에 나 있는 창을 통해 밝은 빛이 들어오고 있었다. 다른 한쪽 끝에는 고서적에서 자주 볼 수 있는 활 모양 으로 튀어나온 퇴창이 있었고, 커튼에 일부 가려져 있었지만 거기에서는 한층 더 강렬한 광선이 비치고 있었다. 또 퇴창의 튀어나온 부분에는 푹신푹신한 쿠션이 놓인 의자가 있었다. 그

쿠션 위에는 『영국 연대기』[1]랄까, 그 정도로 부피가 큰 문학서 같은 접책이 한 권 놓여 있었다. 지금으로 치자면 거실 테이블에 금박 입힌 번쩍이는 책을 몇 권 던져놓고, 불쑥 방문하는 손님에게 페이지를 들춰보게 하는 취향과 비슷한 것이었다. 거실의 가구로는 등받이에 화환 문양이 정교하게 새겨진 묵직한 의자와, 같은 종류의 테이블이 있었다. 그것들은 모두 엘리자베스 시대나 그 전의 것으로, 총독이 본국에서 운반해 온 가보였다. 테이블 위에는 손님 접대를 위한 큰 주석 잔이 놓여 있었는데, 헤스터나 펄이 그 안을 엿보았다면 방금 마신 맥주의 거품이 남아 있는 걸 볼 수 있었을 것이다.

벽에는 벨링엄家 선조들의 초상이 쭉 걸려 있었다. 어떤 자는 갑옷을 입고 있고, 어떤 자는 주름 깃을 단 중후한 의복을 몸에 걸치고 있었다. 어느 초상화건 모두 준엄함을 갖추고 있었지만, 그것들은 세상을 떠난 명사들의 초상화라기보다 살아 있는 인간의 행동들과 생각들을 냉혹한 비판의 눈으로 바라보는 유령이라고 하는 편이 더 어울렸다.

거실 안쪽의 나무로 된 벽면 중간쯤에 갑옷 한 벌이 걸려 있었다. 그것은 초상화처럼 조상 대대로 전해오는 유물이 아니라 아주 최근에 만든 것으로, 벨링엄 총독이 뉴잉글랜드로 건너온 해에 런던의 솜씨 좋은 기술자가 만들어준 것이었다. 강철 투

---

1) 래피얼 홀린세드의 저서. 셰익스피어가 작품의 자료로서 자주 이용한 것으로도 알려져 있다.

구와 갑옷, 목 받침대, 무릎 보호대가 있었고, 그 아래에 갑옷용 장갑 한 쌍과 검 한 자루도 매달려 있었다. 모든 게 그랬지만 특히 투구와 흉갑은 정성스럽게 광을 내 하얀빛이 바닥에 아름답게 반사되고 있었다. 이 빛나는 한 벌의 갑옷은 단순한 장식품이 아니라 여러 훈련장에서 총독 스스로가 몸에 걸치고, 또 피쿼드 전쟁[2]에서는 연대의 선두에서 광채를 발했던 물건이었다. 벨링엄 총독은 본래 법률가로서 베이컨이나 코크, 노이, 핀치[3] 등을 동료들이라고 부르고 있었지만, 이 새로운 나라가 긴급사태에 처했을 시에 그는 정치가뿐만 아니라 군인으로도 변신하고 있었던 것이다.

작은 펄은 번쩍이는 갑옷에 완전히 매혹되어 거울과 같이 광택이 나는 흉갑을 가만히 바라보았다.

"엄마." 펄이 외쳤다. "여기에 엄마가 비쳐요. 봐요! 봐!"

헤스터가 아이의 비위를 맞춰주려고 그것을 들여다보자 볼록거울의 특수한 효과에 의해 주홍 글자가 유별나게 눈에 띄었다. 실제 그녀 자신의 모습은 완전히 글자 뒤에 가려져 있는 것 같았다. 펄은 마찬가지로 투구에도 비치고 있는 그 모습을 손가락으로 가리키며 엄마에게 요정과 같은 미소를 지어 보였다. 그 장난기 어린 밝은 표정 역시 거울에 비쳤지만, 그 모습이 너

2) 1633년에서 1637년에 걸친 이 전쟁으로 말미암아 코네티컷의 피쿼드 인디언은 거의 완전히 전멸되었고, 이후 뉴잉글랜드에 있어서 인디언의 대습격은 사실상 사라졌다.
3) 프랜시스 베이컨, 에드워드 코크, 윌리엄 노이, 존 핀치. 모두 영국의 법률가들.

무나 크고 명확해 보이는 탓에 헤스터 프린에게는 펄처럼 보이려는 작은 악마의 모습처럼 여겨졌다.

"이쪽으로 와, 펄!" 그녀는 이렇게 말하고 아이를 자기 쪽으로 끌어당겼다. "이리로 와서 예쁜 정원을 보자. 분명 꽃이 피어 있을 거야. 숲에 있는 것보다 더 예쁜 꽃이."

그러자 펄은 거실 끝에 있는 퇴창 쪽으로 달려가서 짧게 깎인 잔디가 융단처럼 깔려 있는 산책 길을 자세히 보았다. 그 오솔길 양쪽에는 손질이 안 된 볼품없는 작은 나무가 보기 싫게 심어져 있었다. 이 정원의 주인은 고국 영국의 화려한 정원을 대서양 건너 이쪽에도 뿌리내리게 하려고 노력했지만, 토양이 세고 식물의 생존경쟁이 심한 토지의 특성상 무리라는 것을 깨닫고 일찌감치 그 노력을 포기해버린 것 같았다. 양배추가 제멋대로 자라 있는 것이 눈에 띄었다. 또 퇴창 바로 밑에는 꽤 멀리 뿌리를 내린 호박이 이 거대한 황금색 덩어리야말로 뉴잉글랜드의 토양이 제공할 수 있는 최고의 상품이라는 듯 턱하니 자리 잡고 있었다. 이 가운데 장미꽃 몇 송이가 눈에 띄었고, 이 반도의 최초 이주자인 블랙스톤 목사[4]가 심어놓은 것들의 자손일 법한 사과나무가 많이 보였다. 그 목사는 검은 황소 등

---

4) 1595~1675. 영국의 케임브리지 대학을 졸업한 목사였으나 영국국교회에 불만을 품고 1620년 보스턴 서쪽 교외의 농장으로 이주했다. 그러나 신대륙의 청교도에도 만족을 느끼지 못하고 1631년에는 오늘날의 로드아일랜드 지방으로 옮겨 갔다. 세상을 등진 듯한 괴팍한 사람으로 말 대신 소를 타고 돌아다녔다고 한다.

에 걸터앉아 미국의 초기 연대기를 장식한 거의 신화적인 인물이라고 할 수 있다.

펄은 장미꽃이 눈에 들어오자 빨간 장미를 한 송이 갖고 싶다며 막무가내로 졸라댔다.

"그만해, 펄. 그만!" 엄마는 열심히 타일렀다. "울지 마라, 펄! 정원 쪽에서 소리가 들리는구나. 총독님이 오시는가 보다. 다른 분들도 함께 말이야."

아닌 게 아니라 정원의 오솔길 멀리에서 몇 사람이 저택을 향해 다가오는 것이 보였다. 펄은 자기를 달래는 엄마는 완전히 무시하고 듣기 싫은 소리를 질러대더니, 갑자기 조용해졌다. 온순하게 말을 잘 들으려는 마음에서가 아니었다. 평소 변덕스럽고 싫증을 잘 내는 호기심이 새로운 인물의 출현에 방향을 바꾼 것이다.

8
꼬마 요정과 목사

벨링엄 총독은 헐렁한 옷에 느슨한 모자를 쓰고, 일행의 선두에 서서 저택을 자랑하며 장래의 개조 계획을 상세히 설명하고 있었다. 제임스 왕조 때의 흘러간 유행을 생각나게 하는 끝이 넓은 주름 깃 위에 희끗희끗한 턱수염이 늘어져 있는 총독의 머리는 큰 접시 위에 놓인 세례자 요한의 머리[1]와 비슷해 보였다. 만추가 지나 서리가 내린 엄숙한 총독의 얼굴은 그가 즐거움을 위해 애써 모은 여러 가지 것들과는 너무나 어울리지 않았다. 우리의 훌륭한 조상들이—인생은 시련과 투쟁의 장이며, 또 의무를 위해서라면 목숨도 기꺼이 희생할 수 있다고 말

---

1) 헤롯 왕이 자신의 생일날 춤을 춘 아가씨의 청을 받아들여, 세례자 요한의 목을 잘라 쟁반에 얹어 갖고 오게 한 일이 있었다. 마가복음 6 : 14~29 참조.

하긴 했지만—쉽게 손에 넣을 수 있는 쾌락이나 작은 사치까지도 거부하고 있었다고 생각한다면 그건 섣부른 판단이다. 가령 벨링엄 총독의 어깨 너머로 하얀 턱수염을 보이고 있는 덕망 높은 노목사 존 윌슨도 그 같은 교의를 설파한 적은 없었다. 이 눈 덮인 듯한 하얀 머리의 소유자는 배나 복숭아를 뉴잉글랜드의 풍토에 뿌리내리게 하고 싶다는 바람을 아직 갖고 있었고, 보라색 포도 덩굴이 볕이 잘 드는 정원의 담벼락을 풍성하게 장식하는 것도 꿈은 아니라고 말하고 있었다. 노목사는 영국국교회의 너그러운 품에서 자랐기 때문에 감미롭고 기분 좋은 것에 대한 오랜 취미를 갖고 있었다. 설교 단상에서나 헤스터 프린의 죄와 같은 것을 책망할 땐 몹시 엄격했지만, 일상생활 속에서는 상냥한 마음과 온정이 넘쳤으므로 노목사는 어느 목사보다도 사람들로부터 사랑과 존경을 받고 있었다.

총독과 윌슨 목사 뒤로 두 명의 손님이 따라오고 있었다. 한 사람은 독자들도 기억하듯이, 헤스터 프린이 치욕을 겪는 장면에서 마지못해 한 역할을 맡았던 아서 딤스데일 목사였다. 그리고 이 목사 곁에 늙은 의사인 로저 칠링워스가 바싹 붙어 따라오고 있었다. 의술의 대가로 알려진 이 인물은 마을에 정착한 지 이미 2, 3년이 되어 있었다. 이 학자는 최근 들어 일 때문에 심히 건강을 해치고 만 젊은 목사의 친구임과 동시에 그의 주치의였다.

총독은 손님들의 선두에 서서 계단을 올라가 거실의 창문을 살짝 열어젖혔다. 그런데 바로 그곳에 작은 펄이 서 있었다. 헤스터 프린의 모습은 커튼의 그림자에 반쯤 가려져 있었다.

"여기 있는 건 누구지?" 벨링엄 총독은 눈앞의 작은 주홍빛 존재에 놀라 소리를 높였다. "이런 이런. 옛날 나의 화려했던 시절인 제임스 왕조 이래 처음 보는 모습이군. 당시엔 나도 궁정의 가장무도회에 초대받는 걸 큰 영광으로 알았었지! 축제 날이면 이런 작은 요정들이 북적거렸는데. 우리는 그런 녀석들을 파티 사회자의 아이들이라고 불렀어. 그런데 그런 손님이 어떻게 우리 집에 날아들어 왔지?"

"오, 정말 그렇군요!" 나이 든 윌슨 목사가 큰 소리로 말했다. "새빨간 날개를 달았구나. 도대체 무슨 새인가? 화려한 색유리창 너머로 비치는 햇빛이 금색이나 주홍색 무늬를 마루에 그릴 때 이런 걸 본 듯한 느낌이 드는데. 그러나 그건 고향에서의 일이지. 이봐요, 꼬마 아가씨. 도대체 누구죠? 네 어머니는 어째서 널 이런 특이한 옷으로 한껏 꾸며놓았을까? 너는 기독교인이냐, 응? 교리문답을 알고 있니? 아니면 그 장난 좋아하는 꼬마 마녀나 요정 중 하나니? 그런 것들은 가톨릭의 유물과 함께 오래전 먼 영국 땅에 두고 왔다고 생각했는데."

"나는 우리 엄마 아이예요." 주홍빛 화신은 말했다. "그리고 내 이름은 펄이에요."

"펄이라고? 루비라고 해야 어울리지 않을까! 아니면 산호! 아니, 너의 색으로 보자면 빨간 장미라고 할까!" 노목사는 그렇게 대답하고 작은 펄의 볼을 쓰다듬으려 했지만 소용없었다. "그런데 네 엄마는 어디 있지? 아아, 알았다!" 그는 이렇게 말하고 나서 벨링엄 총독 쪽으로 고개를 돌려 속삭였다. "이 아이가 우리가 논의하던 바로 그 아이입니다. 그리고 여기 그 불행한 여인 헤스터 프린, 이 아이의 어머니도 와 있군요."

"그래요?" 총독은 말했다. "아아, 이런 아이의 어머니라기에 당연히 그 붉은 옷을 걸친 바벨론의 여자[2]를 떠올렸는데 아니었어! 어쨌든 마침 좋은 때에 왔군요. 곧바로 이 건을 검토합시다."

벨링엄 총독은 앞장서서 유리문을 통해 거실로 들어갔고 나머지 세 명의 손님들이 그 뒤를 따랐다.

"헤스터 프린." 총독은 타고난 날카로운 눈빛으로 주홍 글자의 여자를 주시하면서 말했다. "요즈음 당신의 일이 크게 문제가 되고 있소. 저기에 있는 저 아이의 불멸의 영혼을 속세의 함정에 빠졌던 자의 손에 맡겨두어도 좋을지, 그 점을 신중하게 논의하던 차요. 당신은 저 아이의 어머니이니 의견을 말하도록 하시오! 아이를 당신 손에서 떨어뜨려 제대로 된 옷을 입히고 엄격하게 훈육하여 천상과 지상의 진리를 깨우치도록 하는 것이 아이의 행복을 위해서 좋을 거라고 생각하는데, 당신의 의견은 어떻소? 당신은 아이를 위해서 그런 것들을 얼마큼이나 해줄 수 있겠소?"

"이것으로부터 제가 깨달은 것을 우리 어린 펄에게 가르쳐

---

2) 요한계시록에 등장하는 음탕한 여자를 지칭. 붉은빛 옷을 입었으며 큰 바벨론, 땅의 음녀들과 가증한 것들의 어미라고 기록되어 있다. 요한계시록 17 : 4~5 참조.

85

줄 수 있어요!"

헤스터는 붉은 표시에 손을 갖다 대며 대답했다.

"헤스터, 그건 치욕의 표시요!" 근엄한 총독은 대답했다. "그 글자가 나타내는 오욕의 상징 때문에 우리는 당신의 아이를 타인의 손에 맡기려고 하는 것이오."

"그렇기는 하지만." 한층 더 얼굴이 파래지면서도 여자는 침착하게 말했다. "이 상징이 저에게 가르쳐주었어요. 매일 가르쳐줍니다. 지금 이 순간에도 가르쳐주고 있어요. 아이가 현명하고 훌륭한 여자가 될 수 있는 교훈을요. 저에게는 아무 도움도 되지 않겠지만 말입니다."

그러자 벨링엄은 말했다.

"신중히 검토한 후에 우리가 취해야 할 조치를 생각해봅시다. 윌슨 목사님, 이 아이가 나이에 맞는 기독교인으로서의 가르침을 몸에 익히고 있는지 좀 보아주시지 않겠습니까?"

노목사는 의자에 걸터앉아 펄을 양 무릎 사이로 끌어당기려고 했다. 그러나 아이는 엄마 이외에 누가 만지거나 친절하게 대하는 것에 익숙지 않았기 때문에 열린 창 밖으로 달아나 한 계단 위에 섰다. 마치 광채가 나는 현란한 날개를 퍼덕이며 당장이라도 하늘을 향해 날아갈 듯한 기세였다. 윌슨 목사는 평소에 아이들에게 인기가 아주 많았기 때문에 이 예상외의 반응에 약간 당황하기는 했으나, 어쨌든 질문을 던졌다.

"펄." 그는 위엄 어린 목소리로 말했다. "너는 가르침을 잘 지켜야 한단다. 그렇게 하면 조만간 가슴에 값비싼 진주를 꼭

달 수 있게 될 거야. 자, 착하지. 누가 너를 만드셨는지 말해보 겠니?"

펄은 누가 자신을 만들었는지 지금은 잘 알고 있었다. 독실한 기독교 집안의 딸이었던 헤스터 프린은 하늘의 아버지에 대해 아이와 얘기할 수 있게 되자, 아직 어리긴 했지만 곧 여러 가지 진리를 아이에게 가르쳐주었던 것이다. 따라서 펄이 성장해온 3년 동안 획득한 지식은 상당한 양이었으며, 뉴잉글랜드 초등독본[3]이나 웨스트민스터 교리문답[4]의 제1단에 대해서는, 설사 이것이 어떻게 생겼는지 본 적도 없다 해도, 충분히 시험을 치러낼 만한 실력이 있었다. 그러나 아이들이라면 누구나 다소는 가지고 있고, 특히 펄은 보통 아이의 열 배나 되었던 뒤 둥그러진 성격이 하필 그래서는 안 될 때에 완전히 펄을 사로잡아, 입을 다물게 하거나 일부러 틀린 말을 하게 했다. 입에 손가락을 물고 윌슨 목사의 질문을 몇 번이나 버릇없이 거절한 끝에 결국 아이가 내뱉은 말은, 자신은 창조주에 의해 만들어진 것이 아니라 감옥 문 옆에 돋아나 있던 들장미 덤불에서 엄마가 꺾어 온 것이라는 대답이었다.

이러한 엉뚱한 생각이 떠오른 것은 아마 펄이 서 있던 창가

---

3) 식민지의 어린이들에게 읽기, 쓰기를 가르침과 동시에 기독교의 미덕과 교의를 가르칠 목적으로 만들어진 초등독본. 운율이 있는 문구로 이루어져 있다. 예를 들어 'A'의 항에는 "By Adam's fall / We sinned all"이라고 되어 있으며, 이처럼 매끄러운 어조로 아이들에게 무서운 '원죄'에 대해 가르쳤다.
4) 웨스트민스터 사원의 성직자 회의에서 제정된 개신교 신학에 기초한 교리문답집. 보스턴의 청교도들도 이것을 채용하고 있었다.

바로 옆에 빨간 장미가 피어 있었기 때문일 것이다. 아니면 여기에 오는 도중 눈에 띄었던 감옥의 장미 수풀이 생각났기 때문인지도 모른다.

로저 칠링워스는 얼굴에 미소를 띠며 젊은 목사의 귀에 무어라 속삭였다. 헤스터 프린은 그 의사를 힐끗 보고 이 남자의 변화된 용모에 적잖이 놀랐다. 처음 그를 알았을 때와 비교하여 얼마나 추해진 모습인가. 원래 거무스름했던 얼굴색은 더욱 검어지고, 기형적인 체형은 더욱 일그러져 있었다. 그녀는 순간 그와 눈을 마주쳤지만 곧바로 현재의 상황에 정신을 집중하려고 노력했다.

"이건 너무하군!" 펄의 대답에 당황하여 어쩔 줄 몰라 하던 총독이 가까스로 정신을 차리고 외쳤다. "세 살이나 되는 아이가 아직 누가 자신을 만들었는지조차 모르다니! 이 아이는 자신의 영혼과 마찬가지로 현재의 타락과 미래의 숙명에 대해서도 무지하리라는 것은 이제 의문의 여지가 없군요! 여러분, 이제 더 이상의 질문은 필요 없겠습니다."

헤스터는 펄을 가까이 끌어당겨 힘껏 품에 안으며 험악한 표정으로 청교도 치안판사를 쳐다보았다. 세상으로부터 버림받은 후 이 유일한 보석만을 의지하며 살아온 그녀는 세상에 무슨 일이 있어도 양보할 수 없는 권리가 있다고 생각했다. 그리고 그 권리는 죽을 때까지 지켜나갈 각오였다.

"이 아이는 하나님으로부터 받은 아이입니다!" 그녀는 소리 높여 외쳤다. "당신들이 제게서 빼앗아 간 모든 것에 대한 보상으로 하늘이 저에게 주신 아이예요. 이 아이는 저의 행복이자, 동시에 저의 고통입니다! 펄 덕분에 저는 이렇게 살아 있습니다! 펄은 저를 벌하기도 합니다! 이해하지 못하시겠어요, 이 아이가 저의 주홍 글자라는 것을? 저는 이것을 사랑하고 있습니다. 사랑하고 있기에 바로 이 주홍 글자는 강력한 힘을 가지고 저를 벌하는 것입니다. 이 아이는 내줄 수 없어요! 그러느니 차라리 제가 먼저 죽겠습니다!"

"가련한 여자여." 온정 깊은 노목사는 말했다. "아이는 제대로 잘 돌보아 주겠소! 그대가 할 수 있는 것보다 훨씬 잘해줄 수가 있어요."

"하늘은 이 아이를 제가 돌보도록 저에게 주신 거예요." 헤스터는 거의 비명에 가까운 소리를 지르며 되풀이했다. "저는 이 아이를 결코 손에서 떼어놓을 수 없습니다!" 그리고 충동적으로 젊은 목사 딤스데일 쪽으로 고개를 돌렸다. "저를 위해서 뭐라고 말씀 좀 해주세요!" 그녀는 외쳤다. "당신은 저의 목사님이고 저의 영혼을 맡고 계시니 이분들보다 저를 더 잘 아시잖아요. 저는 아이를 곁에서 떨어지게 할 수 없어요! 저를 위해서 제발 말씀을 해주세요! 당신은 알고 계시죠. 당신은 이분들에게는 없는 동정심을 가지고 계시니까요! 잘 알고 계실 겁니다. 제 마음을, 어미의 권리가 무엇인지를, 아이와 주홍 글자밖에 없을 때 그 어미의 권리가 얼마만큼 강해지는가를 당신은 알고 계십니다! 생각해주세요! 저는 이 아이를 결코 떼어놓을 수 없습니다!"

이 격렬하고 처절한 호소는 그녀가 거의 광란 상태에 빠져 있다는 것을 나타내고 있었다. 호소를 듣자 젊은 목사는 창백해져서 심중이 불안할 땐 항상 그러듯이 손을 가슴에 얹고 앞으로 나왔다. 지금 목사는 전에 헤스터가 공개적으로 모욕을 받던 때보다 한층 더 초췌해 보였다. 건강이 나빠진 탓인지, 아니면 그 외에 무슨 다른 원인이 있는지 그의 검은 눈동자엔 어두운 빛이 가득 서려 있었다.

"이 여인의 말에는 진실이 있습니다." 목사는 약간 떨리면서도 힘이 깃든 목소리로 말하기 시작했다. 그 목소리는 거실에 울려 퍼지고, 텅 빈 갑옷에 부딪쳐 함께 전율했다. "이 여인이 하는 말에, 이 여인의 감정에 진실이 있습니다! 신은 이 여인에게 아이를 주셨고, 동시에 이 아이의 성격이나 아이가 필요로 하는 것에 대해 남들이 가질 수 없는 본능적인 지식을 부여해주셨습니다. 게다가 이들 모녀 사이에는 어떤 신성한 점이 있다고 생각지 않으십니까?"

"호오! 그것은 또 어째서입니까, 딤스데일 목사?" 총독은 중간에 끼어들었다. "확실하게 설명해줬으면 좋겠군요."

"정말로 신성한 점이 있습니다." 목사는 말을 이었다. "만약 그렇지 않다면 인간의 창조주이신 하나님은 죄를 가볍게 여기고 추잡한 정욕과 신성한 사랑의 구별을 아무렇지 않게 취급한 것이 되지 않을까요? 아버지의 죄와 어머니의 부끄러움 사이에서 태어났지만, 이 아이는 여러 가지 방법으로 어머니의 마음에 작용하도록 신이 배려하신 겁니다. 때문에 이 여인은 이렇게도 진지하게, 이렇게도 비통하게 아이를 곁에 둘 권리를 주장하는 것입니다. 아이는 축복으로서, 그녀 인생의 유일한 축복으로서 주어진 것입니다! 그리고 또 아이는 확실히, 그녀 자신이 우리에게 말했듯이 죄의 응보로서도 주어진 것입니다. 아이는 즉, 헤아릴 수 없이 많은 순간 자신도 모르게 느끼는 고통인 것입니다. 그건 바로 작은 환희 속에서도 찾아오는 가슴 속의 쓰라림, 영혼의 아픔, 멈추지 않는 고뇌입니다! 이 여인은 이러한 생각을 이 가련한 아이의 옷에서 표출하고 있는 것이 아닐까요? 이 옷을 보고 있노라면 자신의 가슴에 새겨진 그 붉은 상징을 어쩔 수 없이 떠올리게 되지 않겠습니까?"

"일리가 있는 말이오!" 윌슨 목사는 말했다. "나는 이 여자가 혹여 자신의 아이를 구경거리로 만들려는 것은 아닌지 걱정했소!"

"그런 일은 없습니다! 그런 일은!" 딤스데일 목사는 계속했다. "틀림없이 이 여인은 이 세상에 존재하는 이 아이를 통해 신이 이루어내는 장엄한 기적을 깨닫고 있을 겁니다. 그리고 바라건대 이 은총이 의도하는 바란 무엇보다도 우선 어머니의 영혼에 활력을 불어넣고, 설사 악마가 그녀를 어두운 나락으로 끌어들이려고 해도 그러한 유혹에서 그녀를 구원하려는 것임을 깨닫게 하려는 것이겠지요! 그러니 이 가련하고 죄 많은 여인에게 있어서는 영원한 기쁨과 슬픔을 줄 수 있는 불멸의 영혼을 지닌 이 아이를 돌보게 하는 것이 오히려 바람직하다고 할 수 있습니다. 아이에 의해 여인은 바른길로 인도되고, 아이

를 거울삼아 늘 자신의 타락을 떠올리게 되는 것이죠. 그녀가
아이를 천국으로 인도할 때 아이 또한 부모를 천국으로 인도한
다는 것을, 아이를 통해 그녀가 알게 된다면 얼마나 바람직한
일입니까! 죄 많은 어머니가 죄 많은 아버지보다 행복한 이유
가 여기에 있습니다. 그러니 헤스터 프린을 위해서도, 또 가련
한 아이를 위해서도 신이 타당하다고 생각하신 대로 두 모녀를
그냥 놔두는 것이 좋지 않겠습니까!"

"목사님의 변론에서 묘한 힘과 열기가 느껴지는군요."

주름진 얼굴의 로저 칠링워스는 젊은 목사에게 미소를 보이
며 말했다.

"그리고 우리 젊은 목사가 하는 말에는 상당한 무게가 느껴
지는군요." 윌슨 목사가 말을 덧붙였다. "벨링엄 각하, 어떻게
생각하십니까? 저 불쌍한 여인을 위해서 딤스데일 목사가 아
주 훌륭한 변론을 했다고 생각지 않으시는지요?"

"과연." 총독은 대답했다. "상당히 훌륭한 변론을 들었으니,
이 여인이 더 이상 추문을 일으키지 않는 한 이 문제는 현 상태
로 놔두기로 하지요. 그러나 윌슨 목사님이나 딤스데일 목사가
교리문답의 정규 시험을 아이에게 치르도록 할 필요는 있겠습
니다. 또 때가 되면 학교나 교회에도 나갈 수 있도록 마을의 관
청에 조치를 취해두어야 하고요."

젊은 목사는 얘기를 끝내자 일행으로부터 몇 걸음 물러나, 창
문에 드리워진 무거운 커튼 주름에 얼굴을 반쯤 가린 채 서 있었
다. 그 모습은 햇빛을 받아 마루 위에 그림자를 떨구고 있었고,

그림자는 방금 끝낸 격렬한 호소로 인해 떨리고 있었다. 변덕스런 요정 같은 펄이 살그머니 그의 곁에 다가와 양손으로 그의 한쪽 손을 잡고, 그 손에 볼을 비벼댔다. 그 행동이 너무나 부드럽고 상냥했기 때문에 그것을 보고 있던 헤스터는 자문하지 않을 수 없었다.

'저 아이가 나의 펄일까?'

그녀는 아이의 마음에 사랑이 존재한다는 것을 알고 있었다. 그러나 그 사랑은 대체로 격정으로 변하기 일쑤여서 이처럼 상냥한 태도를 취한 것은 태어나서 두 번이나 있었을까 싶었다. 목사는 진정한 사랑이 엿보이는 아이의 표현에 마음이 가라앉아, 주위를 돌아본 후 아이의 머리에 손을 얹고 이마에 입을 맞추었다. 그러나 평소답지 않은 펄의 이러한 기분이 언제까지나 지속될 리가 없었다. 펄은 갑자기 소리 높여 웃더니 거실을 폴짝폴짝 뛰면서 저쪽으로 가버렸는데, 그 모습이 어찌나 경쾌하던지 윌슨 목사는 아이의 발끝이 마루에 닿고는 있는 건지 의심스러울 정도였다.

"저 말괄량이 꼬마 아가씬 마술을 부리고 있는 것 같군요." 그는 딤스데일 목사에게 말했다. "저 아인 하늘을 나는 데 마녀의 빗자루 따윈 없어도 되겠소."

"이상한 아이로군요!" 로저 칠링워스가 말했다. "저 아이에게 제 어미의 핏줄이 흐르고 있는 게 훤히 보입니다. 그런데 여러분, 저 아이의 본성을 분석하여 그 특질에서 아비를 알아내는 것은 학자의 손에 버거운 일일까요?"

"아니, 그러한 문제로 세속적인 학문의 손을 빌리는 건 큰 죄를 짓는 것입니다." 윌슨 목사는 말했다. "그보다는 단식하면서 기도를 하는 편이 낫지요. 그리고 굳이 주님이 원하지 않으신다면 비밀은 비밀인 채로 놔두는 것이 더 좋을 것입니다. 그럼으로써 기독교인들은 모두 이 가련한 아이에 대해서 아버지의 온정을 베풀 권리를 부여받는 것입니다."

사태가 이처럼 원만하게 해결되자 헤스터 프린은 펄을 데리고 벨링엄의 저택을 나왔다. 그런데 두 모녀가 돌계단을 내려올 때, 퇴창의 격자문이 확 열리면서 총독의 여동생이자 수년 후에 마녀재판에서 처형된 기괴한 히빈스 부인이 머리를 내밀었다는 이야기가 전해지고 있다.

"쉿, 여기요!" 하고 말을 거는 그녀의 불길한 용모가 이 쾌활하고 새로운 저택에 음울한 그림자를 던졌다고 한다. "오늘 밤 함께 가지 않겠어요? 숲 속에서 우리 기분 좋은 친구들이 모이기로 했어요. 그리고 나는 아름다운 헤스터 프린도 친구로 만들어 보이겠다고 악마에게 약속했답니다!"

"못 가서 미안하다고 전해주세요." 헤스터는 승리의 미소를 띠면서 대답했다. "저는 집에서 펄을 돌봐주어야 하거든요. 만약 이 아이를 내 품에서 빼앗겼다면 기꺼이 당신과 함께 숲으로 가서 악마의 장부에 피로 서명을 하겠지만요!"

"곧 가게 될 거야!"

히빈스 부인은 찡그린 얼굴로 말을 내뱉고 창문 안으로 다시 머리를 쑥 집어넣었다. 이와 같은 히빈스 부인과 헤스터 프린의 대화가 단순한 소문이 아니라 사실이었다고 한다면, 이는 잘못을 저지른 엄마와 그 잘못으로 인해 태어난 아이를 떼어놓는 걸 반대한 젊은 목사의 논박이 옳았다는 증거가 된다. 이렇게 어릴 때부터 아이는 악마의 유혹으로부터 엄마를 구해냈던 것이다.

9
의사

로저 칠링워스라는 이름 뒤에 또 하나의 이름이 감추어져 있다는 것은 독자들도 기억하고 있을 것이다. 이 가명의 인물은 자신의 예전 이름이 두 번 다시 사람들 입에 오르내리지 않도록 하겠다고 결심하고 있었다. 거친 황야에서 탈출한 지 얼마 안 되는 한 늙은 남자가 군중 앞에서 치욕을 당하는 헤스터 프린을 목격했다는 것은 이미 말했다. 그는 단란한 가정을 함께 꾸릴 아내와의 재회를 기대하고 있었지만, 그녀는 징벌을 받는 죄인으로서 사람들 앞에 서 있었다. 그녀의 아내로서의 명예는 사람들의 발밑에 짓밟히고 추문은 광장 여기저기를 떠돌고 있었다. 그녀의 친척이든 그녀의 깨끗했던 시절을 아는 지인이든, 한번 이러한 추문을 접하자 즉각 그녀의 치욕에 오염될 수밖에 없었고, 그 강도는 그녀와의 친밀도에 따라 엄밀히 비례

했다. 그럴진대 이 타락한 여자와 가장 친밀한 관계에 있었던 남자가 무엇 때문에 스스로 자신을 밝히고 나와 이 바람직하지 않은 유산의 상속권을 주장하겠는가? 치욕의 단상에 서서 여자와 함께 모욕을 당하는 짓은 하지 않겠다고 남자는 결심했다. 헤스터 프린 이외에 그를 아는 자는 없었고 그녀를 침묵시킬 자물쇠도 수중에 있으니, 인간의 명부에서 자신의 이름을 말소하기로 한 것이다. 그는 이미 옛날에 세상을 떠난 것으로 돼 있으니 이참에 실제로 바다의 쓰레기와 함께 사라져버린 것으로 하고 가능한 한 완벽하게 세상에서 지워지기를 원했다. 이처럼 한번 목표가 이루어지자 새로운 흥미와 함께 새로운 목적이 용솟음쳐 올라왔다. 그것은 죄라고 단정 지을 수는 없지만, 음흉함을 띠고 있었고 그가 모든 능력을 발휘해서 추구할 만한 최고의 목표라 할 수 있었다.

이 결의를 수행하기 위해 그는 로저 칠링워스라는 이름으로 이곳 청교도인들의 마을에 정착했다. 남보다 뛰어난 학문과 지성의 소유자라는 소문 외에 이렇다 할 소개장을 가지고 있지는 않았지만, 그는 젊은 시절의 연구 덕분으로 당시의 의학에 널리 도통해 있었기 때문에 의사로서 정중히 환대받았다. 식민지에서는 솜씨가 뛰어난 내과의나 외과의가 드물었다. 의사가 종교적인 열정으로 대서양을 건너는 사례는 거의 없었던 것이다. 인간의 신체를 연구하는 동안, 그들의 눈에는 더 미묘한 인간의 각 기능이 물질화되어버렸고 인간 생리의 불가사의한 구조에 현혹되어, 인간의 삶을 정신적인 것으로 보는 시각을 잃어버렸기 때문일 것이다. 어쨌든 보스턴 주민의 건강은 특히 의료에 관한 한, 나이 든 집사 겸 약제사 한 사람의 손에 맡겨지고 있었다. 이 인물의 독실함과 방정한 품행이 의사 면허증보다 더 강력한 추천장이 되었던 것이다. 오직 한 사람의 외과의라면, 평소의 면도칼 다루는 솜씨를 때때로 그 고상한 수술대 위에서 발휘하는 인물뿐이었다. 이 같은 부류의 인간들 속에서 로저 칠링워스는 귀중한 인재였다. 얼마 안 가 그는 예로부터 내려오는 전통적인 의술의 중후하고 심원한 체계에 정통해 있음을 드러냈다. 그가 조제하는 약에는 가지각색의 기상천외한 성분이 포함되어 있어, 마치 불로장생의 묘약이라도 되는 것 같았다. 게다가 인디언에게 잡혀 있는 동안 그는 풀뿌리와 나무껍질의 효용에 관해 많은 지식을 익힐 수 있었다. 이러한 단순한 약재들은 무지한 야만인을 위한 자연의 선물이었으며, 이에 대한 그의 소박한 지식은 많은 학식 있는 의사들이 몇 세기에 걸쳐서 정교하게 체계화한 유럽의 약학과 마찬가지로 깊은 신뢰를 주고 있었다.

이 새로 온 학자는 종교 생활에 관한 한 적어도 외견상으로는 모범적이었다. 신대륙으로 건너온 지 얼마 안 되어, 그는 딤스데일 목사를 자신의 정신적인 지도자로 선택했다. 이 젊은 성직자의 학식은 당시 옥스퍼드 대학에서 큰 화젯거리가 되고 있었으며, 그를 한층 더 존경하는 자들은 그를 기독교 신앙의 초기 단계에 교부教父들이 한 일을 지금 이 취약한 뉴잉글랜드 교회에서 이루고 있는 하늘의 사도라고까지 생각했다. 그런데 이 무렵부터 딤스데일 목사의 건강은 눈에 띄게 쇠약해지기 시작했다. 그의 생활 습관을 잘 알고 있었던 사람들은, 이 젊은 목사가 창백해진 것은 너무나도 열심히 연구에 정진하고 양심적으로 교구의 일을 해내며, 특히 지상의 상스러움이 그의 정신적인 등불을 꺼뜨리거나 흐려지지 않게 하기 위해 단식과 철야 수행을 거듭해온 탓이라고 했다. 심지어 어떤 자는 딤스데일 목사가 정말로 죽음의 심연에 다가섰다면 그것은 당연한 일이며, 이미 이 세상이 그가 머무를 만한 가치를 잃어버렸기 때문이라고도 했다. 목사가 쇠약해진 원인에 대해 견해의 차이는 있었으나 그 사실에 대해선 의문의 여지가 없었다. 그의 몸은 점점 야위어가고 있었다. 목소리만큼은 풍부하고 감미로웠으나 역시 쇠약함을 추측게 하는 음울한 울림이 내포돼 있었다. 게다가 그는 사소한 일에도 놀랐으며 예기치 못한 일이 일어나기라도 하면 한 손을 가슴 위에 얹고 얼굴이 붉어지다가 곧 창백해지면서 고통을 느끼는 듯한 모습을 자주 보였다.

젊은 목사의 건강이 이와 같은 상태로 점점 그 빛을 잃어가고 있을 때 로저 칠링워스란 인물이 돌연 마을에 나타난 것이다. 그가 하늘에서 떨어졌는지 땅에서 솟아났는지, 도대체 어디에서 왔는지 아는 자는 한 명도 없었고, 그 때문에 그의 등장은 신비스런 양상을 띠어 일종의 기적으로 떠받들어지게 되었다. 그는 지금 명의로서 알려져 있었다. 평범한 사람의 눈에는 아무런 가치도 없어 보이는 것에 숨겨진 효능이 있다는 걸 간파하고 있는 것처럼, 들풀을 채집하거나 야생화를 따 모으거나 숲의 나무뿌리를 파내는 그의 모습이 가끔 목격되었다. 그가 케넬름 딕비 경[1]이나 그 외의 과학적인 분야에서 뛰어난 업적을 이룬 고명한 인사들과 서신을 교환하고 있다든지, 그들과 동료였다든지 하는 풍문을 들은 사람도 있었다. 학문의 세계에서 그 같은 지위를 쌓아 올린 자가 어째서 이런 벽지에 온 것일까? 대도시를 무대로 활동할 사람이 왜 이런 미개지를 찾은 것일까? 이 같은 의문에 대해서는 다음과 같은 소문이 퍼지고 있었다―얼토당토않은 얘기이긴 하지만 분별 있는 사람들 중에서도 사실로 받아들이는 사람이 꽤 있었다―즉, 하나님이 일대 기적을 일으켜 독일의 의술의 대가 한 사람을 그대로 공중에 붕 띄워 딤스데일 목사의 서재 앞에 내려앉게 했다는 것이다. 건전한 신앙의 소유자들도 신이 목적 달성을 위해 굳이 '기적적인 간섭'이라 불리는 무대효과를 빌리지 않는다는 걸 알고 있으면서도 여전히 로저 칠링워스의 시의적절한 도래에서 신의 섭리를 느끼지 않을 수 없었던 모양이다.

이러한 견해는 의사가 젊은 목사에게 보이는 비상한 관심에 의해 더욱 뒷받침되고 있었다. 그는 한 사람의 신도로서 목사를 잘 섬기고, 내성적인 성격의 목사로부터 우애와 신뢰를 얻으려고 했다. 그는 목사의 건강이 우려할 만한 상태에 있다는 걸 인정했지만, 적절하고 빠른 조치를 취한다면 괜찮은 결과를

---

1) 1603~1665. 영국의 외교관이자 해군, 번역가. 종교와 과학에 관한 저술가. 의약이나 화학의 연구에 힘썼으며, 1663년에는 영국왕립협회의 회원으로 천거되었다.

기대할 수 없는 것도 아니라고 말했다. 딤스데일 교구의 장로들이나 집사들, 모성애가 넘치는 부인들, 젊고 아름다운 아가씨들은 입을 모아 이 의사가 사심 없이 제공하는 치료를 한번 받아보도록 간청했는데, 그럴 때면 딤스데일 목사는 부드럽게 그들의 청을 물리쳤다.

"저는 약이 필요 없습니다."

그러나 주일마다 그의 볼은 한층 더 창백해지고 한층 더 야위어갔으며, 목소리는 전보다 더욱 심하게 떨렸다. 한 손을 가슴에 얹는 것도 이제는 습관이 돼버렸다. 그런데도 어째서 젊은 목사는 그런 말을 하는 것일까? 속세의 일에 진저리가 난 것일까? 죽음을 바라고 있는 것일까? 이러한 의문을 엄숙한 어조로 젊은 목사에게 드러낸 것은 보스턴의 장로 격인 목사들과 그의 교회의 집사들이었다. 그들은 하나님의 배려에 의해 이렇게 명백하게 제공된 원조를 거부하는 것은 죄라며 그에게 '충고'했다. 그는 잠자코 귀를 기울인 끝에 의사의 진찰을 받을 것을 약속했다. 그리고 약속을 이행하고자 로저 칠링워스의 전문적인 충고를 구함에 있어서 다음과 같이 말했다.

"하나님의 뜻이 그러하다면, 당신이 나를 위해서 힘을 쓸 필요 없이, 나의 죄와 나의 슬픔, 그리고 고통이 내 생명과 함께 조만간 끝을 고하여, 육체는 무덤에 묻히고 영혼만이 나와 함께 천국에 올라가 영원한 생명을 얻게 된다면 원이 없겠습니다."

"아아." 로저 칠링워스는 조용히 대답했다. 그 조용함은 의식적인 것이든 타고난 것이든 그의 태도의 뚜렷한 특징이라고 할 수 있었다. "젊은 목사님들은 흔히 그런 식으로 말들을 하지요. 젊은 분들은 생명에 내린 뿌리가 짧고 얕기 때문에 꽤 간단하게 목숨을 던져버리고 말아요! 게다가 하나님과 함께 지상의 흙을 밟는 성스러운 분들은 새로운 예루살렘[2]의 황금의 길을 하나님과 함께 걷기 위해서라면 기꺼이 이 세상을 떠나려고 하지요."

"아뇨." 젊은 목사는 한 손을 가슴에 얹고 이마에 고통의 빛을 띠며 대답했다. "내게 황금의 길을 걸을 자격이 있다면 차라리 속세의 어떤 고난도 감내하며 사는 게 나을 겁니다."

"훌륭하신 분들은 으레 자신을 낮춰 말씀하시지요."

의사는 말했다.

이렇게 하여 베일에 싸인 로저 칠링워스는 딤스데일 목사의 주치의가 되었다. 의사는 환자의 병에 관심을 기울이는 것 외에도 환자의 성격이나 특질을 탐색하는 일에 아주 열심이었기 때문에 두 사람은 나이 차이가 컸지만 점차 많은 시간을 함께 보내는 사이가 되었다. 목사의 건강에 효과가 있는 약효가 좋은 풀들을 채집하기 위해 두 사람은 먼 해안이나 숲 속까지 원정을 나가, 부서지는 파도 소리나 바닷새들의 속삭임, 작은 나뭇가지에서 울리는 성스러운 찬송가에 귀를 기울이면서 이야기를 나누었다. 또 이들은 서로의 연구실과 은둔처를 방문하곤 했다. 목사에게 있어서 과학자와 친분을 나누는 것은 묘한 매력이 있었다. 목사는 이 과학자에게서 범상치 않은 깊고 광범

---

2) '천국'을 지칭. 요한계시록 21 : 1~2 참조.

위한 지적 능력뿐만 아니라, 자신의 동료들에게서는 결코 찾아볼 수 없는 사고의 자유로움을 발견했다. 사실 목사는 의사에게서 이러한 자질을 찾아내고는 감탄해 마지않았다. 딤스데일 목사는 진실한 성직자이자 진실한 종교인으로서 그 정신은 신앙의 길을 힘차게 밀고 나가면서 시간이 흐름에 따라 한층 더 깊은 발자국을 남기고 있었다. 어떤 사회에서도 그는 이른바 자유사상가일 수는 없었을 것이다. 항상 신앙의 무게를 느끼고 단단한 틀 속에 갇혀 있으면서 동시에 그 틀을 지탱하는 것이 마음의 평화를 유지하기 위해서 반드시 필요했던 것이다. 하지만 그럼에도 불구하고 목사가 늘 접촉하는 부류와는 다른 유의 지성을 통해서 우주를 바라보는 것은 색다른 기쁨과 해방감을 가져다주었다. 그것은 마치 꼭꼭 닫혀 있어 숨이 막힐 듯한 서재의 창문을 활짝 열어젖히고 싱그러운 공기를 한껏 들이마시는 것과도 같았다. 서재의 램프 빛, 차단된 일광, 낡은 서적들이 풍기는 케케묵은 냄새 속에서 그의 생명은 허무하게 사라지고 있었던 것이다. 그러나 그 공기는 너무나도 신선하고 차가웠기 때문에 오래 들이마실 수는 없었다. 그래서 목사는 다시 의사와 함께 교회의 정통적인 규율 안으로 돌아갈 수밖에 없었다.

이렇게 해서 로저 칠링워스는 환자가 통상적인 생활에서 친숙한 사고의 영역을 더듬을 때와, 도덕적인 상황이 환자의 잠재된 측면을 성격의 표층으로 이끌어내는 신기한 일이 나타날 때의 양면을 자세히 연구했다. 칠링워스는 환자에게 도움이 되기 위해서는 그 사람을 잘 아는 것이 불가결하다고 생각하는 것 같았다. 심장과 머리가 함께 존재하는 한, 육체의 병은 그 양쪽의 여러 특성에 영향을 받지 않을 수 없는 것이다. 아서 딤스데일의 경우에는 사고력과 상상력이 극히 활발하고 감수성도 아주 예민했기 때문에 신체적인 쇠약의 근원은 거기에 있는 듯싶었다. 그래서 뛰어나고 친절한 의사 로저 칠링워스는 환자의 마음 깊은 곳에 발을 들여놓고, 그의 신념 속으로 파고들어, 그 수많은 추억을 헤집으며 어두운 동굴에서 보석을 찾는 자처럼 신중한 손놀림으로 여러 장소를 더듬었다. 충분한 기량을 가지고 이 같은 기회를 잡아 탐색하는 자의 눈을 벗어날 수 있는 비밀이란 거의 없을 것이다. 비밀을 품고 있는 자라면 의사와 친해지는 것을 극구 피해야 한다. 만약 의사가 예리한 두뇌와 함께 어떤 직감과 같은 것을 타고났다면, 또 자신의 마음과 환자의 마음을 동일화하는 능력을 가지고 있어서 환자가 머리로만 생각해온 것을 무심코 말해버리게 한다면, 나아가 이렇게 고백한 것을 태연하게 받아들이고 말보다는 숨결로서 동정을 나타내거나 어떤 것이든 다 이해한다는 뜻의 한마디를 덧붙이며 응대한다면, 그러한 경우에 환자의 마음은 어쩔 수 없이 녹아들어 어두우면서도 투명한 유체가 되어 흘러나가 마음속의 모든 비밀을 백일하에 드러내게 될 것이다.

로저 칠링워스는 위에 언급한 거의 모든 특질을 지니고 있었다. 그럼에도 불구하고 시간이 지남에 따라 인간의 사상과 학문의 전 영역에 걸친 광대한 공통점으로 인해 두 사람 사이에는 일종의 친밀감이 자라나고 있었다. 그들은 윤리나 종교 외에도 공과 사에 걸친 여러 문제를 모두 화제로 삼았다. 그들은 개인적인 일도 서슴없이 꺼내놓았지만, 의사가 알아내려는 비밀이 목사의 의식에서 새어 나와 의사의 귀에 들어오는 일은 없었다. 솔직히 말해 의사는 병의 정체를 결국 밝혀내지 못하고 포기하게 되는 것이 아닌가 불안해지기 시작했다. 목사는 어찌 이리도 주의 깊단 말인가!

　얼마 후 딤스데일 목사의 친구들은 로저 칠링워스의 권유에 따라 두 사람을 함께 살게 하는 절차를 밟기로 했다. 그렇게 하면 목사의 생명의 움직임 하나하나가 그를 염려하고 사랑하는 의사의 눈앞에서 일어나게 된다. 이 바람직한 목적이 달성되었을 때 마을 안은 온통 기쁨에 들썩였다. 그것이 젊은 목사의 행복을 위한 최상의 방책이라고 생각되었기 때문이다. 물론 목사에게 정신적인 사랑을 바치는 꽃다운 나이의 아가씨들 중에서 목사 자신이 헌신적인 아내를 고른다면 얘기는 달라지겠지만, 아서 딤스데일이 그럴 가능성은 현재로서는 없었다. 독신을 고집하는 것이 교회의 계율이기라도 한 듯 목사는 이런 종류의 얘기를 일체 거부했다. 타인의 식탁에서 보잘것없는 식사로 만족하고, 타인의 난로에서만 불을 쬐는 자가 늘 그러듯이 딤스데일 목사는 으슬으슬한 길목을 걸어가야 할 숙명을 스스로 선택한 것이다. 그렇기에 젊은 목사에 대해 아버지와 같은 관심과 경애의 마음을 함께 가지고 있는 현명하고 노련하며 자애 넘치는 노의사야말로 항상 목사의 소리가 들리는 범위 내에 있어야 할 최적의 인물이라고 생각된 것이다.

두 사람의 새로운 거처는 독실하고 사회적으로 지위가 높은 미망인의 집으로, 후에 킹스 채플이라는 성스러운 건물이 세워진 장소에 있었다. 이곳은 아이작 존슨의 저택이었으며 한쪽에는 묘지가 있었다. 이 집은 목사나 의사에게 있어서 각자의 일을 행하는 데 안성맞춤인 장소였다. 집주인의 어머니와 같은 배려로 딤스데일 목사에게는 햇빛이 잘 드는 앞쪽의 방이 주어졌다. 거기에 두꺼운 커튼도 있어서 원한다면 낮에도 어둡게 할 수 있었다. 벽의 한 면엔 고블랭家의 직조기로 짜냈다고 하는 유서 깊은 태피스트리가 장식되어 있었다. 태피스트리의 그림은 다윗과 밧세바, 그리고 예언자 나단에 관한 성서 이야기를 나타내고 있었는데, 그 화려한 색채는 지금도 여전히 선명한 빛깔로, 미녀 밧세바에게 재앙을 알리는 예언자 나단 못지않은 공포를 자아내고 있었다. 창백한 얼굴의 목사는 이 방에 장서를 쌓아 올렸다. 양피지로 장정한 교부들의 책, 유대교 랍비의 법률서, 중세 수도사들의 학문과 관련된 서적 등등. 개신교 성직자들은 이런 종류의 책을 지은 저자들을 깔보고 멸시하면서도 자주 훔쳐보지 않을 수 없었던 것이다. 집의 다른 한편에는 로저 칠링워스의 서재 겸 실험실이 있었다. 그곳은 현대 과학자의 기준에서 본다면 정말 볼품없는 것으로, 증류기 하나와 연금술에 관련된 약, 그리고 약품을 조제하기 위한 도구 한 벌이 있을 뿐이었다. 이러한 적당한 거처를 얻게 된 두 사람은 각자의 영역에 안주했지만, 그래도 서로의 방을 자주 왕래하며 상대의 일에 상당한 호기심을 기울이고 있었다.

아서 딤스데일 목사의 친구들은 이 모두가 젊은 목사의 건강을 되찾기 위한 하나님의 배려라고 생각했지만, 다른 일부 사람들은 최근 딤스데일 목사와 수수께끼 같은 노의사와의 관계에 대해서 독자적인 견해를 품기 시작했다. 무지한 대중이 자신의 잣대로 사물을 보려고 할 때엔 잘못된 판단을 할 위험이 크다. 그렇기는 하나 그러한 대중이 넓고 따뜻한 마음의 직감에 근거하여 판단을 내릴 때, 그렇게 해서 도달한 결론은 곧잘 심원하고도 올바른, 마치 초자연적으로 계시된 진실과 같은 성격을 띠곤 한다. 물론 사람들의 로저 칠링워스에 대한 견해는 사실에 근거하여 정당화할 수 있는 성질의 것이 아니었다. 하지만 지금으로부터 30년쯤 전, 오버베리 경 살해 사건[3]이 일어

---

3) 토머스 오버베리(1581~1613)의 살해 사건. 1606년 영국 궁정의 명문 에식스 백작인 로버트 데버루(14세)가 프랜시스 하워드(13세)와 정략결혼을 하게 된 것이 사건의 발단이다. 결혼 생활을 하기에는 너무 어리다는 이유로 로버트가 유럽 여행에 나가 있는 동안, 프랜시스는 로체스터 자작인 로버트 카와 연인 사이가 된다. 자작의 친구 오버베리 경은 처음에는 이것을 보고 모르는 척했으나, 두 사람의 결혼에는 반대했다. 그러나 프랜시스는 박사를 자칭하는 사이먼 포먼이라는 마술사와 앤 터너라는 요술사를 고용해서 남편 로버트를 성 불구자로 만드는 약을 짓게 하고 그것을 먹여 이혼 사유로 조작하려 했으나 실패했다. 이렇게 되자 더 이상 잠자코 있을 수 없게 된 오버베리 경은 결혼한 여성이 지켜야 할 덕목을 들면서 「아내」(1614)라는 시를 공표하여 백작 부인을 공공연히 비난했다. 이에 부인은 술책을 꾸며 경을 런던탑에 유폐한 후, 포먼 박사와 앤 터너에게 독을 만들게 하는 한편 감방지기를 매수하여 그 독을 경의 식사에 넣어 죽인다(1613). 이렇게 해서 훼방꾼이 없어진 후에 프랜시스는 에식스 백작과의 이혼을 정식으로 성립시키고 로버트 카와 재혼하는데, 포먼이 사후에 남긴 편지에서 사건이 발각되어 두 사람은 체포되고 감옥에 갇힌다(1615). 옥중에서 프랜시스는 딸 앤 카를 출산하고 부부는 함께 교수형 판결을 받지만, 후에 왕에 의해 사면된다. 그러나 터너와 감방지기는 처형되었다.

낳던 때에 증언을 한 한 런던 시민에 의하면, 그는 어떤 의사가 오버베리 사건과 관계가 있었던 유명한 노마술사 포먼 박사와 함께 있는 것을 보았다는 것이다. 나아가 몇몇 사람들은 그 명의는 인디언에게 잡혀 있는 동안 인디언 주술사들의 비밀 의식에 참가하여 의술의 지식을 늘렸다는 말을 덧붙였다. 인디언 주술사들이 사악한 마술을 이용해 기적적인 치료를 해낸다는 건 일반인들에게 잘 알려진 사실이었다. 또 많은 사람이 확신하기를, 로저 칠링워스는 이 마을에 정착하게 된 후부터, 특히 딤스데일 목사와 함께 기거하게 된 후부터 용모에 현저한 변화를 나타내기 시작했다는 것이었다. 처음에 그의 표정은 조용하고 사색적이며 학자와 같은 풍모를 지니고 있었는데, 지금은 예전에는 찾아볼 수 없었던 어딘가 추하고 사악한 점이 있으며, 그것이 만날 때마다 더욱 두드러지고 있었다. 속된 풍문에 따르면 그의 실험실 불씨는 지옥으로부터 꺼내 온 것이고 연료도 지옥에서 공급되고 있기 때문에 당연히 그의 얼굴이 그 검댕으로 더러워졌다는 것이었다.

요컨대 어느 시대든 특별히 성스러웠던 다른 인물들과 마찬가지로 목사에게도 악마, 혹은 로저 칠링워스를 자칭하는 악마의 그림자가 따라붙었다는 생각이 널리 퍼져 있었다. 이 악마의 사자는 잠시 하나님의 허가를 얻어 목사의 곁에서 그 영혼에 시련을 가하고 있다는 것이었다. 그러나 어느 쪽이 승리를 거두는가에 대해 걱정을 품는 사람은 없었다. 사람들은 흔들리지 않는 신념을 가지고 목사가 이 투쟁에서 이겨 반드시 영광에 빛나는 변신을 이룰 것이라 기대하고 있었다. 하지만 목사가 고군분투하는 과정에서 맛보지 않으면 안 될 극도의 괴로움을 생각하면 역시 슬픈 일이었다.

아아, 그러나 가련한 목사의 눈동자에 숨어 있는 음울함과 공포의 빛으로 판단할 때, 싸움은 가혹한 것이고 승리는 그저 불안하기만 한 것이었다!

10
의사와 환자

나이가 많은 로저 칠링워스는 따뜻한 애정으로 넘치는 사람은 아니었지만 차분하며 사람들과의 관계에 있어서 늘 청렴결백한 인물이었다. 하지만 무언가 연구하기 시작할 때에는 재판관과 같은 냉엄한 태도로 인간의 감정이나 저지를 수 있는 과실을 철저히 억누른 채 마치 기하학 문제를 푸는 것과 같이 오로지 진실만을 추구했다. 그리고 일단 일에 착수하면 저항하기 힘든 어떤 것에 매료된 듯이 일종의 냉철하고 강렬한 필연성이 이 노인을 꽉 붙잡아, 그것이 명하는 것을 완수하기 전까지 결코 조임을 늦추는 법이 없었다. 그런 그가 지금 금맥을 찾는 광부처럼, 아니 죽은 자의 가슴에 묻힌 보석을 찾아내려 무덤을 파헤치지만 기껏해야 부패한 유해밖에 발견할 수 없는 교회지기처럼 가련한 목사의 마음속을 파헤치고 있는 것이다. 그의 탐색의 대상이 그러하다면, 불쌍히 여겨야 할 존재는 바로 그 자신의 영혼이었다!

때때로 의사의 눈은 번쩍이는 섬광과 함께 불길한 파란빛을 띠며 불타는 일이 있었는데, 그것은 화롯불의 그림자가 반사된 것 같기도 했고 혹은 버니언의 작품에 그려진 지옥의 입구에서 새어 나오는 기분 나쁜 불 그림자 같기도 했다.[1] 이 음흉한 광부가 작업을 하고 있는 땅에 그를 격려하는 어떤 징후가 있었던 모양이다.

그러한 때 그는 혼자 중얼거렸다.

'이 남자는 모든 사람들로부터 고결 그 자체라고 여겨지고 있지만 실은 아버지나 어머니로부터 강렬한 동물성을 이어받았다. 이 광맥의 방향으로 조금 더 파 내려가 보도록 하자!'

그러고 나서 그는 오랫동안 목사의 어슴푸레한 내부를 탐색해가며 수많은 귀중한 자료를 파헤쳐 보았지만, 사색과 연구에 의해 강화되고 신의 계시에 의해 구현된 인류에 대한 고귀한 소망, 영혼에 대한 따뜻한 사랑, 맑고 순수한 감정, 타고난 신앙심만이 모습을 드러낼 뿐이었다. 하지만 이러한 귀중한 황금도 음흉한 광부에게는 쓰레기와 다를 게 없었으므로 그는 낙담하여 또 다른 방향으로 더듬어 내려가기 시작했다. 마치 반쯤 눈을 뜬 채로, 아니 반짝 눈을 뜬 채 잠자리에 누워 있는 사람

---

1) 존 버니언(1628~1688)의 우화소설 「천로 역정」의 한 부분을 말한 것이다. 주인공이 천국의 문에 도달하는 산기슭에는 지옥으로 들어가는 입구가 있고, 그곳에서는 지옥의 불이 보인다.

의 방에 숨어 들어가 주인이 무엇보다도 소중히 여기는 보석을 훔치려는 도둑과도 같이, 그는 살며시 발소리를 죽이고 주위를 돌아보면서 손으로 더듬어 나아갔다. 주의하고 또 주의를 했지만 때로 마루는 삐걱거리고 옷자락 스치는 소리가 났으며 그의 그림자가 침대 위를 가로질러 잠든 자를 소스라치게 할 뻔한 일도 있었다. 다시 말하면 딤스데일 목사의 섬세한 신경은 예리한 직감과도 같은 기능을 지니고 있었기에, 목사는 의사와의 관계에서 마음의 평안을 흩뜨리는 무언가가 숨어 들어왔다는 걸 막연하게 느끼기 시작했다. 한편 로저 칠링워스도 직감이 발달한 남자였다. 목사가 놀란 눈을 둥그렇게 뜨고 자기에게 향하면 그는 탐색을 멈추고, 친절하고 헌신적이며 사려 깊은 목사의 친구로서 아무렇지 않게 그곳에 앉아 있는 것이었다.

병든 마음에서 생기는 지나친 과민함 때문에 모든 인간을 의심부터 하게 되지만 않았다면, 딤스데일 목사는 이 로저 칠링워스의 성격을 더 완벽하게 꿰뚫어 볼 수 있었을 것이다. 그러나 목사는 그 누구도 자신의 친구로서 믿지 않았기 때문에 정작 적이 출현했을 때 그것을 적이라고 인지할 수 없었다. 따라서 그는 로저 칠링워스와 친하게 어울리면서 거의 매일 노의사를 자신의 서재로 불러들이고, 또 기분 전환 겸 실험실을 방문하여 잡초가 효능을 지닌 약으로 변화되는 과정을 지켜보곤 했다.

어느 날 목사는 묘지가 바라다보이는 활짝 열린 창문가에 팔꿈치를 얹고 손으로 이마를 받친 채 로저 칠링워스와 얘기를 하고 있었다. 노의사는 한 묶음의 보기 흉한 잡초를 살펴보고 있는 중이었다.

"선생님." 목사는 잡초를 곁눈질하며 말했다. 인간이든 사물이든 대상을 똑바로 보지 않는 것이 목사의 버릇이었다. "도대체 어디서 이렇게 거무스름하고 흐늘흐늘한 잎을 가진 약초를 발견하셨나요?"

"바로 저기, 묘지에서요." 의사는 일을 계속하면서 대답했다. "이런 건 나도 처음입니다. 무덤가에 돋아 있는 걸 발견했어요. 무덤이라 해도 묘비 하나 없고 죽은 자를 기념하는 건 아무것도 없었지만요. 단지 있는 거라곤 이런 보기 흉한 잡초뿐이었습니다. 이 잡초들이 추모하기를 자진하고 나선 듯했지요. 잡초는 죽은 자의 심장으로부터 자라났을 겁니다. 아마 그 사람과 함께 묻힌 무서운 죄의 상징이겠지요. 생전에 그 죄를 고백했으면 좋았을 것을."

딤스데일 목사는 말했다.

"아마 그 사람도 그렇게 하고 싶었을 겁니다. 그러나 할 수 없었던 거겠지요."

"그렇다면 어째서일까요?" 의사는 물었다. "어째서 그럴 수 없었던 걸까요? 가슴에 묻어둔 죄가 한이 되어 죽은 자의 심장에서 이런 잡초가 돋아날 정도인데 말입니다."

"선생님, 그것은 선생님의 지나친 생각입니다." 목사는 대답했다. "비밀은 말로도, 상징으로도 드러나지 않습니다. 인간의 마음에 묻혀 있는 비밀을 만천하에 드러내는 힘은 신의 은총

이외에는 없습니다. 그 같은 비밀을 품은 죄 많은 마음은 모든 것이 파헤쳐지는 최후 심판의 날이 올 때까지 비밀을 계속 유지하는 것 외에 달리 방도가 없는 것입니다. 저는 오랫동안 성서를 읽고 해석해왔지만, 인간의 사고나 행위가 그 심판의 날에 완전히 드러나는 것을 징벌로서 이해한 적은 없습니다. 그것은 그야말로 천박한 견해예요. 그러한 일이 밝혀지게 되는 것은, 심판의 날에 인생의 어두운 내면이 백일하에 드러나는 걸 보고 싶어 하는 인간의 지적인 호기심을 만족시키기 위한 것이라는 게 제 생각이죠. 사람의 마음을 이해하기 위해선 이 문제를 완벽하게 해결할 필요가 있습니다. 또 선생님이 말씀하시는 그런 어두운 비밀을 품은 자는 최후의 날에 괴로움이 아니라 무한한 기쁨을 가지고 무거운 짐을 내려놓을 것입니다."

"그러면 왜 이 세상에서 그렇게 하지 않는 겁니까?" 로저 칠링워스는 목사를 곁눈으로 보며 조용히 말했다. "왜 죄 지은 자는 되도록 빨리 고백해서 그 무한한 기쁨을 자신의 것으로 만들지 않는 것일까요?"

"대부분은 그렇게 합니다." 목사는 격통이 엄습해 온 것처럼 심장 부근을 움켜쥐면서 말했다. "많은 사람, 많은 가련한 영혼의 소유자들이 임종의 자리에서뿐만 아니라 평판이 괜찮았던 생전에 저에게 죄를 털어놓았습니다. 그리고 그같이 고백해버리고 나서, 아아! 오랫동안 자신의 더럽혀진 숨결로 인해 질식할 것 같았던 죄 많은 형제들이 겨우 자유로운 공기를 들이쉴 수 있게 됐다는 듯 안식을 되찾는 걸 저는 수차례 보아왔습니다. 안 그렇겠습니까? 예를 들어 살인죄를 범한 비참한 남자는 시체를 자신의 마음에 묻어두는 것보다 차라리 그것을 내버리고 모든 걸 세상에 맡겨버리는 쪽이 편하지 않을까요?"

"그럼에도 불구하고 마음에 비밀을 묻어두고 사는 사람도 있지 않습니까."

의사는 냉랭하게 말했다.

"그런 사람도 있지요." 딤스데일 목사는 대답했다. "그러나 이유야 어쨌든 그런 사람들은 타고난 성격 탓에 침묵을 지키고 있는 것일 겁니다. 아니면 이렇게 생각할 수는 없을까요? 확실히 죄를 짓기는 했지만, 그래도 여전히 하나님의 영광과 인간의 행복을 바라고 있어서 검게 더럽혀진 자신을 세상에 드러내는 걸 꺼리고 있는 것이지요. 일단 그런 모습을 세상에 드러내 버리면 더 이상 어떠한 선도 행할 수 없고, 또 전보다 더 선행을 쌓아 올림으로써 과거의 잘못을 속죄할 수도 없기 때문입니다. 그래서 그들은 말할 수 없는 고통을 느끼면서도 마치 새로 내린 눈처럼 순결하고 깨끗한 척 이웃들 사이를 걸어 다니고, 그러면서도 그 마음은 지워지지 않는 죄의 얼룩으로 온통 더럽혀져 있는 것입니다."

"그런 사람들은 스스로를 기만하고 있는 겁니다." 로저 칠링워스는 평소보다 강한 목소리로 검지를 살짝 움직이면서 말했다. "그들은 마땅히 받아야 할 치욕을 받아들일 용기가 없는 것이지요. 그들의 인간에 대한 사랑이나 하나님에 대한 봉사와 같은 성스러운 감정은, 죄의 문을 활짝 열고 지옥의 자식들을 증식시키는 그들 마음속의 악마와 공존할 수도, 그렇지 않을 수도 있을 겁니다. 그들이 진정 하나님을 찬양하고 싶다면 그 더러운 손을 하늘을 향해 뻗치지 않았으면 좋겠군요! 만약 그들이 이웃에게 봉사하고 싶다면 우선 속죄를 해야 옳지 않겠습니까! 현명하고 독실한 친구인 목사님은 하나님의 영광과 인간의 행복을 위해 진실보다도 위선으로 가장하는 편이 더 좋다고 저에게 믿게 하고 싶은 건가요? 그런 인간들은 스스로를 기만하고 있는 겁니다!"

"그럴지도 모르죠." 젊은 목사는 표적이 빗나간 적절치 못한 논의를 일축하기라도 하듯 건성으로 대답했다. 목사는 자신의 민감한 부분을 건드리는 화제를 잘 피했다. "자, 이번에는 우리 명의 선생님께 묻고 싶은 것이 있는데, 선생님, 이렇게 쇠약한 몸을 친절하게 쭉 돌봐주셨는데 그것이 제게 어떠한 도움을 가져다주었을까요?"

로저 칠링워스가 대답하기 전에, 인접한 묘지 쪽에서 어린아이의 맑고 요란한 웃음소리가 들려왔다. 활짝 열린 창문 밖으로 본능적으로 눈길이 향한 목사가 본 것은 헤스터 프린과 작은 펄이 묘지 안을 가로지르는 오솔길을 걸어가는 모습이었다. 펄은 푸른 여름 그 자체처럼 아름다운 모습을 하고 걷잡을 수 없이 들뜬 기분으로 이 무덤 저 무덤을 변덕스럽게 뛰어다니고 있었다. 그러다가 저명한 아이작 존슨의 묘비에 이르자 그 위에서 춤을 추기 시작했다. 얌전히 있으라고 엄마가 타이르자 작은 펄은 움직임을 멈추고, 무덤 옆에 돋아난 키가 큰 우엉에서 가시 붙은 열매를 하나 가득 손에 모았다. 그리고 그것을 엄마의 가슴에 붙은 A 자의 윤곽을 따라 늘어놓았다. 가시 돋친 열매는 착 달라붙어 떨어지지 않았고, 헤스터도 그것을 떼어내려 하지 않았다.

로저 칠링워스는 창가로 다가와서 기분 나쁜 미소를 띠며 내려다보고 있었다.

"저 아이의 성격엔 법칙도 없을뿐더러 권위에 대한 존경심도 없더군요. 인간의 조례나 의견에 대한 관심도 없으며 옳고 그른 것들이 모두 섞여서 저 아이를 만들었어요." 혼잣말을 하듯 그는 말했다. "지난번 스프링 레인의 소 여물통이 있는 데서 저 아이가 총독 각하한테 물을 튀기는 걸 보았지요. 도대체 저 아이는 무엇일까요? 저 말괄량이 아이는 정말로 악마일까요? 애정이란 게 있는 걸까요? 저 아이에게 인간다운 원리라는 게 있는 걸까요?"

"없지요. 어떤 규정이 깨져버림으로써 생긴 자유를 제외하고는." 딤스데일 목사는 마치 이 문제를 머릿속에서 검토라도 한 것처럼 조용히 대답했다. "선을 이루어낼 수 있을지 없을지, 저로서는 알 수 없습니다."

아이는 아마 그들의 말소리를 들은 모양이었다. 영리해 보이는 얼굴에 장난기 어린 웃음을 띠고 창문 쪽을 올려다보더니 가시가 붙어 있는 우엉 열매 하나를 딤스데일 목사를 향해 던졌다. 목사는 예상치 못한 공격에 몹시 당황하여 어쩔 줄 몰라 했다. 그 당황하는 모습을 보고 펄은 작은 손바닥을 치면서 무척이나 기뻐했다. 헤스터 프린이 무심코 창을 올려다보자 순간 네 사람은 모두 입을 다문 채 서로의 얼굴을 쳐다보게 되었는데, 이윽고 아이가 큰 소리로 웃으면서 외쳤다.

"저쪽에 가요, 엄마! 가자고요. 그러지 않으면 저기에 있는 악마한테 붙잡혀요! 목사님은 벌써 붙잡혔어요. 도망가요, 엄마. 그러지 않으면 붙잡힌다고요! 하지만 펄을 붙잡을 순 없을 거예요!"

펄은 죽은 자들이 묻힌 둔덕 사이를 깡충깡충 뛰기도 하고 춤을 추기도 하고 까불거리기도 하면서 엄마를 데리고 사라져 갔다. 그 모습은 펄이 마치 과거의 어떤 조상들과도 공통점이 없고, 누구도 침범할 수 없는 독자적인 삶의 방식을 가진 완전히 새로운 구성 요소들로부터 만들어진 존재라고 말해주는 것 같았다.

"저 여자는." 잠시 있다가 로저 칠링워스가 말했다. "어떤 잘못을 범했건, 목사님께서 견디기 힘든 무거운 짐이라고 생각하시는 그런 숨겨진 죄를 엿보이게 하는 신비로운 기색은 거의 없군요. 가슴에 주홍 글자를 붙이고 있으니 그만큼 헤스터 프린은 덜 비참하다고 생각하십니까?"

"저는 진심으로 그렇게 믿고 있습니다." 목사는 대답했다. "그러나 저 여인 대신 대답할 수는 없지요. 그녀의 얼굴엔 고뇌의 빛이 보였습니다. 그래도 여전히 그녀처럼 자신의 괴로움을 자유롭게 겉으로 드러내는 편이, 마음속에 감춰두고 있는 것보다는 훨씬 낫다고 생각합니다."

잠시 침묵이 흐르고, 의사는 자신이 모은 약초를 다시 살펴면서 정리하기 시작했다.

"아까 목사님은 제게 물으셨죠." 그는 입을 열었다. "목사님의 건강에 대한 저의 견해를."

"네, 그랬죠." 목사는 대답했다. "꼭 알고 싶습니다. 죽느냐 사느냐는 문제가 아닙니다. 어서 사실을 말씀해주세요."

"그럼 거리낌 없이 분명하게 말씀드리겠습니다." 의사는 여전히 분주하게 잡초를 만지작거리면서도 딤스데일 목사에게 주의 깊은 눈길을 향하며 말했다. "기묘한 병입니다. 병 자체나 겉으로 드러나는 증상은 그렇지 않지만, 적어도 제 눈에 비치는 증후로는 기묘합니다. 이미 수개월 목사님의 병상을 관찰해온 바로는 목사님은 분명 중한 환자임에 틀림없지만, 그래도 고칠 수 없다고 두 손을 들 정도는 아닌 것입니다. 목사님의 병은 알 것 같으면서도 모르겠어요."

"수수께끼 같은 말씀을 하시는군요, 선생님."

목사는 창백한 얼굴로 창밖을 내다보며 말했다.

"그러면 더 확실하게 말씀드리겠는데." 의사는 계속했다. "혹 실례가 된다면 용서해주시기 바랍니다. 양해를 구하고 드려야 할 질문 같군요. 목사님은 당신의 친구인 제게 목사님의 증상을 완전히 밝히고 설명해주셨습니까?"

"어째서 그런 질문을 하는 겁니까?" 목사는 말했다. "의사를 불러놓고 아픈 곳을 감추다니요. 어린애도 아니고, 그런 짓은 하지 않습니다!"

"그렇다면 제가 모든 걸 다 알고 있다는 말씀이시지요?" 로저 칠링워스는 반짝이는 눈으로 목사의 얼굴을 응시하며 신중하게 말했다. "그럼 그렇다고 해두죠! 그렇지만 말입니다. 외면적인 증세만을 털어놔서는 결국 병의 반밖에 알 수 없습니다. 육체의 병은 오로지 그것이 전부라고 생각하기 쉽지만, 정신적인 질병의 한 징후에 지나지 않을 수도 있단 말입니다. 제가 하는 말이 기분 나쁘게 들리시더라도 용서해주십시오. 제가 아는 한 목사님만큼 육체와 정신이 밀접하게 연결되어 있는 사람은 없습니다. 정신에 있어서 육체는 이른바 도구에 불과한 것이죠."

"그렇다면 더 이상 신세를 질 필요가 없겠군요." 목사는 다소 서두르듯이 자리에서 일어났다. "선생님은 영혼을 치유하는 의사는 아니시니까요!"

"그렇기 때문에." 로저 칠링워스는 대화가 중단된 것은 전혀 개의치 않고 변함없는 말투로 수척하고 핏기 없는 하얀 뺨의 목사에게 이야기를 계속했다. "병은, 그러니까 목사님의 정신을 아프게 하는 그것은 그대로 몸에 나타나게 되는 것입니다. 목사님은 의사가 육체의 병을 고쳐주었으면 하는 게 아닙니까? 영혼의 상처나 고뇌를 의사에게 털어놓지도 않고 어떻게 고칠 수가 있겠습니까?"

"아뇨! 선생님에게는! 이 지상의 의사에게는 고백하지 않겠습니다!" 딤스데일 목사는 흥분했는지 사나운 눈빛으로 로저 칠링워스를 바라보며 외쳤다. "만약 그것이 영혼의 병이라면 영혼을 치유하는 유일한 분인 주님께 맡기겠습니다! 주님은 고치는 일도 죽이는 일도 뜻대로 하십니다! 그의 정의와 지혜 아래 제 자신을 맡기겠습니다. 그런데 고통받는 자와 주님 사이에 개입하는 선생님은 도대체 누굽니까?"

거친 몸짓으로 목사는 방에서 나갔다.

"이런 방법도 나쁘지 않군." 로저 칠링워스는 목사의 뒷모습을 눈으로 좇으면서 씩 웃었다. "잃어버린 것은 아무것도 없다. 곧 다시 화해할 수 있을 거야. 그런데 어떤가, 격정에 몰려 자신을 잊은 그 꼴이란! 격정도 정열도 뿌리는 매한가지! 그 경건한 딤스데일 목사는 뜨거운 정열에 몰려 길을 잘못 든 적이 있었을 것이야!"

전처럼 두 사람 사이를 회복하는 것은 어려운 일이 아니었다. 젊은 목사는 시간을 두고 곰곰이 생각해보니, 그날 화를 내며 추태를 부린 것은 신경이 곤두섰던 탓이지 의사가 그럴 만한 말을 한 건 아니었다는 생각이 들었다. 의사는 나름대로 성실한 충고를 한 것뿐이었으며, 목사 스스로도 명확히 충고를 구하고 있었던 것이니 그 친절한 노인을 맹렬한 기세로 윽박지른 것은 목사로서 그저 부끄러울 따름이었다. 이처럼 자신의 경솔함을 후회한 그는 얼마 안 가 정중하게 사죄하고, 지금까지의 치료가 건강을 회복할 만큼 성공하진 못했지만 허약한 생명을 연장시키는 데는 도움이 되었을 테니 앞으로도 치료를 계속해달라고 부탁했다. 로저 칠링워스는 모든 걸 이해하고 계속 목사의 건강을 돌보았다. 그는 목사를 위해서 성의를 다해 치료했지만, 진찰을 끝내고 환자의 방을 나올 때에는 항상 입가에 수수께끼 같은 미소를 띠고 있었다. 딤스데일 목사의 눈앞에서 이런 표정을 떠올리는 일은 없었지만, 의사가 문지방을 넘을 때에 이 표정은 확연히 드러났다.

"신기한 증세야!" 그는 중얼거렸다. "더 깊이 탐색해봐야겠어. 영혼과 육체 사이에 밀접한 관계가 있다! 의학을 위해서라도 이 문제는 철저하게 규명할 필요가 있겠어!"

위와 같은 일이 있은 지 얼마 안 되어, 딤스데일 목사는 대낮에 탁자 위에 책을 펼쳐놓은 채 의자에 앉아 자신도 모르게 깊은 잠에 빠진 적이 있었다. 그 책은 졸음을 불러일으키는 문학 작품이었음에 틀림없다. 평소에 그는 나뭇가지 사이를 폴짝폴짝 뛰어다니는 작은 새처럼 가볍고 불안한 상태로 잠을 자는 것이 보통이었다. 그런데 이번에 그의 정신은 전에 없이 깊숙이 침잠해 로저 칠링워스가 각별한 주의를 기울이고 방에 들어온 것도 아닌데 목사는 의자 위에서 미동도 하지 않았다. 의사는 곧바로 환자에게 다가가 가슴에 손을 대고, 이제껏 철저하게 가슴을 덮고 있던 옷깃을 살짝 풀어 헤쳤다.

그때 딤스데일 목사가 몸을 떨면서 약간 움직였다.

의사는 잠시 서서 꼼짝 않고 있다가 이윽고 방향을 바꾸어 나가버렸다.

이때 그의 표정이란! 환희와 공포가 뒤섞인 얼마나 기이한 표정이던가! 얼마나 소름 끼치게 황홀한 표정이던가! 그 강렬한 기쁨은 얼굴만으로는 이루 다 표현되지 못하고 급기야 추한 몸 전체로 스며 나와, 그로 하여금 양팔을 위로 뻗치고 힘껏 바닥을 구르게 했다! 로저 칠링워스가 이처럼 황홀해하는 꼴을 누군가 목격했다면, 소중한 인간의 영혼이 하늘을 헤매다 길을 잘못 들어 천국으로 가지 못하고 악마의 소굴에 발을 들여놓게 됐을 때 악마가 어떻게 행동하는가를 두 눈으로 똑똑히 확인할 수 있었을 것이다.

그러나 의사의 희열에는 악마의 그것과 구별되는 점이 있었는데, 그것은 그 희열 속에 놀라움이 동반되어 있었다는 것이다.

11
마음의 심연

앞에서 말한 사건 후에 목사와 의사의 교제는 외견상으로는 변함이 없었지만 실제로는 예전과 상당히 달라지게 되었다. 지금 로저 칠링워스는 어떤 방향으로 머리를 써야 할지가 꽤 명확해진 상태였다. 그러나 그것은 미리 계산해두었던 길과 완전히 같은 것은 아니었다. 겉으로는 조용하고 친절한 그였지만 내부에 잠재되어 있던 끝 모를 악의가 점차 활동을 시작하여, 이 불행한 노인으로 하여금 지금까지 어떤 인간도 시도해본 적이 없는 은밀한 복수를 생각하게 한 것이다. 신뢰할 수 있는 유일한 친구인 양 행동하면서 공포와 자책, 고뇌, 과거로부터 걷잡을 수 없이 역류해오는 죄의식 등을 하나하나 고백하게 하는 것! 세상에 감추고 있는 죄의 슬픔을 이 연민 없는 자에게, 이 용서 없는 자에게 모조리 털어놓게 하는 것! 상대가 속 깊이 감추고 있는 음울한 보석을 파헤쳐 내어 당사자에게 모두 인심 좋게 되던져주는 것—복수의 빚을 갚는데 이처럼 통쾌한 방법이 또 있을까!

그러나 목사의 내성적이고 민감한 기질이 이 계획을 꺾어버렸다. 하지만 로저 칠링워스는 이 사태가 아주 만족스럽지 못한 건 아니었다. 이것 또한 신의 뜻—때로는 벌해야 마땅한 일도 용서를 하시는—이라고 생각했던 것이다. 그는 어떤 계시가 자신에게 내려졌음을 거의 확신했다. 목적을 이룰 수 있다면 그것이 하늘의 계시든, 다른 영역의 계시든 상관없었다. 그 계시 덕분에 어쨌든 딤스데일 목사의 영혼 깊숙한 곳까지 눈앞에 드러나게 되었고, 그의 행동 하나하나까지 이해할 수 있었다. 이리하여 그는 목사의 내면세계의 단순한 관찰자가 아니라 하나의 주인공이 되었다. 목사를 마음대로 조종할 수 있게 된 것이다. 제물은 항상 고문대에 올라가 있으니 고문대를 조작하는 용수철이 어디에 있는지만 알면 된다. 그리고 의사는 그것을 잘 알고 있었다! 갑작스런 공포로 목사를 겁주고 싶다면? 마법사처럼 지팡이를 한 번 휘두르면 된다. 그러면 곧바로 죽음 혹은 끔찍한 치욕의 각기 다른 모습을 한 수많은 유령이 나타나서 목사를 둘러싸고 그의 가슴에 손가락질을 할 것이다.

이러한 일은 아주 은밀하게 행해지고 있었기 때문에, 목사는 무언가 사악한 작용이 자신에게 미치고 있다고 막연하게 느끼면서도 그 실체를 명확히 파악할 수가 없었다. 목사는 노의사의 추하고 일그러진 모습을 수상한 듯이, 때로는 공포와 증오의 감정으로 바라보았다. 그의 몸짓, 걸음걸이, 반백의 수염, 무관심한 듯한 행동, 그의 의상까지 목사의 눈에는 혐오스럽게 비쳐졌다. 그러나 그 같은 불신이나 혐오감에 도저히 이렇다 할 이유를 찾을 수 없었기 때문에, 목사는 자신이 품은 여러 감정의 원인이 모두 독소에 오염된 병든 마음에 있는 것이라고 생각했다. 그는 로저 칠링워스에게 혐오감을 느끼는 자신을 책망하면서, 그것을 근절하기 위해 표면적으로나마 노의사와의 친교를 계속 유지하려고 노력했으며, 이렇게 해서 결국 노인에게 목적 달성의 기회를 제공하게 된 셈이었다. 그리고 복수의 대상보다 더 비참하고 고독한 존재인 로저 칠링워스는 그 목적 달성에 전심한 것이다.

이처럼 마음과 육체의 고통에 괴로워하고, 또 악랄하기 그지 없는 적의 계략에 농락당하면서도 딤스데일 목사는 뛰어난 명성을 얻고 있었다. 그의 지성과 도덕적인 감성, 감동이나 경험을 전달하는 능력은 그의 양심의 가책에 의해 한층 더 커졌으며, 그의 평판은 탁월한 다른 동료 성직자들을 앞질렀다. 그들 중에는 딤스데일 목사가 태어나기 전부터 성스럽고 심원한 학문에 힘써왔던 사람들이 있었다. 또 더욱 강인한 정신력과 크고 견고한 이해력을 갖춘 사람들도 있었다. 그리고 정말로 성자와 같은 목사들도 있었다. 그들의 능력은 오랜 사색에 의해 잘 연마되고 하늘과의 정신적인 교감에 의해 성화되어 있었다. 이러한 성스러운 인물들은 현세의 옷이라 할 수 있는 육체를 몸에 두른 채, 이미 천국에 발을 들여놓고 있는 셈이었다. 다만

한 가지 그들에게 부족했던 것은 성령강림절[1]에 선택된 사도들에게 화염의 혓바닥으로 내려진 천혜의 재능이었다. 화염의 혀가 상징하는 것은 이국의 새로운 언어를 말하는 능력이 아니라, 전 인류에게 골고루 통하는 마음의 언어로 이야기하는 능력이다. 이들 성직자들은 진정 사도와 다름없으면서도 하늘이 내려주시는 화염의 언변이 부족했다. 그들은 흔하고 평범한 말과 이미지로서 최고의 진리를 표현하려 했으며, 그들의 목소리는 하늘에서 머나먼 지상으로 내려온 탓에 가냘프고 박력이 없었다.

아마 딤스데일 목사는 그 성격의 특성으로 보아 방금 말한 부류에 속한다고 할 수 있을 것이다. 죄와 고뇌의 무거운 짐이 방해만 하지 않았어도 그는 신앙과 덕행의 높은 산정에 도달할 수 있었을 것이다. 그 무거운 짐은 천사조차도 귀를 기울이고 응답했을 목소리를 지닌 이 사람을 인간의 최저 수준까지 떨어뜨리고 말았다! 그러나 한편으로 이 무거운 짐이 있었기에 그는 사람들의 많은 죄에 대해 자신의 일처럼 공감을 느낄 수 있었다. 이로 인해 그의 마음은 그들의 마음과 파장을 맞춰 공명하고, 그 마음의 고통을 수천의 사람에게 비통함이 용솟음치는 설득력 있는 웅변으로 전달할 수 있었던 것이다. 때로 그의 웅변에는 온몸이 오싹해지는 기괴함이 있었다! 자신들의 마음을

---

1) 부활절로부터 7주 후. 그날 예루살렘에 있었던 사도들 위에 "혀를 날름거리는 불길이 나타나" 머물더니, '영'에 의해 충만된 그들은 서로 "다른 언어로 얘기했다"고 한다. 사도행전 2 : 3~4 참조.

이처럼 뒤흔드는 힘의 정체를 사람들은 알지 못했다. 그들은 젊은 목사를 성스러운 기적으로 간주하고 하나님의 지혜와 분노, 사랑의 대변인으로 생각했다. 그들의 눈에는 이 목사가 걷는 땅이 신성하게 보였다. 교회의 아가씨들은 자신들의 열정을 종교 그 자체라고 믿고 제단에 바치기 위해 그것을 하얀 가슴에서 서슴없이 끄집어내 목사에게 다가가 보았지만, 자신들이 그만 연정에 사로잡혀 있음을 깨닫고 목사 곁에서 얼굴이 창백해졌다. 나이 지긋한 사람들은 딤스데일 목사의 쇠약한 모습을 보고, 늙고 주름진 자신들보다 목사가 먼저 천국에 갈 것만 같아, 자기가 죽거든 젊은 목사의 성스러운 묘지 바로 옆에 묻어 달라고 자식들에게 일러두고 있었다. 이사이 딤스데일 목사는 설사 자신의 무덤에 대해 생각하고 있었다 해도 매장되어 마땅한 그 저주받은 무덤에 풀이 돋아나기나 할지 자문하고 있었을 것이다!

이러한 사람들의 존경이 그를 얼마나 괴롭혔는지 그것은 상상을 초월했다! 진실을 숭배하고, 생명 중의 생명인 신성한 본질이 결핍된 것은 모두 환영과 같은 것으로 무게가 없을뿐더러 가치도 없다고 경멸하고 싶은 것이 그의 거짓 없는 충동이었다. 그러면 목사 자신은 무엇인가? 과연 실체가 있는 것일까? 아니면 가장 흐릿한 그림자인가? 그는 설교단에서 큰 소리를 지르며 자신이 누구인가를 사람들에게 호소하고 싶었다.

"여러분이 보시는 바와 같이 목사의 검은 제복을 몸에 걸친 이 사람, 신성한 설교단에 올라 여러분을 대표해서 지극히 높은 곳에 계시는 전지전능한 하나님과 접촉을 하고 있는 이 사람, 나날의 생활 속에서 여러분이 에녹[2]과 같은 고결함을 발견하고 있는 이 사람, 아이들에게 세례를 주고 죽어가는 여러분의 친구들에게 이별의 기도를 바치면서 그들의 귓가에 아멘 소리가 어렴풋하게나마 도달할 수 있도록 하는 이 사람, 여러분이 존경하고 믿어 마지않는 목사인 이 사람은 썩어빠진 위선자입니다!"

딤스데일 목사는 몇 번이나 위와 같은 말을 입 밖에 내기 전까지는 단상에서 내려오지 않겠다고 마음을 굳게 먹고 설교단에 올라갔다. 그가 수차례 헛기침을 하고 깊고 떨리는 숨을 한참 들이쉬었다가 다시 내뱉을 때에 그 숨 속에는 영혼의 어두운 비밀이 숨겨져 있었던 것이다. 여러 번—아니 수도 없이—그는 실제로 말했다! 그렇다, 말했다! 어떻게? 그는 청중을 향해 말했다. 자신은 비열한 무리 중에서도 가장 비열한 자며 혐오스런 죄인이고, 상상을 초월하는 사악한 자며, 한 가지 불가사의한 것은 이 저주받은 몸이 전능하신 하나님의 불타오르는 분노에 접하여 청중 앞에서 잿더미로 변하지 않은 것이라고. 이 이상 어떻게 더 명백하게 말할 수 있을까? 청중은 커다란 충격과 함께 일제히 자리에서 일어나 설교단을 모독한 그를 잡아끌어 내리려고 하지 않았을까? 그러나 그런 일은 없었다! 그

---

2) 하나님과 함께 동행한 인물로, 죽음을 경험하지 않고 하늘로 올라갔다고 한다. 창세기 5 : 24 참조.

들은 한마디도 놓치지 않고 경청하면서 목사를 더욱 존경했다. 이러한 자책의 말에 얼마만큼 무서운 의미가 감춰져 있는지 그들은 상상하지도 못했다.

"젊은 분이 경건하셔!"

그들은 이구동성으로 칭찬했다.

"지상의 성자이시다! 아아, 목사님의 결백한 영혼이 그 같은 깊은 죄를 인정하신다면, 도대체 당신이나 나의 영혼에선 얼마나 무서운 오점이 발견될 것인가!"

목사는 잘 알고 있었다. 자신의 애매한 고백이 어떻게 받아들여지는가를. 그는 죄의식을 고백하는 것으로 스스로를 기만하려 했지만, 그러한 자기기만 때문에 한순간도 마음이 편해지는 일이 없었고, 오히려 새로운 죄를 거듭하면서 부끄러움을 더하는 꼴이 될 뿐이었다. 그는 최고의 진실을 이야기하면서 그것을 최고의 거짓으로 만들고 있었던 것이다. 그러면서도 타고난 성격상 진실을 사랑하고 거짓을 미워했기에 그는 무엇보다도 비참한 자신을 증오했다!

마음속의 불안 때문에 목사는 자신이 성장한 교회의 가르침보다 낡고 부패한 로마교회의 의식에 따라 수행을 하게 되었다. 자물쇠로 굳게 채워진 목사의 구석진 다락방에는 끈끈한 피가 묻어 있는 채찍이 있었다. 이 청교도 목사는 자신의 어깨에 채찍을 휘두르고, 채찍을 휘두르면서 조소하고, 그 쓰디쓴 웃음 때문에 더욱 가차 없이 채찍질을 해댔다. 또 그는 단식을 했다. 이는 하늘의 계시를 받아들이기 위해 육체를 정화하는 청교도의 관습이었지만, 그는 하나의 고행으로서 무릎이 부들부들 떨릴 때까지 가혹하게 이것을 행했다. 마찬가지로 그는 몇 날 밤이나 때로는 새카만 어둠 속에서, 때로는 어렴풋한 램프의 불빛 아래서, 또 때로는 가능한 한 가장 강렬한 빛을 얼굴에 비추고 거울 속의 자신을 바라보면서 철야 수행을 거듭했다. 이런 식으로 그는 부단히 수행을 지속했지만, 그것은 스스로를 괴롭히기만 할 뿐 자신을 정화할 수는 없었다. 그가 밤을 새우면서 고행을 하는 사이 머릿속에서 착란이 일어나 환영이 눈앞에 어른거리는 일도 자주 있었다. 방 안의 어두운 구석에서 모습도 분명치 않은 환영이 희뿌연 빛을 발하는가 하면, 거울을 통해 그것이 그의 바로 옆에서 더욱 선명하게 보이는 때도 있었다. 그 속에서는 한 무리의 악귀들이 창백한 목사를 비웃으며 자기들과 함께 어디론가 가자고 손짓하기도 하고, 한 무리의 빛나는 천사들이 슬픔에 짓눌린 얼굴로 하늘을 향해 날아가기도 했다. 때로는 어린 시절에 죽은 친구들, 성자와 같은 인상의 하얀 수염을 기른 아버지, 그에게서 얼굴을 돌리고 지나가는 어머니가 나오는 일도 있었다. 유령처럼 실체가 없는 어머니라도 자신의 아들에게 동정의 눈길 한 번쯤은 던져줄 만도 한데! 나아가 이러한 망상이 들끓는 방에 헤스터 프린이 주홍빛 옷을 걸친 작은 펄을 데리고 미끄러지듯 들어오는 일도 있었다. 그때 펄은 엄마의 주홍 글자를 손가락으로 가리킨 다음, 이어서 목사의 가슴을 가리켰다.

그러나 이러한 환영에 그가 현혹되는 일은 없었다. 어느 때

건 그는 의지의 힘으로 실체의 유무를 구분할 수 있었기 때문에, 그것들이 방 안에 있는 테이블이나 황동 걸쇠가 달려 있는 커다란 신학서와 같이 실체가 있는 것이 아니라는 걸 간파하고 있었다. 그럼에도 불구하고 환영들은 어떤 의미에서는 가련한 목사가 지금 상대하고 있는 것 중에서 가장 진실하고 실질적인 것이었다. 그처럼 위선에 가득 찬 생활은 우리를 둘러싼 현실의 모든 것에서 본질과 실체를 박탈하는 비참함을 가져다준다. 거짓으로 물든 인간에게 있어서 우주란 기만인 것이다. 손으로 잡으려 하면 연기처럼 흔적도 없이 사라져버리고, 결국은 그 자신의 존재조차 없어지는 것이다. 딤스데일 목사의 깊은 고뇌와 여실히 드러나는 고통스러운 표정만이 이 세상에서 그의 존재를 가능케 하는 유일한 진실이었다. 만약 그가 미소를 짓거나 쾌활한 얼굴을 꾸밀 줄 아는 능력을 가지고 있었다면 딤스데일이란 인물은 이미 존재하고 있지 않았을 것이다!

그러던 어느 날 밤 목사는 갑자기 의자에서 일어났다. 불쑥 어떤 생각이 떠오른 것이다. 마치 예배를 드리러 갈 때처럼 조심스럽게, 또 그러한 때에 입는 옷을 몸에 걸치고 그는 발소리를 죽이며 계단을 내려가 문을 열고 밖으로 나갔다.

12
목사의 철야 수행

아마도 몽유병의 영향으로 꿈결 같은 상태에서 딤스데일 목사는 오래전에 헤스터 프린이 군중 앞에서 모욕을 당했던 장소에 도달했다. 여전히 교회당 발코니 아래에 자리하고 있는 그 처형대는 7년이라는 긴 세월 동안 거친 풍파로 인해 거무죽죽하게 얼룩지고, 처형대에 오른 수많은 죄인의 발길에 짓밟혀 많이 닳아 있었다. 목사는 계단을 밟아 처형대 위로 올라갔다.

5월 초순의 어두운 밤이었다. 지평선부터 하늘 꼭대기까지 온통 검은 구름의 장막으로 뒤덮여 있었다. 이 한밤중의 어둠 속에서는 처형대 위에 있는 자의 얼굴은커녕 모습의 윤곽조차 분명히 보이지 않았을 것이다. 게다가 마을 사람들은 자고 있으니 누군가에게 들킬 염려도 없었다. 목사가 원한다면 새벽녘까지 거기에 서 있어도, 축축하고 차가운 밤바람에 감기가 들고 류머티즘으로 그의 관절이 굳어져 다음 날 아침 설교를 고대하는 신자들을 낙담시킬 일 외의 위험은 없었다. 만약 보는 자가 있다면 그것은 목사가 피로 젖은 채찍으로 자신을 때리는 모습을 지켜본, 항상 눈을 뜨고 계시는 신 말고는 있을 수 없었다. 그러면 목사는 무슨 이유로 여기에 왔는가? 참회의 흉내를 내기 위해서인가? 확실히 그는 흉내를 내고 있었다. 그것도 자신의 영혼을 희롱하는! 천사들은 부끄러워 눈물을 흘리고 악마들은 경멸하고 비웃으면서 희열을 느꼈다. 목사는 어디까지나 자신의 주위에서 떨어지지 않는 회한 때문에 여기에 왔지만, 회한이 그를 고백의 입구까지 데리고 가면 반드시 떨리는 손이 그를 잡아끌어 다시 제자리로 되돌아가게 했다. 가련한 남자여! 도대체 이렇게 병약한 남자가 죄라는 무거운 짐을 질 자격이나 있는 것일까? 죄라는 것은 강철과 같은 신경을 가진 자에게나 어울린다. 그러한 인간이라면 참고 견뎌낼 수도 있고, 또 필요하다면 만용을 발휘하여 죄 따위는 곧바로 내동댕이쳐 버릴 수도 있는 것이다! 그런데 이 연약하고 섬세한 정신의 소유자는 그 어느 쪽도 선택할 수가 없었다. 그러면서도 그 양쪽을 모두 취하고 있었기 때문에 두 가지가 얽히고설켜 하나님을 거역하는 죄와 허무한 참회가 하나의 고뇌로 매듭지어지게 된 것이다.

이렇게 헛된 속죄의 흉내를 내면서 처형대에 서 있는 사이, 딤스데일 목사는 커다란 공포에 완전히 압도되었다. 마치 전 우주의 눈이 그의 심장 바로 위, 벌거숭이 가슴에 붉게 물들어 있는 주홍색 표시를 응시하고 있는 듯한 공포에 사로잡힌 것이다. 그곳에선 예전이나 지금이나 독사에게 물린 듯한 격한 고통이 느껴졌다. 무의식에서인지 아니면 자제심을 잃어서인지 그는 날카로운 비명을 질렀다. 이 비명은 어두운 밤하늘을 갈기갈기 찢으면서 이 집 저 집 울려 퍼지고 주위를 둘러싼 산등성이에 메아리쳤다. 마치 악마의 친구들이 비명 속의 고통과 공포를 감지하고 그 소리를 장난감 삼아 앞뒤로 주거니 받거니 하는 것처럼.

"해버리고 말았다!" 목사는 두 손으로 얼굴을 감싸며 말했다. "마을 사람들이 깜짝 놀라 눈을 뜨고 달려 나와, 여기에 있는 나를 발견할 것이다!"

그러나 그렇게 되지는 않았다. 과민해져 있었던 그의 귀에는 자신의 비명 소리가 실제보다 훨씬 크게 들렸던 것이리라. 마을 사람들은 눈을 뜨지 않았다. 설사 눈을 뜬 자가 있었다고 해도, 잠이 덜 깬 눈으로 어리둥절해하며 꿈에 나온 무서운 괴물이나 마녀의 소란쯤으로 생각했을 것이다. 당시에는 마녀들이 악마와 함께 빗자루를 타고 식민지의 쓸쓸한 상공을 비상할 때 속삭이는 소리가 자주 들렸다고 한다. 소동이 일어날 기색이 없자 목사는 눈을 뜨고 주위를 둘러보았다. 그곳에서 조금 떨어진 벨링엄 총독 저택의 거실 창에서 총독이 램프를 들고 있는 모습이 보였다. 머리에 하얀 나이트캡을 쓰고 하얗고 헐렁한 가운을 걸친 그의 모습은 묘지에서 쓱 빠져나온 유령처럼 보였다. 아무래도 비명 소리에 눈을 뜬 것 같았다. 그리고 다른

쪽 창문에서는 총독의 누이인 늙은 히빈스 부인의 모습도 보였다. 그녀 역시 손에 램프를 들고 있었기 때문에 이렇게 멀리 떨어져 있어도 그 언짢고 불만스런 표정이 보였다. 그녀는 창문으로 머리를 비죽 내밀고 열심히 밤하늘을 올려다보았다. 의심할 바 없이 이 나이 든 마녀는 딤스데일 목사의 비명과 함께 무수한 메아리를 듣고서는 그녀와 함께 숲으로 나가곤 한다는 악귀나 마녀가 소란을 피우는 것이라고 해석한 것이다.

벨링엄 총독의 램프 빛을 알아차린 노부인은 서둘러 자신의 램프 불을 끄고 모습을 감췄다. 아마 그녀는 구름 사이로 날아갔을 것이다. 목사에게는 더 이상 그녀의 모습이 보이지 않았다. 총독은 열심히 어둠 속을 들여다보다가 창가에서 물러났다.

목사는 마음이 꽤 가라앉았다. 그러나 얼마 안 있어 작고 어슴푸레한 빛이 눈에 띄었다. 그것은 멀리에서 점차 길을 따라 다가오면서 희미한 조명 속에 이쪽저쪽의 울타리와 격자 유리창, 물통 달린 펌프, 쇠 문고리가 붙은 아치형의 현관문과 문 앞의 통나무 계단 등을 비추었다. 딤스데일 목사는 이러한 세세한 것 모두에 눈길을 멈추면서도 자신의 운명이 지금 귓가에 들리는 발소리와 함께 시시각각 다가오고 있다는 것을, 또 랜턴의 불빛이 조만간 자신 위에 떨어지며 오랫동안 감추어온 비밀이 파헤쳐질 거라는 것을 확신했다. 다가오는 빛의 테두리 속에서 그가 확인한 것은 동료이자 아버지와도 같은 윌슨 목사였다. 아마 누군가의 임종 자리에서 기도를 올리고 오는 길일 거라고 딤스데일 목사는 추측했다. 그것은 사실이었다. 이 선량한 노목사는 바로 한 시간쯤 전에 천국으로 승천한 윈스럽 총독[1]의 집에서 돌아오는 길이었다. 그리고 지금 윌슨 목사는 죄로 물든 이 음울하고 비참한 밤에도 옛날의 성자와 같이, 영광을 기리는 후광에 둘러싸여 집으로 향하는 길을 더듬고 있었던 것이다. 램프의 어렴풋한 불빛에서 그와 같은 모습을 떠올린 목사는 자신의 몽상에 미소 지었다. 아니, 그런 기이한 상상을 비웃었다. 그리고 스스로도 머리가 돌아버린 것이 아닌가 생각했다.

월슨 목사가 한쪽 팔에 검은 제복을 들고 램프를 앞으로 쭉 뻗은 채 처형대 옆을 지나치려 할 때 딤스데일 목사는 하마터면 말을 걸 뻔했다.

"안녕하세요, 월슨 목사님! 여기에 올라오셔서 함께 즐거운 시간을 보내지 않으시겠습니까!"

세상에! 딤스데일 목사는 정말로 말을 건 것일까? 한순간 그는 이런 말이 입에서 튀어나왔다고 믿었다. 그러나 그것은 상상일 뿐이었다. 노목사 월슨은 발밑의 흙탕길을 주의 깊게 살피면서 천천히 발걸음을 옮겼지만 단 한 번도 처형대 위로 눈

---

1) 1588~1649. 케임브리지 대학 출신의 법률가로, 1630년 아벨라호를 타고 대서양을 건너, 신규로 칙허장이 나온 매사추세츠 만 식민지를 건설하기 위해 오늘날의 세일럼에 상륙했다. 그는 보스턴에 본거지를 두고 초대 매사추세츠 식민지 총독이 되어 그 후 '신의 부르심을 받기까지' 수차례 이 직무를 맡았다. 덧붙여 1630년부터 1649년에 걸쳐 쓰인 윈스럽의 일기에는 매우 흥미로운 내용이 담겨 있다. 그 속에는 실연당한 후 오기로 노인과 결혼한 젊은 여자가 간통을 범해서 간통한 상대와 함께 교수형에 처해지는 보스턴의 젊은 여자의 애기가 기록되어 있다.

길을 주지 않았다. 램프의 불빛이 꽤 멀리 사라졌을 때 목사는 머리가 아뜩해짐을 느끼면서, 방금 이것이 섬뜩한 위기의 순간이었다는 것을 깨달았다. 그는 긴장에서 벗어나려고 무의식적으로 끔찍한 마음의 유희에 잠기려고 했던 것이다.

잠시 후, 또다시 소름끼치는 장난기의 산물이 그의 환상 속으로 숨어 들어왔다. 익숙지 않은 밤의 한기에 손발이 얼어붙어, 아침이 되어도 자신은 여기에 있는 것이다. 부근의 사람들이 눈을 뜨기 시작한다. 제일 일찍 일어난 자가 새벽의 불그스레한 빛 속을 걸어와 치욕의 단상 위에 서 있는 사람의 그림자를 발견한다. 그리고 놀란 나머지 반미치광이처럼 이 집 저 집 문을 두드리면서 유령이 나타났다고 외치고 다닌다. 점차 아침 햇살이 강해지는 가운데 나이 든 가장들은 플란넬 가운 차림으로, 또 관록이 붙은 부인들은 잠옷을 갈아입을 틈도 없이 크게 당황하여 일어난다. 수많은 고상한 사람이 지금까지 머리털 하나 흐트러진 모습을 보인 적이 없었는데, 미친 사람처럼 흐트러진 꼴로 대중 앞에 모습을 드러낸다. 벨링엄 총독은 제임스 왕조풍의 주름 깃이 비뚤어진 채 근엄한 얼굴을 하고 나온다. 히빈스 부인은 멀리 외출에서 돌아와 한숨 자고 있던 터라 특히 더 언짢은 표정으로, 치마에는 숲에서 달고 온 작은 나뭇가지 몇 개를 매달고 모습을 나타낸다. 선량한 윌슨 목사 역시 영광에 빛나는 성자들의 꿈을 꾸다가 이렇게도 일찍 방해받은 것에 화를 내면서 나온다. 마찬가지로 교회의 장로들이나 집사들, 목사를 우상시하여 그 하얀 가슴속에 목사를 위한 자리를 비워놓았던 젊은 아가씨들 할 것 없이 이 사람 저 사람 모두 문지방에 걸려 넘어지면서 황급히 뛰쳐나와 놀라움과 공포에 사로잡힌 멍한 얼굴로 처형대를 올려다보는 것이다. 붉은 아침햇살을 받으며 처형대 위에 서 있는 자는 누구일까? 예전에 헤스터 프린이 섰던 장소에 치욕을 드러내며 목숨이 끊어질 듯 꽁꽁 얼어붙은 꼴로 서 있는 것은 아서 딤스데일 목사가 아니고 누구일 수 있을까!

이 무시무시한 환상에 마음을 빼앗겨 목사는 자신도 모르게 큰 소리로 웃었다. 그런데 이에 응하여 어디선가 경쾌한 방울소리와도 같은 아이의 웃음소리가 들려왔다. 목사는 전율을 느끼면서—고통에서인지 기쁨에서인지 알 수 없었지만—그것이 펄의 소리라는 것을 알아차렸다.

"펄! 작은 펄!"목사는 이렇게 외치고 잠시 멈춘 후 다시 목소리를 죽이고 말했다. "헤스터! 헤스터 프린! 거기, 당신이오?"

"네, 헤스터 프린이에요!"그녀는 놀란 목소리로 대답했다. 이윽고 목사는 보도 쪽에서 가까이 다가오는 그녀의 발소리를 들었다. "저예요. 그리고 펄도 있어요!"

"어디에서 오는 길이죠, 헤스터?"목사는 물었다. "무슨 일로 이런 곳에?"

"돌아가신 분이 계셔서요." 헤스터 프린은 대답했다. "윈스럽 님이 돌아가셔서 그곳에 갔었어요. 거기서 수의의 치수를 재고, 지금 집으로 돌아가는 길이에요."

"헤스터, 이리로 올라오시오. 그리고 펄도." 딤스데일 목사는 말했다. "두 사람은 여기에 선 적이 있었지요. 하지만 나와 함께는 아니었소. 자, 다시 한 번 여기에 올라와서 셋이 같이 섭시다."

헤스터는 아무 소리 않고 계단을 올라 펄의 손을 잡고 처형대 위에 섰다. 목사는 펄의 한쪽 손을 더듬어 잡았다. 순간 자신과는 다른 새로운 생명이 격류처럼 심장으로 흘러들어 모든 혈관을 뱅뱅 도는 듯한 느낌이었다. 마치 두 모녀가 그들의 생명의 온기로 반쯤 얼어붙은 목사의 몸을 조금씩 녹여주는 것 같았다. 세 사람은 전류가 흐르는 하나의 원을 이루고 있었던 것이다.

"목사님!"

펄이 속삭였다.

"하고 싶은 말이 있니, 펄?"

딤스데일 목사가 물었다.

"내일 낮에도 엄마와 저와 함께 여기에 서주시겠어요?"

펄이 물었다.

"아니, 그렇게는 할 수 없단다, 펄!" 목사는 대답했다. 새로운 활력을 얻은 그 순간, 그때까지 쭉 번민해왔던 자신의 비밀이 세상에 알려질까 봐 다시금 두려워진 목사는 자신이 현재 놓여 있는 상황에―묘한 기쁨이기도 했으나―이미 겁을 먹고 있었다. "그렇게 할 수는 없단다, 나의 아가. 언젠가 모두 같이, 엄마도 너도 함께 서게 되겠지만 내일은 안 된단다!"

펄은 웃으며 손을 빼려고 했다. 그러나 목사는 그 손을 계속해서 꼭 잡았다.

"조금만 더. 나의 아가!"

"그럼 약속해주시겠어요?" 펄은 물었다. "내일 낮에 엄마와 제 손을 잡아주시겠다고요."

"내일은 안 돼, 펄." 목사는 말했다. "다른 날에 그렇게 하자꾸나!"

"다른 날 언제요?"

아이는 여전히 졸라댔다.

"최후의 심판의 날에!" 목사는 중얼거렸다. 아이에게 이처럼 대답한 것은 자신이 진리를 가르치는 목사라는 자각에서였다. "그날, 그 심판의 자리에서 너와 네 엄마, 그리고 나도 함께 서게 될 거야! 나는 꼭 함께 서야만 하지. 하지만 이 세상의 빛 속에서는 우리가 함께 있는 걸 보일 수 없단다!"

펄은 또 웃었다.

딤스데일 목사의 말이 채 끝나기도 전에 구름이 낮게 깔린 하늘 한쪽에 빛이 반짝였다. 그것은 야경꾼들에게 종종 발견되는, 대기권의 허공에서 타버린 유성의 빛일 것이다. 그 강렬한 섬광은 하늘과 땅 사이의 두꺼운 구름층을 골고루 비추어, 밤하늘의 둥근 천장은 마치 거대한 램프의 돔처럼 빛이 났다. 그 빛은 익숙한 거리의 풍경을 대낮처럼 선명하게 떠오르게 했는데, 익숙한 사물도 평소와 다른 빛을 받자 무언가 기분 나쁜 느낌이 감돌았다. 뾰족한 박공지붕에 위층이 삐죽이 튀어나온 목조 주택, 때 이른 풀이 돋아난 현관의 돌계단과 문턱, 파헤쳐진 땅 위에 거뭇거뭇한 흙이 보이는 안뜰, 이러한 것들이 모두 뚜렷하게 보였지만 어딘가 기묘한 양상을 띠었다. 빛은 이 세상의 사물에 지금까지와는 다른 도의적인 해석을 부여하고 있는 것 같았다. 그러한 정경 속에서 가슴에 손을 얹은 목사와 주홍 글자를 가슴에 단 헤스터 프린, 또 두 사람을 맺어주는 연결 고리이기도 한 펄이 서 있었다. 그들은 그러한 기묘하고 장엄한 한낮과 같은 광채 속에 가만히 서 있었다. 그 장엄한 광채는 온갖 비밀을 파헤치는 빛 같기고 하고 또 연이 있는 사람들을 서로 엮어주는 새벽 같기도 했다.

수상쩍은 눈빛으로 목사를 올려다보고 있는 펄의 얼굴은 요정과 같은 장난기 어린 미소를 띠고 있었다. 아이는 딤스데일 목사의 손을 놓고 거리의 저편을 손가락으로 가리켰다. 그러나 목사는 양손을 가슴 위에 포개고 시선을 하늘로 향했다.

당시에는 유성의 출현이나 그 외의 자연 현상 중에, 태양이나 달의 출입처럼 규칙적으로 일어나지 않는 것은 무엇이나 초자연적인 계시라고 해석하는 경향이 있었다. 예를 들어 불타는 창이나 화염의 칼, 활과 화살 다발 등이 깊은 밤하늘에 떠오르면 그것은 인디언의 습격을 뜻하는 것이었다. 진홍색 빛이 비처럼 하늘에서 쏟아지는 것은 역병을 예고하는 것이었다. 좋든 나쁘든 식민지 시대부터 독립전쟁에 이르기까지 뉴잉글랜드를 덮친 중대한 사건에는 이러한 자연 현상에 의한 예고가 수차례 있었다. 그리고 이러한 징조가 많은 사람에 의해 목격되는 일도 드물지 않았다. 그러나 대개의 경우 목격자는 한 사람으로,

신빙성은 그 목격자의 믿음에 달려 있었다. 그런데 그 목격자는 그러한 경이를 상상력이라는 색조를 더해 사물을 확대하거나 왜곡하여 바라보곤 했다. 나라의 운명이 천공에 그려진 무시무시한 상형문자에 의해 예고된다는 것은 참으로 굉장한 생각이다. 이러한 신념을 우리 선조들이 품었던 이유는 아직껏 미숙한 자신들의 공화국이 특별히 가깝고 엄한 하늘의 가호 아래 보호받고 있다고 생각했기 때문이다. 그러나 한 개인이 자신만을 위한 것이라고 생각되는 계시를 광대한 두루마리 위에서 발견했다고 한다면 어떨까? 그 같은 경우는 단지 그의 정신이 심한 착란상태에 빠져 있기 때문일 수 있다. 즉, 오래고 지독한 비밀의 고통으로 인해 마음이 병적으로 움츠러든 자가 자신의 자아를 전 자연에까지 확장시키고, 따라서 하늘 자체를 자기 영혼의 역사와 운명을 기록하는 한 페이지로 인식하는 것이다.

그러므로 하늘을 올려다본 목사가 거기에서 붉고 흐릿한 빛을 발하는 거대한 글자—그 글자 A—를 발견했다 해도, 우리는 그것을 오로지 목사의 눈과 마음의 병 탓으로 돌리는 것이다. 구름의 베일을 통해 흐릿한 빛을 발하는 유성이 그곳에 나타나지 않았다는 것이 아니다. 목사의 죄 많은 상상력이 그것에 부여한 것과 같은 형태를 띠지는 않았다는 것이다. 다른 죄를 지은 사람이 봤다면 그것에서 다른 상징을 발견했을 것이다.

이 순간의 딤스데일 목사의 심리 상태를 특징짓는 특이한 일이 있었다. 그는 하늘을 응시하면서도 그 사이 펄이 처형대에서 그다지 멀지 않은 곳에 서 있는 로저 칠링워스를 계속 손가락으로 가리키고 있는 걸 확실하게 의식하고 있었던 것이다. 목사는 그 기적적인 글자를 보았을 때와 같은 눈초리로 이 노인을 바라보았다. 유성의 빛은 다른 모든 사물들과 마찬가지로 노인의 용모에도 여느 때와는 다른 인상을 부여하고 있었다. 아니면 여느 때와는 달리, 의사가 자신의 제물을 볼 때 악의 있는 눈초리를 감추는 걸 잊고 있었는지도 모른다. 로저 칠링워스의 표정이 너무나도 선명했기 때문에, 아니 목사가 받은 인상이 너무나도 강렬했기 때문에 유성이 사라짐과 함께 거리의 모든 것이 일거에 소멸된 후조차 그 표정은 밤의 장막에 깊게 새겨져 언제까지나 사라지지 않을 것 같았다.

"저 남자는 누구요, 헤스터?" 딤스데일 목사는 공포에 사로잡혀 말했다. "저 남자를 보면 몸이 부들부들 떨린다오! 당신은 저 남자를 아시오? 나는 저 남자가 싫소, 헤스터!"

그녀는 맹세를 떠올리며 잠자코 있었다.

"저 남자를 보면 내 영혼이 떨리오." 목사는 또 중얼거렸다. "저자는 누구요? 도대체 누구란 말이오? 나를 위해 당신이 할 수 있는 일은 아무것도 없소? 나는 저자가 이루 말할 수 없이 두렵소."

"목사님." 펄이 말했다. "저 사람이 누구인지 제가 가르쳐줄게요!"

"그래, 어서 말해보렴!" 목사는 몸을 구부리고 아이의 입가에 귀를 가까이 댔다. "빨리 말해봐! 최대한 목소리를 낮추고 속삭이거라."

펄은 목사의 귀에 무엇인가 중얼거렸다. 그것은 인간의 말이
기는 했으나 실제로는 어린아이가 곧잘 의미 없이 종알거리는
무의미한 대사와도 같았다. 설사 그 속삭임에 로저 칠링워스에
대한 비밀이 포함되어 있었다 해도 박식한 목사조차 이해할 수
없는 말이었기 때문에 목사의 머리엔 오히려 혼란을 초래할 뿐
이었다. 그리고 나서 요정과 같은 아이는 소리 높여 웃어댔다.

"너 지금 나를 놀리는 거니?"

목사가 말했다.

"목사님은 겁쟁이! 거짓말쟁이!" 아이는 대답했다. "내일 낮
에 나와 엄마의 손을 잡아준다고 약속해주지도 않고서!"

"목사님." 어느새 처형대 아래까지 다가온 의사가 말했다.
"딤스데일 목사님! 설마 목사님일 줄은, 아니 정말, 놀랐습니
다! 늘 책 속에 파묻혀 있는 우리 책벌레들은 항상 엄격하게
보살펴져야 하지요. 우리는 걸어가면서 꿈을 꾸고, 자면서도
걸어가니 말입니다. 자, 목사님, 제가 집까지 모시고 가지요!"

"내가 여기에 있는 걸 어떻게 아셨죠?"

목사가 겁에 질려 물어보았다.

"솔직히 말하자면." 로저 칠링워스는 대답했다. "몰랐습니다.
저는 신앙심 깊은 윈스럽 총독님의 병상을 지키면서 편안하게
해드리기 위해 미력하나마 힘을 쏟고 있었지요. 그분께서 좋은
세상으로 떠나시고 저도 집으로 돌아가는 도중 이 빛을 본 겁
니다. 자, 부탁이니 목사님, 나와 함께 돌아갑시다. 그렇게 하

지 않으면 내일 안식일 예배를 진행할 수 없게 돼요. 아아! 그게 좋지 않은 겁니다.—책 말이에요!—책이 머리에 나쁜 영향을 끼친 거예요! 보세요. 목사님, 독서는 좀 삼가시고 기분 전환을 하는 겁니다. 그러지 않으면 이렇게 밤에 돌아다니는 증세가 더욱 심해진답니다!"

"함께 집으로 돌아갑시다."

딤스데일 목사가 말했다.

악몽에 시달리다 식은땀에 젖어 눈을 뜬 사람처럼 으스스한 무력감이 엄습한 목사는 의사의 부축을 받으며 자리를 떠났다.

다음 날 안식일에 행한 설교는 지금까지의 설교 중에서 가장 힘 있고 가장 영기에 넘쳤다는 평을 들었다. 또 들리는 바에 의하면 이 설교로 인해 수많은 사람이 진리로 인도되고 그 후의 긴 생애에 걸쳐 딤스데일 목사에게 성스러운 감사의 마음을 바칠 것을 맹세했다고 한다. 그런데 그가 단상의 계단을 내려오자 교회 잡역부가 검은 장갑을 들고 목사를 맞았다. 목사는 그것이 자기의 장갑이라는 걸 알 수 있었다.

"이게 말이죠." 잡역부가 말했다. "오늘 아침에 발견했는데, 나쁜 놈들을 벌주는 그 처형대 위에 떨어져 있더라고요. 필시 악마가 목사님께 못된 장난을 하려고 거기에 떨어뜨렸을 겝니다. 하지만 악마라는 놈은 늘 그렇듯이 정말 머리가 안 돌아가는 멍청한 놈이죠. 더럽혀지지 않은 손은 그것을 가릴 장갑이 필요 없다는 걸 모르고 있으니까요."

"고마워요." 목사는 내심 당황하면서도 근엄하게 말했다. 기억이 몹시 혼란스러웠기 때문에 그는 지난밤의 일을 환상으로 간주하려 하고 있었던 것이다. "정말 내 장갑인 것 같군요!"

"악마가 이제 장갑을 훔칠 생각까지 하니 목사님, 이제부터는 악마에게 맨손으로 대항할 필요가 있겠어요." 잡역부가 히죽 웃으며 말했다. "그런데 어젯밤에 하늘에 나타난 징조에 대해 들으셨는지요? 밤하늘에 커다랗고 붉은 A 자가 나타났는데 우리는 천사Angel를 뜻하는 A라고 해석하고 있답니다. 지난밤 선량한 윈스럽 총독님께서 천사가 되어 승천하셨으니 무언가 예고가 있어 마땅하다는 것이 우리의 생각입지요!"

"아뇨." 목사는 대답했다. "나는 아무것도 듣지 못했어요."

13
헤스터의 다른 시각

헤스터 프린은 요전의 딤스데일 목사와의 만남에서 목사가 그토록 쇠약해진 모습을 보고 충격을 받았다. 그의 신경은 모조리 파괴된 듯 보였고 그의 정신력은 어린아이 수준 이하로 낮아졌다. 지력은 가까스로 기본적인 힘을 유지하고 있는 것 같았지만, 정신력은 무력하게 땅 위를 기어 다녔고 병적인 에너지는 더해만 갔다. 그녀는 일련의 사정을 알고 있었기 때문에 딤스데일 목사가 양심의 가책으로 괴로워하는 것 외에, 목사의 마음을 어지럽히는 어떤 무서운 음모가 꾸며지고 있다는 걸 쉽게 추측할 수 있었다. 헤스터는 이 몰락해가는 남자의 과거를 알고 있는 만큼, 그가 본능적으로 발견한 적으로부터 몸을 지키기 위해 자기처럼 버림받은 여자에게 구원을 요청하는 것을 보고 마음이 몹시 동요했다. 또 그녀는 그가 자신에게 최대한의 도움을 요구할 권리가 있다고 생각했다. 오랫동안 사회로부터 격리되어온 탓에 자기 이외의 기준으로 선악을 판단하는 것에 익숙지 못한 그녀는 목사에 관한 것은 무엇이나 자신에게 책임이 있다고 굳게 믿었다. 그리고 목사 이외에는 어느 누구에 대해서도 자신은 아무런 책임이 없다고 여겼다. 그녀와 외부를 연결하는 고리는 그것이 꽃을 이어놓은 것이든 비단 끈이든 금으로 된 사슬이든 모두 끊어진 채 있었던 것이다. 남은 것은 공범자를 연결하는 쇠사슬뿐으로, 그것은 목사도 그녀도 끊어버릴 수가 없었다. 그리고 다른 모든 유대가 그러하듯이 그것에는 의무가 얽혀 있었다.

현재 헤스터 프린은 처음의 치욕적인 시기와 완전히 같은 상황은 아니었다. 해는 가고 또 찾아왔다. 펄은 이제 일곱 살이 되었다. 가장자리에 수가 놓인 주홍 글자를 붙인 어머니도 이제 마을 사람들에게는 익숙한 존재가 되었다. 또 사람들 사이에는 헤스터 프린에 대한 일종의 경애심이 움트고 있었다. 이기심이 개입하지 않는 한 인간에게 있어서는 미워하는 것보다 사랑하는 쪽이 더 쉬운 일로, 미움은 당초의 적의가 끊임없이 새로운 자극을 받지만 않는다면 완만하고 조용한 과정을 거쳐 사랑으로 변할 수 있는 것이다. 헤스터 프린의 경우 그러한 적의에 자극을 주는 일도, 또 복잡한 일이 발생하는 일도 없었다. 그녀는 세상과 싸우지 않았고 어떠한 심한 대우도 달게 견뎌냈다. 그녀는 괴로움의 보상을 세상에 요구하지 않았으며 동정도 기대하지 않았다. 나아가 오랜 세월에 걸쳐 청렴결백한 생활을 해온 그녀의 삶 또한 그녀의 평판을 높이는 데 크게 기여했다. 무언가를 손에 넣으려는 바람도 없고 욕망 같은 것도 없는 이 불쌍한 방랑자 헤스터에게 길을 열어준 것은 바로 미덕에 대한 진정한 경외심이었던 것이다.

헤스터는 이웃들과 같은 공기를 마시고 성실히 몸을 움직여, 펄과 자기 자신을 위해서 하루하루의 식량을 얻을 수 있는 권리 이상의 것은 바라지 않았다. 하지만 자신이 인류의 일원이라는 의식은 확실히 가지고 있었고, 세상 사람들을 위해 해야 할 일을 잘 알고 있었으며, 이 일 또한 세상이 인정하는 바였다. 가난한 자가 곤궁에 처해 있으면 그녀는 얼마 안 되는 자신의 것을 기꺼이 나누어주었다. 그럼에도 불구하고 비정한 사람들은 문 앞까지 도달되는 음식이나 어의를 수놓아도 부끄럽지 않을 솜씨의 의복에 오로지 조소로써 답하는 일도 있었다. 전염병이 돌았을 때 헤스터만큼 헌신적으로 봉사한 이는 없었다. 사회 전반에 걸친 사태든 개인에 한정된 사태든 일단 재해가 일어나면 그때까지 사회에서 따돌림을 받고 있던 헤스터가 지체 없이 자신의 자리를 찾아 뛰어가는 것이었다. 재해가 덮쳐 암흑에 싸인 집에 그녀는 손님으로서가 아니라 정당한 동거인으로서 등장했다. 마치 그 음울한 어두움이 그녀에게 이웃들과 섞일 권리를 부여하는 듯했다. 그곳에서 주홍 글자는 하늘의 서광과 같은 안식을 가져다주었다. 병실에서도 그것은 희망의 등불이었다. 임종을 앞두고 지상의 빛은 급속도로 흐려지면서 내세의 빛은 아직 보이지 않을 때에 그 등불은 병든 자의 서야 할 자리를 비춰주었다. 이처럼 위기에 직면했을 때 바로 그녀는 따뜻한 온정의 손길로 아낌없는 도움을 쏟아부었던 것이다. 그녀는 아무리 커다란 요구에도 마르는 일 없는 인간의 따뜻함의 원천이었다. 치욕의 상징을 붙인 그 가슴은 머리를 뉘힐 베개가 필요한 자에게 더할 나위 없이 부드러운 베개가 되어주었다. 그녀는 스스로 자선수녀회[1]의 한 사람으로 운명 지었다. 아니, 아무도 이 같은 결과를 바라지 않았음에도 불구하고 세상의 엄격한 처우가 그녀를 그러한 역할로 몰아갔다고 하는 편이 맞을지도 모른다. 주홍 글자는 그녀의 천직의 상징이었다. 그 같은 온정을 몸소 실천하고 있었기에 많은 사람이 주홍색 A를 본래의 의미[2]로 해석하려 들지 않았다. 사람들은 그것을 '유능한Able'의 머리글자 A라고 말했다. 헤스터 프린은 여성의 능력을 지닌 강한 여자였기 때문이다.

그녀를 받아들일 수 있는 것은 오로지 암흑에 싸인 집뿐이었다. 다시 일광이 비치기 시작하면 그녀는 더 이상 그곳에 있을 수 없었다. 그녀의 그림자는 문턱을 넘어 사라졌다. 그리고 이 따뜻한 동거인은 집에서 사라질 때, 자신이 도움을 준 사람들로부터 감사를 받기 위해 조금이라도 뒤를 돌아보는 일이 없었

---

1) Sisters of Mercy. 1827년 더블린에서 창설된 가톨릭 수도회로, 오직 자선과 교육을 목적으로 했다.
2) 주홍 글자 A는 원래 '간통' 또는 '간통을 범한 여인'을 의미하는 Adultery / Adulteress의 첫 글자다. 단, 그 '원래의 의미'에 관한 해설은 이 이야기의 어디에도 없다.

다. 그러한 사람들을 길거리에서 만나도 그녀는 얼굴을 들어 인사를 받는 일도 없었다. 그들이 다가오려고 하면 그녀는 주홍 글자에 손을 얹고 고개를 숙인 채 묵묵히 지나쳤다. 이것은 자만이었을지도 모르나 한없는 겸허함과도 닮았기 때문에 사람들의 마음에는 겸양으로 비쳐졌다. 대중들이란 난폭한 것이다. 너무 강경하게 권리를 주장하면 당연한 것조차 인정하려 들지 않는다. 그러나 폭군이란 자비에 매달리는 것을 좋아하고, 대중 또한 자비심에 매달리면 당연한 것 이상을 인정해버린다. 사회는 헤스터 프린의 행위를 이런 유의 것으로 해석하여, 그녀를 일단 희생자로 만들어둔 다음 그녀가 바라는 것 이상의 온화한 표정을 보여주었다.

한 집단의 지배자나 학식이 높은 인사들이 헤스터의 이처럼 아름다운 행위를 인정하게 된 것은 일반 사람들보다 상당히 뒤늦은 후였다. 그들 역시 대중과 편견을 공유하고 있었지만 그들의 편견은 이론이라는 단단한 틀에 꽉 매여 있었기 때문에 그것을 풀어 헤치는 것이 대중의 경우만큼 쉽지 않았던 것이다. 그럼에도 불구하고 그들의 엄격하게 굳은 얼굴의 주름은 나날이 풀어지고, 해를 거듭할수록 자애가 담긴 표정으로 변해 갔다. 공적인 생활을 하고 있지 않은 사람은 헤스터 프린이 나약함 때문에 범한 죄를 거의 용서했다. 뿐만 아니라 그들은 주홍 글자를 죄의 상징이 아닌 그 이후의 선행의 상징으로 보기 시작했다.

"봐요, 주홍 글자를 가슴에 단 여자가 저기 보이죠?" 그들은 다른 사람에게 이렇게 말하는 것이었다. "저 여자가 바로 우리 마을의 헤스터예요. 그녀는 가난한 자에게 친절하고 병든 자를 돕고 괴로움에 빠진 자를 위로하지요!"

그러면서도 한편으론 자신에게 관계되지 않는 한 타인의 인격을 깎아내리지 않고는 못 배기는 것이 어쩔 수 없는 인간의 심리여서 과거의 어두운 추문까지도 까발리고 마는 것 또한 사실이었다. 그렇지만 이처럼 수군대는 사람들의 눈에도 주홍 글자는 수녀의 가슴을 장식하는 십자가처럼 비쳤다. 주홍 글자는 그것을 몸에 붙인 자에게 일종의 신성함을 부여하고 있었기 때문에, 그녀는 어떠한 위기에 처했더라도 안전하게 자신의 길을 걸을 수 있었을 것이다. 인디언이 그녀의 가슴에 붙은 상징에 활을 쏘아 명중했는데도 그녀는 아무 이상이 없었다는 이야기까지 전해지고 있었다.

이 상징, 아니 이 상징에 의해 시사되는 그녀의 사회적 지위가 헤스터 프린에게 미친 영향은 강렬한 동시에 특이한 것이었다. 그녀 성격의 그 가볍고 우아한 이파리들은 작열하는 붉은 낙인에 의해 누렇게 시들어 떨어지고, 메마른 가지의 거친 윤곽만 남아 가까운 친구조차 불쾌감을 느꼈을 것이다. 그녀의 매력적인 용모도 마찬가지로 변화를 면할 수 없었다. 이렇게 된 이유 중 하나는 수수한 복장 때문이었고, 또 하나는 행동 하나하나에 감정을 나타내지 않은 때문이었다. 그녀의 풍부하고 윤기 나는 머리카락이 잘려 나갔는지, 아니면 모자 밑에 감추었는지, 한 번도 햇빛에 드러나는 일이 없는 것도 슬픈 변화였다. 헤스터의 얼굴에 이제 사랑이 깃들 수 없을 거라고 생각된 것은 위와 같은 이유 외에 다른 이유도 있었다. 조각상 같은 헤스터의 모습은 정열적인 애무가 비집고 들어갈 틈이 없었고, 헤스터의 가슴에는 이미 애정을 떠올리게 하는 따뜻함도 없었다. 그녀는 여자로서 필요한 무언가를 잃어버린 것이었다. 여자란 가혹한 일을 당하면 그것을 극복해가는 과정에서 여성스러운 성격이나 신체에 피할 수 없는 변화가 생기는 일이 곧잘 있는 것이다. 여자가 단지 상냥하기만 한 존재라면 죽을 수밖에 없을 것이다. 만약 살아남고 싶다면 자신의 내부에서 상냥함을 추방해버리든지, 아니면 두 번 다시 상냥한 모습을 드러내지 않도록 마음 깊숙한 곳에 단단히 가두어두는 수밖에 없는 것이다. 아마 헤스터의 경우는 후자에 속할 것이다. 예전에 여자였고 지금은 단지 여자라는 걸 잠시 그만두었을 뿐인 사람이라면, 변신을 가능케 하는 마법에 한번 접촉하기만 한다면 언제라도 또다시 여자가 될 수 있을 것이다. 헤스터 프린이 그 같은 마법에 힘입어 다시 변신하는 일이 있을지는 나중에 보기로 하자.

헤스터의 인상이 대리석과 같이 차가워진 이유는 그녀의 인생이 정열과 감정에서 사색으로 변화했기 때문이었다. 고립된 세계에서 홀로 선 채 오로지 펄만을 지키고 보호하며 예전의 지위를 되찾을 희망도 없으니, 그녀는 끊어진 연결 고리의 단편조차 내던진 것이다. 세상의 법칙은 그녀의 법칙이 아니었다. 인간의 지성은 새로이 해방되고 수 세기 전보다 훨씬 활발해져 더욱 광범위한 활동 영역을 차지하고 있었다. 군인들은 귀족이나 왕을 타도했고, 군인들보다 더 대담무쌍한 사람들은 —그들 본래의 영역인 이론의 영역 내에서—오래전부터 전해 내려온 뿌리 깊은 낡은 편견을 파괴하고 재구축했다. 헤스터 프린은 이러한 정신을 흡수하고 있었다. 그녀는 대서양 저편에 서는 이미 당연시되고 있던 사상의 자유를 신봉하고 있었는데, 우리의 선조들은 설사 그러한 자유를 알았다고 해도 그것을 가슴 위에 낙인찍힌 주홍 글자보다 더 두려워해야 할 죄악으로 간주했을 것이다. 해변의 쓸쓸한 오두막에는 뉴잉글랜드의 어떤 집에도 들어가기를 주저했던 사상들이 방문하고 있었다. 실체가 없는 손님들이기는 했지만 그들이 현관문을 두드리는 게 목격되기라도 했다면, 방문을 받은 자는 악마의 방문을 받은 것과 마찬가지로 위험한 처지에 놓였을 것이다.

사색에 빠진 대담한 자가 사회의 외면적인 규제에 태연하게 따르는 것은 주목할 만한 일이다. 그러한 사람들에게는 사고만 이 전부이므로 그것에 굳이 행동의 피와 살을 형성시킬 필요는 없었는데, 헤스터의 경우가 바로 그러했다. 그러나 만약 펄이 정신세계의 선물이 아니었다면 사정은 상당히 달라졌을 것이다. 그랬더라면 그녀는 앤 허친슨과 손을 잡고 신흥 종파의 창시자로서 그 이름을 역사에 길이 남겼을 것이다. 그녀에게는 어떤 면에서 예언자와도 같은 점이 있었기 때문에, 청교도 사회의 기초를 뒤집으려 하다가 엄격한 법정에 의해 사형을 선고받았을지도 모른다. 그러나 어머니의 정열적인 사색은 아이의 교육에서 다소간 분출구를 발견하고 있었다. 신은 어린 여자아이를 헤스터의 손에 맡겼고 온갖 역경에도 굽히지 않고 여성으로서의 꽃봉오리를 소중히 기르도록 명했던 것이다. 그러나 모든 것이 그녀에게는 불리했다. 세계 전체가 적이었다. 아이의 성질에도 뭔지 모르게 엉뚱한 데가 있어서 그녀는 혹여 아이가 정열의 산물로서 이 세상에 잘못 태어난 것이 아닌가 하는 생각이 끊임없이 들었고, 그 때문에 이 아이의 탄생이 선인지 악인지 슬픈 자문을 하지 않을 수 없었다.

또한 여자란 존재에 있어서도 암담한 의구심이 그녀의 마음에 떠오르는 일이 있었다. 이 세상에서 가장 행복한 여자일지라도 여자로서의 인생은 살아갈 만한 가치가 있는 것일까? 자기 자신의 인생에 관한 한 그녀는 먼 옛날에 부정적인 답을 내고 이미 결론을 내린 상태였다. 사색하는 버릇은 남자의 경우와 마찬가지로 여자에게도 평정을 유지하게 하지만 동시에 여자의 마음을 슬프게도 하는 것이다. 여성의 앞길을 가로막고 있는 난관은 절망적이라 할 수 있었다. 우선 제일 먼저 사회의 모든 조직을 해체하고 새로이 재건하지 않으면 안 된다. 그러고 나서 남성의 본성 자체를, 혹은 본성 그 자체처럼 되어버린 남성의 오랜 습관을 바꿔야 한다. 그렇게 해야 비로소 여성은 정당하고 타당하다고 생각되는 지위를 획득할 수 있는 것이다. 그리고 최후에 다른 모든 난관이 극복된다 해도 여성이 이러한 초반의 개혁에서 혜택을 입기 위해서는 여성 자신이 더 큰 변화를 이루지 않으면 안 되는 것이다. 그리고 아마 그러한 변화의 과정에서 바로 여성의 생명의 진가라 할 수 있는 자질은 사라져 없어질 것이다. 여성은 사색에 의해서 이러한 문제를 극복할 수 없다. 문제의 해결은 불가능하든지, 아니면 유일한 해결법밖에 없는 것이다. 여성의 마음이 전면으로 드러나면 문제는 소멸한다. 그런고로 정상적으로 마음의 감정이나 열정을 드러내지 않게 된 헤스터 프린은 정처 없이 어두운 정신의 미로를 헤매면서 넘기 힘든 절벽에 길이 막혀 진로를 바꾸거나 깊은 낭떠러지를 앞에 두고 발길을 돌리는 것이었다. 그녀의 주위에 있는 것은 황량하고 삭막한 광경뿐, 마음을 위로해주는 휴식처는 어디에도 없었다. 때로는 무서운 의혹이 그녀의 영혼을 사로잡아, 펄을 빨리 천국으로 보내버리고 자기 자신은 심판의 신이 정해주는 대로 어떤 곳이라도 가버리는 편이 낫지 않을까 하고 생각하는 일이 있었다.

주홍 글자는 그 역할을 다하고 있지 않았던 것이다.

그러나 목사가 철야 수행을 하던 날 밤 목사를 만난 그녀는 새로운 사색의 주제와 지향할 만한 목표가 생겼다. 그 목표 달성을 위해서라면 어떤 고난이나 희생도 마다하지 않을 태세가 되었다. 그녀는 목사가 발버둥 치며 괴로워하고 있는 모습을, 아니 더 정확히 말하자면 발버둥 치기도 힘들 정도로 괴로워하고 있는 모습을 보았다. 그녀는 아직 그가 최후의 일선을 넘지는 않았지만 광기의 가장자리에 서 있는 것을 보았다. 양심의 가책이라는 눈에 보이지 않는, 바늘보다 더 아프고 치명적인 독이, 그것도 고통을 완화시켜주겠다고 나선 자의 손에 의해

주입되고 있다는 사실에는 의문의 여지가 없었다. 보이지 않는 적이 친구나 의사의 가면을 쓰고 항상 곁에서 기회를 엿보며 딤스데일 목사의 본성의 섬세한 태엽을 마음대로 건드리고 있는 것이었다. 사악한 결과가 예상되는 곤경으로 목사를 내몬 것은 자신의 진실이나 용기, 충절에 어딘가 결함이 있었던 탓은 아닌가, 그녀는 자문하지 않을 수 없었다. 그녀가 할 수 있는 유일한 정당화는 그녀를 짓이긴 파국보다 더 음울하고 비참한 파국에서 목사를 구출하기 위해 로저 칠링워스의 위장 계획을 묵인할 수밖에 없었다고 하는 것이었다. 지금 생각하면 그러한 충동에 의해 그녀는 두 가지 길 중 더 비참한 쪽을 선택해 버린 셈이었다. 그녀는 아직 희망이 있을 때 자신의 잘못을 바로잡기로 마음먹었다. 긴 세월에 걸친 괴롭고 가혹한 시련을 거쳐 그녀는 강해졌다. 그날 밤, 감옥에서 굴욕에 짓밟혀 반미치광이 상태로 로저 칠링워스와 얘기를 나눴던 때처럼 무력하다고 느끼지 않았다.

그녀는 예전의 남편을 만나서 그가 놓아주려 하지 않는 희생자를 구하기 위해 자기가 할 수 있는 모든 것을 하기로 결심했다. 그리고 그 기회는 얼마 안 되어 찾아왔다. 어느 날 오후 펄과 함께 인가에서 떨어진 해변을 걷다가, 한쪽 팔에 바구니를 걸치고 다른 한쪽 손으로는 지팡이를 짚은 노인이 몸을 구부려 약초를 찾고 있는 모습을 발견한 것이다.

14
헤스터와 의사

헤스터는 펄에게, 저쪽에서 풀을 채집하는 아저씨와 할 얘기가 있으니 용무가 끝날 때까지 해변에서 조개껍데기나 해초를 주우며 놀고 있으라고 일렀다. 그러자 아이는 작은 새처럼 날아가 하얗고 귀여운 발로 젖은 해변을 파닥파닥 뛰어다니더니, 불쑥 멈춰 서서는 썰물이 지나간 물웅덩이를 신기한 듯이 엿보며 자신의 얼굴을 비춰보았다. 그 물웅덩이에는 검고 윤이 나는 곱슬머리에 요정과 같은 웃음을 띤 여자아이가 펄을 올려다보고 있었다. 달리 놀이 상대가 없었던 펄은 그 물거울 속의 소녀에게 손을 뻗쳐 같이 붙잡기 놀이를 하자고 청했다. 그러자 소녀 쪽에서도 '이쪽이 더 좋아! 물웅덩이에 들어오지 않을래?'라고 하는 것처럼 손짓을 하는 것이었다. 펄은 웅덩이에 무릎까지 발을 들여놓았다. 저 밑바닥으로 작은 발이 보이고 더 깊은 곳에서는 조각난 미소의 파편들이 위로 떠올라 와 마구 휘저어진 물 위에서 반짝반짝 흔들렸다.

그사이 헤스터는 의사에게 말을 걸었다.

"얘기 좀 할 수 있을까요." 그녀는 말했다. "우리에게 아주 중요한 일이에요."

"호! 다 늙어빠진 로저 칠링워스에게 할 얘기가 있다니. 이게 누구야, 헤스터 부인 아니신가요?" 그는 구부렸던 몸을 일으키며 대답했다. "기꺼이 얘기하고말고요! 그런데 부인에 관해서는 도처에서 좋은 소문만 들리더군요! 바로 지난밤에도 한 판사님이 당신의 얘기를 꺼내면서 당신의 문제가 의회에서 거론됐다고 귀띔해주었지요. 그 주홍 글자를 당신 가슴에서 제거하는 것이 미풍양속에 반하는지에 대해 논의가 있었다고요. 나는 말이죠, 헤스터 부인. 지금 당장이라도 제거하게 해달라고 판사님께 청을 드렸답니다!"

"판사님에겐 이 상징을 가슴에서 떼어낼 권리가 없어요." 헤스터는 조용히 대답했다. "주홍 글자를 붙이지 않아도 좋을 때가 되면 그것은 저절로 떨어지든가 아니면 다른 의미를 전달하는 무언가로 변화되겠지요."

"뭐, 그쪽이 더 마음에 드신다면 그냥 붙여두시던가." 그는 말했다. "여자는 스스로의 치장 방식을 따라야 하니까요. 게다가 그 글자는 가슴 위를 빛낼 만큼 훌륭하니 말입니다!"

말하는 동안 노인을 지그시 바라보고 있던 헤스터는 7년 사이 너무나 변해버린 그의 모습에 놀라고, 또 충격을 받았다. 폭

삭 늙어서가 아니었다. 지나온 세파의 흔적이 역력하긴 했지만 아직은 강인한 활력과 민첩함을 유지하고 있었다. 그러나 그녀가 뚜렷이 기억하는 총명한 학자의 차분하면서도 조용한 풍모는 완전히 사라지고 무언가를 탐색하는 듯한, 잔인하면서도 소심하고 겁이 많은 용모로 전락해 있었다. 그는 이러한 표정을 미소로 애써 감추려는 듯했으나, 미소는 그의 말을 듣지 않고 오히려 보는 자로 하여금 음흉한 속을 더욱 눈에 띄게 했다. 또 때로는 두 눈에서 붉은빛이 새어 나오는 일이 있었다. 그것은 마치 가슴속에서 연기만 피우던 영혼의 불씨가 정열의 바람으로 인해 갑자기 큰 불꽃을 튀기며 타오르는 것 같았다. 그는 재빠르게 이것을 억누르고 태연함을 가장했다.

요컨대 로저 칠링워스는 인간이 적당한 기간에 걸쳐 악마의 역할을 대신할 준비가 갖추어진다면 언제든 악마로 변신할 수 있다는 것을 보여주는 현저한 사례였다. 이 불행한 인간은 7년간에 걸쳐 한 인물의 고통에 찬 마음을 끊임없이 분석하고 거기에서 더할 나위 없는 기쁨을 이끌어내며, 자신이 농락하고 있는 상대의 바작바작 타는 고통에 기름을 부음으로써 악마로의 변신을 이루어내고 있었던 것이다.

주홍 글자는 헤스터 프린의 가슴 위에서 불타고 있었다. 여기에 파멸의 원인이 있고 그 책임의 대부분이 자기에게 있다는 것을 그녀는 다시 한 번 되새겼다.

"왜 그렇게 뚫어져라 쳐다보는 거요?" 의사는 물었다. "내 얼굴에 뭐가 쓰여 있기라도 한가?"

"그것에 어울릴 만한 쓰디쓴 눈물이 있다면 소리 높여 울기라도 했으면 좋겠다고 쓰여 있군요." 그녀는 대답했다. "하지만 그 얘기는 그만두죠! 내가 말하고 싶은 건 그 불쌍한 사람에 대한 거예요."

"그 남자가 어쨌기에?" 로저 칠링워스는 눈이 번쩍 뜨이는 듯 외쳤다. 이것이야말로 그가 고대하던 화제였던 것이다. "사실 헤스터 부인, 마침 나도 그 신사에 관한 걸 열심히 생각하던 중이었소. 무엇이든 사양하지 말고 말하시오. 나도 대답할 테니."

"우리가 마지막으로 얘기를 나눈 것은 이미 7년도 더 되었지요. 그때 당신은 우리의 관계에 대해 입을 다물라고 했어요. 그 사람의 생명과 명성은 당신 수중에 있었기 때문에 저도 그때는 당신이 명한 대로 입을 다물고 있을 수밖에 없다고 생각했지요. 하지만 거기에는 항상 무겁고 괴로운 자책감이 따라다녔답니다. 다른 사람에 대한 의무는 모두 포기했지만 그 사람에 대한 의무는 아직 남아 있었기 때문이죠. 또 당신의 비밀을 지킴으로써 결국은 그 사람을 배반하게 되었다는 생각이 들었어요. 그날 이후 당신은 그 사람의 가장 가까운 곳에 있어왔어요. 그가 어디를 가든 당신은 따라가고, 잠을 자든 깨어 있든 당신은 그의 곁에 있죠. 당신은 그 사람의 머릿속을 탐색하고 마음속에 몰래 숨어 들어가 날카로운 송곳으로 쿡쿡 찔러대요! 당신은 그 사람의 생명을 뿌리 깊은 곳에서 힘껏 조이면서 매일매일 죽음으로 내몰고 있어요. 하지만 그는 당신의 정체를 몰라요. 그리고 이러한 일을 묵과함으로써 저는 아무 거짓 없이 자신을 드러낼 수 있는 오직 한 사람 앞에서 지금까지 위선을 떨어왔던 거예요!"

헤스터는 말했다.

"그러지 않으면 달리 무슨 수가 있었겠소?" 로저 칠링워스는 물었다. "나는 마음만 먹으면 손가락 하나 까딱하는 것만으로 그자를 설교단에서 지하 감옥으로, 또 지하 감옥에서 교수대로 올라가게 할 수도 있었소!"

"그쪽이 더 나았을 거예요!"

헤스터 프린은 말했다.

"그 남자에게 내가 무슨 짓을 했다고 그러는 거지?" 로저 칠링워스는 다시 물었다. "말해두지만 헤스터 프린, 어떤 고액의 보수를 준다 해도 그자는 의사로부터 그 이상의 극진한 치료는 바랄 수 없었을 것이오! 내가 도움을 주지 않았더라면 그자의 생명은 죄를 지은 지 2년도 되기 전에 고통으로 새카맣게 타버렸을 게 뻔하오. 당신과는 달리 그자의 정신은 주홍 글자와 같은 무거운 짐을 견뎌낼 힘이 부족하거든. 알겠소? 오, 나는 그 훌륭한 비밀을 밝혀낼 수 있었지! 그러나 그만둡시다! 나는 최선을 다해 그자를 치료했소. 지금 그 남자가 숨을 쉬고 땅을 기어 다니고 있는 건 모두 내 덕이란 말이오!"

"그 사람은 차라리 죽는 편이 나았어요!"

헤스터 프린이 말했다.

"맞아, 당신이 말한 대로요!" 로저 칠링워스는 그의 가슴에서 이글이글 타는 화염을 그녀 눈앞에 내보이며 소리쳤다. "곧

바로 죽는 편이 차라리 나았을 거요! 이 세상에서 그자만큼 고통받는 인간은 없을 테니. 게다가 바로 적의 눈앞에서 무엇 하나 남김없이 다 드러내 놓고 말이지! 그는 나를 끊임없이 의식하고 있었소. 그는 어떤 저주가 항상 그에게 드리워져 있다는 것을 느끼고 있었소. 그는 영감에 의해 어떤 불친절한 손이 그의 감정을 뒤흔들고, 어떤 사악한 눈빛이 항상 그를 지켜보고 있다는 걸 알았던 것이오. 그러나 그 손, 그 눈동자가 내 것이라는 건 알지 못했소! 무덤 너머에서 그를 기다리고 있는 회한과 절망의 맛보기처럼 그는 스스로 악몽과 절망적인 생각에 의해 고통당하도록 자신을 악마에게 내주었소. 나는 언제나 그림자처럼 그와 함께했지. 기나긴 세월 끊임없이 복수의 독액만을 핥으면서! 그래, 그는 잘못 생각하지 않았소! 그 남자에게는 악귀가 붙어 다니고 있었던 것이오! 예전에는 인간의 마음을 가지고 있었지만 극도의 고통으로 인해 지금은 악귀로 변해버린 인간 말이오!"

불행한 의사는 이렇게 지껄이면서 마치 흉악한 괴물이 거울에 비친 자신의 모습을 보고 공포에 떠는 듯한 얼굴로 양손을 높이 쳐들었다. 영혼의 추악한 꼴이 마음의 눈을 통해 여실히 드러나는 순간이었다. 스스로도 이처럼 자신을 똑바로 바라보긴 처음이었을 것이다.

"그렇게 괴롭히고도 아직도 모자란다는 말씀인가요?" 헤스터는 노인의 표정에 주의하면서 말했다. "그가 갚아야 할 빚은 다 지불하지 않았던가요?"

"아니, 아니. 빚은 더 늘어났소!" 의사는 대답했다. 그의 말은 시간이 지날수록 점차 표독스러움을 잃고 침울한 어조를 띠었다. "헤스터, 9년 전의 나를 기억하오? 당시 내 인생은 이미 가을의 문턱을 넘어서고 있었소. 그때까지 나는 성실하고 근면하며 지식의 증진을 위해서, 그리고 인류의 행복을 위해서 헌신하는 삶을 살고 있었소. 내 인생만큼 평화롭고 순수한 것은 없었지. 그랬던 나를 기억할 수 있겠소? 당신은 나를 차갑다고 말하겠지만, 그러나 나는 자신보다는 타인을 배려할 줄 알고 친절하며, 설사 따뜻하진 않다 해도 올바르고 한결같으며 정직한 남자가 아니었소? 나는 그러한 인간이 아니었냔 말이오?"

"그랬어요. 아니, 그 이상이었죠."

헤스터는 말했다.

"그런데 지금의 나는 어떻소?" 그는 사악함을 고스란히 드러내며 그녀를 지그시 바라보았다. "그것은 이미 얘기한 대로요! 악마가 되었소! 그런데 누가 나를 이런 악마로 만들었지?"

"바로 저예요." 헤스터는 몸을 떨면서 외쳤다. "저라고요. 그 사람만이 아니에요. 어째서 저에게는 복수하지 않는 거죠?"

"당신의 죗값은 주홍 글자에 맡겼소." 로저 칠링워스는 대답했다. "만약 그것이 복수해주지 않는다면 나로서도 어쩔 도리가 없지!"

그는 주홍 글자에 손가락을 대고 미소 지었다.

"복수했고말고요!"

헤스터 프린은 대답했다.

"나도 그렇게 생각하고 있소. 그런데 그 남자에 대해서 나보고 어쩌란 말이오?"

"저는 비밀을 밝히지 않을 수 없어요." 헤스터는 단호히 말했다. "그 사람은 당신의 정체를 알아야 해요. 결과가 어떻게 될지는 저도 몰라요. 하지만 제가 오랫동안 그에게 지고 있던 신뢰라는 부채는, 제가 바로 그 파멸의 원인이니 반드시 갚아야 해요. 그의 명성이나 생사는 모두 당신에게 달려 있어요. 그리고 주홍 글자를 통해 진리를 알게 된 저는 그가 그처럼 공허한 인생을 이어가는 건 더 이상 의미가 없다고 생각해요. 때문에 지금 새삼 몸을 굽혀 당신의 자비를 청할 생각은 없어요. 그 사람의 일은 원하는 대로 하세요. 그에게 있어서 좋을 일은 이제 없으니까요. 나에게 있어서도, 그리고 당신에게 있어서도 마찬가지예요! 펄에게도 역시 그렇고요! 이 암담한 미로에서 벗어날 길은 어디에도 없어요!"

"헤스터, 나는 당신이 측은해 보이는구려!" 그녀가 너무나도 위엄 있게 절망을 토로한 나머지 로저 칠링워스는 감탄의 흥분을 억누르지 못하며 말했다. "당신에게는 위대한 면이 있소. 조금만 더 일찍 나보다 나은 사람을 만났더라면 이런 흉측한 꼴을 겪지 않아도 됐을 텐데. 당신의 타고난 선함이 죄로 인해 허무하게 낭비되어버렸으니 정말 가엾구려!"

"저도 당신이 가여워요." 헤스터는 대답했다. "공정하고 현명했던 사람이 증오심 때문에 악마로 바뀌어버렸으니 말이에요! 그 증오심을 모두 씻어내고 다시 한 번 인간으로 돌아올 생각은 없나요? 그 사람을 위해서가 아니라 당신 자신을 위해서요! 용서해주세요. 그리고 이 이상의 벌은 하나님께 맡겨주세요! 방금 말씀드린 대로 우리 자신이 뿌린 죄의 돌부리에 발끝이 걸려가며 암담한 미로를 함께 방황한들 무슨 좋은 일이 있겠어요? 그런 일은 없어요! 혹 당신에게만은 의미가 있을지 모르죠. 깊은 상처를 받은 것은 당신이고 그것을 용서하는 것도 용서하지 않는 것도 당신에게 달려 있으니까요. 그 유일한 특권을 포기할 건가요? 그 같은 값진 권리를 거부할 건가요?"

"그만하시오, 헤스터. 그만." 노인은 격한 어조로 대답했다. "나에게 용서할 권리는 없소. 당신이 말하는 그런 권한은 나에게 없는 것이오. 오랫동안 잊고 지냈던 신앙이 이제 돌아와서 우리의 행위 모두와 우리의 고통 전부에 대해 해명해줄 것이오. 당신이 길을 잘못 든 최초의 순간부터 당신은 악의 씨를 뿌린 것이오. 그리고 그 순간부터 모든 것은 필연이 되어버렸소. 나를 배신한 당신에게 죄가 있는 것은 아니오. 악마의 손에서 그 역할을 빼앗았다고 해서 내가 악마와 닮은 것도 아니오. 그것은 우리의 숙명일 뿐. 검은 꽃은 그냥 피어나도록 내버려 두는 것이 좋소! 자, 이제 가시오. 그리고 그 남자의 일은 마음대로 하시오."

그는 가라고 손짓을 하고서 다시 약초를 캐기 시작했다.

15
헤스터와 펄

로저 칠링워스는 헤스터에게 이별을 고하고는 깊숙이 허리를 굽히고 다시 걸어갔다. 그는 이곳저곳에서 약초를 캐어 그의 손에 들려 있는 바구니에 담았다. 기어가듯이 발걸음을 옮기는 노인의 회색 수염이 지면에 닿을락 말락 했다. 헤스터는 이른 봄의 부드러운 풀들이 그의 발에 짓밟혀 시들어버리고 한줄기 누런 발자국이 싱싱한 초록빛 들판을 구불구불 가로지르지 않을까 염려하면서 로저 칠링워스의 뒷모습을 지켜보았다. 저 노인이 정성을 다해 열심히 모으고 있는 약초란 도대체 어떤 풀일까, 그녀는 궁금했다. 그의 눈빛으로 인해 사악한 목적에 눈을 뜬 대지가 그의 손길이 닿는 곳마다 새로운 독초를 지면 위로 싹트게 하는 것은 아닐까? 아니면 무해한 초목이, 손가락이 닿는 것만으로도 무언가 유해하고 사악한 것으로 변질되는 것이 아닐까? 삼라만상에 골고루 밝은 빛을 비추는 태양이지만 저 노인 위에도 비추는 것일까? 그가 방향을 잡는 대로 그의 기형적인 몸 주위로 불길한 그림자가 생기는 것은 아닐까? 지금 그는 어디로 가려는 것일까? 바싹 메마른 초목처럼 쪼그라들어 홀연히 대지 속으로 사라져버리는 것은 아닐까? 그리고 그곳에서는 맹독의 식물들이 오싹한 자태를 드러내는 것이 아닐까? 아니면 박쥐의 날개를 활짝 펴고 날아올라 그 흉측한 모습을 더욱더 드러내는 것이 아닐까?

"이러는 게 죄가 될지라도 나는 저 남자가 증오스러워!"

헤스터 프린은 여전히 그의 뒷모습을 지켜보면서 씁쓸하게 말했다.

그녀는 이러한 감정을 품는 자신을 책망했지만 이를 누그러뜨릴 수도, 극복할 수도 없었다. 그렇게 하려고 하면 그녀는 지나간 나날들이 반드시 머리에 떠오르는 것이었다. 그 옛날 그는 저녁 해 질 무렵이 되면 고독한 서재에서 나와 따뜻한 난로의 불빛과 아내의 미소에 둘러싸여 거실에 앉는 것이 습관이었다. 책 더미에 파묻혀 오랜 시간 고독하게 지내는 그는 그러한 따뜻한 미소의 빛으로 꽁꽁 얼어붙은 자신의 가슴을 녹이는 일이 필요했던 것이다. 그녀는 이 같은 정경을 행복하다고 여긴 적도 있었으나, 그 후의 어두운 인생 경험을 돌이켜볼 때 그것은 자신의 기억 속에서 다른 무엇보다도 추악한 것으로 분류되는 것이었다. 그녀는 어떻게 그와 같은 장면이 있을 수 있었는지, 또 어떻게 저런 남자와 결혼할 생각을 했었는지에 대해 놀랐다! 자신이 범한 가장 부끄러운 죄는 그의 미지근한 손에 자신을 내맡기고, 자신의 입술과 눈의 미소를 그의 것과 함께 섞고 녹아들게 한 것이라고 생각했다. 또 그녀가 세상 물정에 어두웠던 시절, 로저 칠링워스가 그녀를 설득하여 행복한 미래를 믿게끔 한 것은 후에 그가 저지른 어떤 죄보다도 비열한 짓이라고 생각되었다.

"그래, 나는 저 남자를 증오해!" 헤스터는 더욱 씁쓸한 표정으로 되풀이했다. "저 남자는 나를 속인 거야! 내가 저 남자에게 저지른 것보다 더한 죄악을 나에게 저지른 거야!"

여자의 손을 잡으면서 동시에 그 마음속 깊숙한 정열도 손에 넣지 못한다면, 남자들이여, 여자의 손을 잡을 때는 주의하는 것이 좋다! 그러지 않고 로저 칠링워스의 운명처럼, 자신의 손보다 한층 강렬한 손이 그녀에게 닿아 여자의 감수성이 모두 눈을 뜨게 되는 일이 있으면, 남자들이 아내에게 믿게 하려는 그 조용하고 온화한 행복조차 비난의 표적이 되고 마는 것이다. 그러나 헤스터는 이 같은 생각과는 이미 오랜 옛날에 연을 끊어버렸어야 마땅했다. 그녀의 이러한 생각은 도대체 무엇을 의미하는 걸까? 7년이라는 오랜 세월 동안 주홍 글자의 고문 아래 그만큼 쓰라림을 겪었으면서도 여전히 회개할 줄을 모른다는 말인가?

로저 칠링워스의 비뚤어진 모습을 바라보며 서 있던 그 짧은 사이에 그녀가 느낀 감회는 자신도 깨닫지 못했던 많은 일들을 비추어내고 있었다. 그가 사라지자 헤스터는 아이를 불러들였다.

"펄! 펄! 어디 있니?"

지칠 줄 모르는 활기를 지닌 펄은 엄마가 약초를 뜯는 노인과 이야기를 하는 동안에도 조금도 따분할 틈이 없었다. 처음에 펄은 이미 말한 바와 같이 물웅덩이에 비친 자기 모습과 장난하며, 만질 수 없는 땅과 하늘의 영역에서 길을 찾는 데 푹 빠져 있었으나, 이윽고 그 어느 쪽인가는 환영이라는 것을 깨닫고 더 제대로 된 놀이를 즐기기로 했다. 아이는 자작나무 껍질로 작은 배를 몇 개 만들어 그것에 고둥을 하나 가득 싣고 먼 대해로 모험을 떠나게 했는데, 대부분은 해안에서 침몰하고 말았다. 아이는 살아 있는 게와 불가사리를 몇 마리 잡기도 하고 젤리피시를 잡아 따뜻한 햇볕에 녹이기도 했다. 그러고 나서 밀려오는 파도의 하얀 거품을 잡아 산들바람에 날려 보내기도 하고, 그 커다란 하얀 꽃잎이 땅에 떨어지기 전에 붙잡으려고 바닷새처럼 뒤쫓아 가기도 했다. 자갈 많은 물가에서 먹이를 입에 물고 날갯짓하는 물새 떼를 발견하자, 이 장난꾸러기 꼬마는 치마폭 하나 가득 작은 자갈을 주워 모아 바위틈을 포복 전진하며 훌륭한 솜씨로 돌을 던져 새들을 쫓았다. 그러나 하얀 가슴을 가진 회색의 작은 새 한 마리가 돌에 맞은 듯 꺾어진 날개를 퍼덕이며 날아가자 아이는 한숨을 내쉬고는 놀이를 그만두었다. 바닷바람처럼 자유로운, 아니 펄 자신처럼 자유로운 작은 생물을 상처 입힌 것이 아이를 슬프게 한 것이었다.

마지막으로 아이가 꾸며낸 놀이는 여러 가지 해초를 모아서 스카프, 망토, 두건 등을 만들어 인어 흉내를 내는 것이었다. 아이는 어머니로부터 직물이나 의상을 고안해내는 재능을 이어받았던 것이다. 인어 의상의 마지막 마무리로서 펄은 바닷말을 가지고 엄마의 가슴에 붙은 장식을 자신의 가슴 위에 흉내내어 만들려고 했다. 그것은 주홍색이 아닌 선명한 녹색의 A자였다! 그것의 감추어진 의미를 밝혀내는 것이 세상에 태어난 유일한 목적이기라도 한 듯이 아이는 턱을 가슴에 붙이고 글자를 만드는 데 열중했다.

'엄마가 이 장식이 무슨 뜻인지 물어볼까?'

펄은 생각했다.

마침 그때 엄마의 목소리가 들려오자 펄은 아까의 바닷새들처럼 가볍게 달려가 헤스터 앞에 모습을 보이고 웃는 얼굴로 춤을 추면서 자신의 가슴 장식을 손가락으로 가리켰다.

"이런, 펄." 헤스터는 잠시 시간을 두고 말했다. "초록색 글자를 왜 가슴에 붙이고 있어? 펄, 엄마가 가슴에 달고 있어야 하는 이 글자의 의미를 아니?"

"알고 있어요, 엄마." 아이는 말했다. "그건 대문자 A예요. 그렇죠, 엄마가 책에서 가르쳐줬잖아요."

헤스터는 아이의 작은 얼굴을 뚫어져라 쳐다보았다. 검은 눈동자에는 가끔씩 떠오르던 그 기묘한 표정이 어려 있었지만, 그 표정에 펄이 어떤 의미를 부여하고 있는지 그녀는 알 수가 없었다. 그녀는 그 점을 확인하고 싶은 충동이 생겼다.

"펄, 엄마가 어째서 이 글자를 붙이고 있는지 아니?"

"알고 있어요!" 펄은 빛나는 눈으로 엄마의 얼굴을 바라보면서 말했다. "목사님이 가슴에 손을 대고 있는 것과 같은 이유잖아요!"

"그래, 그 이유란 것이 무엇이지?" 헤스터는 아이의 사리에 맞지 않는 대답에 처음에는 웃음이 났지만, 문득 다시 생각해 보고는 파랗게 질렸다. "어째서 그 글자가 엄마 말고 다른 사람과 관계가 있지?"

"엄마, 내가 알고 있는 건 모두 말했어요." 펄은 평소와 달리 진지한 어조로 말했다. "아까 엄마랑 얘기하던 그 할아버지한테 물어보면 되잖아요! 그 할아버지라면 분명히 아실 거예요. 그런데 엄마, 이 주홍색 글자는 무슨 뜻이에요? 어째서 그걸 항상 가슴에 붙이고 있는 거예요? 그리고 목사님은 왜 항상 가슴에 손을 얹고 있어요?"

펄은 두 손으로 엄마의 손을 잡고 평소의 발랄하고 변덕스러운 모습과는 달리 생각에 잠긴 진지한 눈빛으로 헤스터의 눈을 가만히 들여다보았다. 돌연 헤스터는 이 아이가 온 힘을 다해 지혜를 짜내며 두 사람의 마음이 서로 공명하는 지점을 구하고 있다는 생각이 들었다. 때문에 펄은 평소와는 다른 표정을 하고 있는 것이다. 지금까지 헤스터는 어머니로서 한결같은 애정을 담아 자신의 아이를 사랑해왔지만, 4월의 산들바람—경쾌한 장난에 빠져 있는가 싶으면 갑작스런 돌풍으로 깜짝 놀라게 하고, 포옹을 해주려고 하면 가까이 다가서기보다 매정하게 돌아서는 일이 많고, 그러한 매정함의 보상으로 상냥한 입맞춤을 볼 위에 퍼부어 사람의 마음에 꿈결과 같은 기쁨을 남기고는 또다시 다른 장난을 찾아 불쑥 자리에서 사라지는―그러한 4월의 산들바람 같은 변덕스런 답례 이상의 것은 기대하지 않도록 자제해왔다. 그렇지만 이것은 자신의 딸에 대한 어머니의 평가였고, 다른 사람들의 눈에는 붙임성 없는 면만 눈에 띄어 더 어두운 빛깔로 보였을 것이다. 그런데 지금 헤스터의 마음에 힘차게 솟구치는 것은, 펄이 남달리 조숙하고 영리한 아이이기 때문에 이제 엄마의 슬픔을 밝혀도 모녀간에 서로에 대한 존경심을 해칠 걱정이 없는, 친구로 삼아도 될 만한 나이가 된 것이 아닐까 하는 생각이었다. 아직은 다소 혼돈스런 펄의 성격 속에서, 사물에 동하지 않는 용기, 타인의 지배를 허락지 않는 의지, 견고한 자부심, 허위에 대한 가차 없는 경멸 등이 나타나는 것을 볼 수 있었던 것이다. 물론 아이에게는 애정도 있었다. 그것은 풋과일처럼 약간 쓰고 떫기는 했지만 향긋한 풍미를 지니고 있었다. 헤스터는 이러한 순수한 자질을 갖추고 있는 이 요정과 같은 아이가 커서 귀부인이 되지 않는다면, 그것은 아이가 어머니로부터 이어받은 죄가 크기 때문일 것이라 생각했다.

　철이 들기 시작하면서부터 펄은 마치 자신에게 주어진 사명이라도 되는 듯이 주홍 글자의 주변을 맴돌았다. 헤스터는 펄의 이 같은 경향을 신의 섭리에 따른 응보라고 여겼다. 그러나 지금까지 이러한 섭리에 하늘의 자비와 은혜가 담겨 있는 것은 아닌가 하고 기대해본 일은 없었다. 하지만 만약 어린 펄을 하늘의 심부름꾼으로서 신뢰를 갖고 받아들인다면 엄마의 마음에 차갑게 가로놓여 있는 슬픔을 완화시켜줄 수 있지 않을까? 또 단지 마음의 무덤에 감금되어 있을 뿐인 자신의 정열을 극복하게 해주는 수단이 되지 않을까?

이 같은 생각이 머릿속에 소용돌이치면서 지금 헤스터의 마음을 강하게 뒤흔들고 있었다. 그사이 어린 펄은 두 손으로 엄마의 손을 꼭 잡고 얼굴을 올려다보며 날카로운 질문을 두 번, 세 번 반복했다.

"엄마, 그 글자는 뭘 뜻하는 거예요? 왜 그걸 붙이고 있는 거죠? 그리고 목사님은 왜 손을 가슴에 얹고 있는 거예요?"

'어떻게 말하면 좋을까?' 그녀는 생각했다. '아니, 말하지 않겠어! 설사 아이의 공감을 얻을 수 있다 해도 그런 대가를 치를 수는 없어!'

그녀는 펄에게 말했다.

"이상한 아이로구나. 어째서 그런 게 알고 싶지? 세상에는 아이들이 알아서는 안 될 게 많이 있어요. 엄마가 어떻게 목사님의 마음을 알 수 있겠니? 주홍 글자는 말이지, 금색 실이 너무 예뻐서 붙이고 있는 거야!"

7년 동안 헤스터 프린은 가슴의 상징을 배신한 적이 없었다. 그것은 잔인한 낙인이기는 했으나 한편으로는 수호신이라고 할 수도 있었다. 그런데 지금 그 수호신은 그녀의 가슴을 엄하게 감시해왔음에도 불구하고 어떤 새로운 악이 숨어 들어왔는지, 혹은 예전의 악이 아직 자리 잡고 있었던 때문인지 그녀를 저버렸다. 펄의 얼굴에서 진지한 표정은 곧 사라졌다.

그러나 아이는 이 화제를 포기하지 않았다. 엄마와 집으로 향하는 길에 두 번인가 세 번, 저녁 식사 때도 두세 번, 그리고 잠자리에 들어서도 검은 눈동자에 장난기 어린 빛을 듬뿍 담고 엄마를 올려다보면서 같은 질문을 되풀이했다.

"엄마, 주홍 글자는 무슨 뜻이에요?"

그리고 다음 날 아침, 아이는 눈을 뜨자마자 베개에서 불쑥 머리를 들고 주홍 글자와 관련된 또 하나의 질문을 하는 것이었다.

"엄마! 엄마! 목사님은 왜 가슴에 손을 얹고 있는 거예요?"

"그만해라, 펄. 정말 끈질기구나!" 엄마는 지금까지 보인 적 없는 엄격한 태도로 대답했다. "이제 적당히 해. 안 그러면 어두운 다락에 가둬버릴 거야!"

16
숲 속 산책

헤스터 프린은 그것이 현재의 고통에 어떤 위험을 주고 어떤 결과를 초래하든 목사의 가슴 언저리까지 숨어 들어온 남자의 정체를 알려야겠다고 굳게 결심했다. 명상에 잠겨 해안이나 근처의 우거진 숲 속을 산책하는 것이 목사의 습관이라는 것을 알고 있었던 그녀는 그러한 산책 도중에 목사를 만나 얘기를 하려고 몇 날이나 기회를 노렸다. 물론 그녀가 목사의 서재를 직접 방문했다 해도 추문이 나거나 목사의 명성에 해를 끼칠 일은 없었을 것이다. 지금까지도 수많은 사람이 주홍 글자 못지않은 죄를 고백하기 위해 목사의 서재를 방문했으니 말이다. 그러나 그녀는 로저 칠링워스의 간섭이 우려되었고, 다른 한편으로는 사람들의 공연한 의심을 살까 봐 두려웠으며, 또 그녀와 목사가 얘기할 때에는 숨을 쉴 수 있는 넓은 공간이 필요했기 때문에, 이 모든 이유로 헤스터는 탁 트인 하늘 아래가 아닌 곳에서 목사와 만나는 것은 생각하지 않았다.

이윽고 그녀는 딤스데일 목사가 기도를 위해서 찾아간 적이 있는 병자의 방에서 간병을 하다가, 그가 기독교로 개종한 인디언들 사이에서 전도 활동을 하고 있는 엘리엇 목사를 방문하기 위해 전날 외출한 사실을 알게 되었다. 목사는 내일 오후쯤에는 돌아올 예정이었다. 헤스터는 언제나처럼 탐험의 동반자인 펄을 데리고 집을 나섰다.

두 모녀가 걷는 길은 반도를 지나 본토에 들어서자 약간 좁은 오솔길이 되었다. 그것은 원시림의 신비한 경치를 향해 구불구불 이어지고 있었다. 오솔길 바로 옆으로 다가온 숲은 하늘이 거의 보이지 않을 정도로 양쪽에 검고 울창하게 솟아 있었고, 헤스터에게 그것은 오랫동안 방황해온 자신의 황폐한 정신세계와 같이 느껴졌다. 그날은 쌀쌀하고 칙칙했다. 하늘에는 잿빛 구름이 펼쳐져 있었지만 간간이 부는 바람에 때때로 구름 사이로 한 줄기 빛이 내려와 오솔길을 따라 고독하게 노니는 것이 보였다. 장난을 좋아하는 햇빛은 두 사람이 다가갈수록 멀어지면서 그곳을 한층 더 음울한 장소로 만들어놓고는 어디론가 모습을 감추어버렸다.

"엄마." 펄은 말했다. "해님은 엄마를 좋아하지 않나 봐요. 도망가 숨어버리잖아요. 엄마의 가슴 위에 있는 표시가 무서운가 봐요. 저기 봐요! 멀리서 해님이 놀고 있어요. 여기에서 기다려요. 쫓아가서 붙잡아 올게요. 나는 어린아이니까 해님도 도망치지는 않을 거예요. 가슴에는 아직 아무것도 붙어 있지 않으니까!"

"그런 걸 붙이는 일은 절대 없어야지."

헤스터는 말했다.

"왜 붙이면 안 돼요?" 펄은 뛰어가려다 문득 멈춰 서서 물었다. "내가 어른이 되면 저절로 붙이게 되는 게 아닌가요?"

"자, 어서 가라!" 엄마는 대답했다. "햇빛을 붙잡아 오렴! 다른 데로 사라져버리기 전에."

펄은 있는 힘을 다해 뛰어갔다. 그리고 헤스터가 미소 지으며 보고 있는 사이에 펄은 정말로 햇빛을 붙잡아 그 한가운데에 똑바로 섰다. 그 모습은 날렵한 움직임의 생동감과 활기로 반짝였다. 햇빛도 놀이 친구가 생긴 것을 기뻐하는 듯 이 고독한 아이의 주위를 따라다녔다.

"안 돼요, 빛이 도망가요!"

엄마가 발을 들여놓으려 하자 펄은 머리를 옆으로 흔들며 외쳤다.

"봐!" 헤스터는 대답했다. "엄마도 손을 뻗치면 빛을 붙잡을 수 있어."

그녀가 햇빛을 잡으려고 하는 순간 일광은 사라져버렸다. 그때 펄의 춤추는 듯한 밝은 표정을 보고 헤스터는 아이가 빛을 흡수해버리고 어두운 곳에 이르렀을 때 다시 그 빛을 방출하여 가는 길을 비추려는 게 아닐까 하는 상상을 했다. 이러한 지칠줄 모르는 활기는 펄만의 독특한 특질이었다. 펄에게는 슬픔이라는 병이 없었다. 그러나 이러한 활기 역시 일종의 병으로서, 펄이 태어나기 전 헤스터가 온갖 슬픔과 투쟁했을 때의 왕성한 활력을 반영하는 것에 지나지 않았던 건지도 모른다. 그것은 아이의 성격에 강한 금속 광택을 부여하는, 확실히 불가사의한 매력이었다. 아이에게 부족한 것은 인정에 눈을 뜨게 하고 타인을 동정하게 하는 슬픔이었다. 그러나 어린 펄에게는 아직 충분한 시간이 있었다!

"이리 와, 펄!" 헤스터는 주위를 둘러보면서 말했다. "조금 더 숲 속으로 걸어가서 쉬자꾸나."

"나는 아직 피곤하지 않아요, 엄마." 펄은 대답했다. "하지만 엄마는 쉬어도 좋아요. 얘기를 들려준다면요."

"얘기라니, 무슨 얘기?"

헤스터가 물었다.

"악마에 대한 얘기 말이에요!" 펄은 엄마의 옷을 붙잡고 진지하면서도 장난기 섞인 얼굴로 엄마의 얼굴을 바라보며 말했다. "쇠고리가 달려 있는 아주 크고 무거운 책을 품에 안은 악마가 이 숲 속에 자주 나타난대요. 그리고 그 추악한 악마는 숲속에서 만나는 사람마다 책하고 철로 만든 펜을 들이민대요. 그러면 그 사람은 자신의 피로 이름을 쓰지 않으면 안 돼요. 그리고 이름을 쓴 사람의 가슴에 악마가 표시를 하는 거예요! 엄마는 악마를 만난 적이 있어요?"

"세상에, 누구한테서 그런 얘길 들었니, 펄?"

헤스터는 그것이 당시 널리 신봉되고 있던 미신임을 알아차리고 물었다.

"어젯밤에 엄마가 간병하러 갔던 집 난롯가에 있던 할머니에게서 들었어요." 아이는 말했다. "그 얘기를 하고 있을 때 할머니는 내가 잠들어 있는 줄 알았나 봐요. 할머니가 그러는데 이 숲 속에서 아주 많은 사람이 악마를 만나 책에 이름을 쓰고 가슴에 표시를 붙였대요. 그 심술궂은 히빈스 할머니도 그랬대요. 그리고 또 엄마, 이 주홍 글자도 악마가 엄마에게 붙여준 거래요. 할머니가 말했어요. 엄마가 밤중에 숲 속에서 악마를 만나면 그 글자가 빨갛게 타올라 빛을 발한대요. 그거 정말이에요, 엄마? 엄마는 밤중에 악마를 만나러 가요?"

"네가 눈을 떴을 때 엄마가 없었던 적이 있었니?"

"그런 적은 없었던 것 같아요." 아이는 말했다. "나를 두고 가는 게 걱정되면 나를 데리고 가도 좋아요. 기꺼이 따라가겠어요! 하지만 엄마, 가르쳐주세요! 악마가 정말로 있어요? 악마를 만난 적이 있어요? 그리고 이거, 악마의 표시예요?"

"한 번 얘기해주면 다시는 귀찮게 굴지 않겠지?"

엄마가 물었다.

"네, 모두 얘기해준다면."

펄은 대답했다.

"지금까지 단 한 번, 엄마는 악마를 만났단다!" 그녀는 말했다. "이 주홍 글자는 악마의 표시야!"

이런 얘기를 나누면서 둘은 다른 행인들의 눈에 띌 염려가 없는 깊숙한 구석으로 들어가 이끼가 무성하게 깔려 있는 나무

그루 위에 걸터앉았다. 그것은 오래전 숲의 그늘에 뿌리와 줄기를 뻗고 그 가지를 하늘 높이 솟구치게 했던 거대한 소나무의 흔적이었다. 모녀가 숨을 돌린 장소는 작은 계곡으로, 시든 낙엽에 파묻힌 둑이 양쪽으로 완만하게 밀린 듯 솟아 있고, 그 가운데를 작은 시냇물이 흐르고 있었다. 시냇물 위를 덮고 있는 나무들은 때때로 커다란 가지를 떨어뜨려 흐름을 멈추게 했고, 흐름이 빠르고 격한 곳에서는 갈색으로 빛나는 모래바닥이 드러나 보였다. 시내의 흐름을 눈으로 좇아가면 숲의 그다지 깊지 않은 곳에서 수면에 반사되는 빛을 잡을 수가 있었는데, 그것은 곧 나무줄기나 잡초, 여기저기에 산재된 커다란 바위 사이에서 흔적도 없이 사라져버렸다. 이러한 거목이나 바위들은 조잘대기 좋아하는 작은 시내가 오래된 숲 속의 은밀한 애기를 불쑥 꺼내거나, 고인 물의 매끈한 수면 위에 그 은밀함을 비추어낼까 봐 두려워 작은 시냇물이 가는 곳을 비밀로 해두자고 약속이라도 한 것 같았다. 실제로 시냇물은 완만하게 흐르면서도 중얼거림을 멈추는 일이 없었다. 그 중얼거림은 조용하고 부드러웠지만, 늘 어두운 그늘에 둘러싸여 즐거움을 모르는 어린아이의 목소리처럼 음울했다.

"어쩜 이렇게 바보 같고 따분한 시냇물이 다 있을까!" 잠시 졸졸 흐르는 시냇물 소리에 귀를 기울이고 있던 펄이 소리를 높였다. "뭐가 그렇게 슬프지? 기운을 내, 시냇물아. 한숨 쉬거나 중얼대는 건 그만해."

그러나 시냇물은 숲 속의 나무들 사이를 흐르는 짧은 생애

동안 너무나도 장엄한 경험을 했기 때문에 그것을 말하지 않고는 못 배길뿐더러, 또 그 외에 할 말은 아무것도 없는 것 같았다. 신비로운 근원에서 탄생했다는 것과, 무겁디무거운 암울한 응달을 통과해 왔다는 점에서 펄은 이 시냇물과 비슷했다. 그러나 아이는 이 작은 시냇물과는 달리 춤을 추면서 경쾌하게 재잘거리며 걸어왔다.

"이 시냇물이 뭐라고 하는 거예요?"

펄이 물었다.

"만약 너에게 슬픔이 있다면 시냇물은 그 얘기를 해주는 거란다." 엄마는 대답했다. "바로 지금 엄마의 슬픔을 얘기해주고 있듯이 말이야. 그런데 펄, 누군가 오솔길을 걸어오는 발소리가 들리는구나. 너 혼자서 좀 놀고 있으렴. 엄마는 저쪽에서 오는 사람과 잠시 얘기를 나눌 테니까."

"그 사람, 악마예요?"

펄이 물었다.

"착하지, 저쪽에 가서 놀다 오지 않겠니?" 엄마가 다시 말했다. "너무 숲 속 깊숙이 들어가지는 말고. 엄마가 부르면 곧장 돌아와야 한다."

"네, 엄마." 펄은 대답했다. "하지만 그 사람이 악마라면 잠깐 기다렸다가 커다란 책을 끼고 있는 모습을 좀 보면 안 돼요?"

"어서 가!" 엄마는 짜증 섞인 목소리로 말했다. "악마가 아니야! 봐, 나무들 사이에서 벌써 보이잖니. 목사님이셔!"

"정말이네!" 아이는 말했다. "엄마, 목사님이 가슴에 손을 얹고 있어요! 목사님이 책에 이름을 썼을 때 악마가 거기에 표시를 붙였기 때문인가요? 하지만 목사님은 왜 그걸 겉에다 붙이지 않나요, 엄마처럼?"

"자, 이제 그만하고 어서 가봐. 나중에 원하는 만큼 엄마를 괴롭히게 해줄 테니까!" 헤스터 프린은 외쳤다. "하지만 너무 멀리 가면 안 돼. 시냇물 소리를 들을 수 있는 곳에 있어야 한다."

아이는 시냇물의 흐름을 따라 노래를 부르면서 사라졌다.

헤스터 프린이 숲을 빠져나가는 오솔길 쪽으로 한두 걸음 나아가자 목사가 작은 가지를 지팡이 삼아 혼자 걸어오는 것이 보였다. 그는 몹시 여위고 쇠약해 보였으며 표정에는 실의의 빛이 역력했다. 이러한 모습은 세상에서 완전히 떨어진 숲 속에서 더욱 확연하게 드러났다. 외따로 떨어져 있는 것 자체가 그의 정신에는 시련이었을 것이다. 그는 걸어갈 의욕도 없었고 발자국을 내딛을 이유조차 찾을 수 없었다. 단지 원하는 게 있다면, 가까운 나무뿌리 아래 쓰러져 언제까지나 거기에 누워서 아무것도 하지 않는 것이었다. 그러면 나뭇잎이 그 위에 떨어지고, 점점 흙이 쌓여 작은 언덕을 만들게 될 것이다. 죽음은 그것을 바랄 수도 피할 수도 없는 너무나 확실한 것이었다.

펄이 말한 것처럼 헤스터의 눈에도 딤스데일 목사는 단지 가슴에 손을 얹고 있을 뿐, 능동적으로 고통을 견디고 있는 것 같지 않았다.

17
목사와 신자

헤스터 프린은 목사가 그녀 앞을 거의 지나쳤을 때 가까스로 목사의 주의를 끌 만한 소리를 낼 수 있었다.

"아서 딤스데일!" 그녀는 처음에는 작게, 뒤이어 좀 더 커다란 소리로 말했다. "아서 딤스데일!"

"누구십니까?"

목사가 대답했다.

타인에게 보이고 싶지 않은 모습을 들킨 사람처럼 그는 서둘러 정신을 차리고 등을 곧추세우며 불안한 눈길을 소리가 나는 쪽으로 향했다. 나무들 아래에 어렴풋하게 사람 모습이 보였지만, 숲 속의 어두운 장막 속에 있었기 때문에 목사는 그것이 진짜 사람인지 분간하기가 어려웠다.

그가 조금 더 다가가자 주홍 글자가 보였다.

"헤스터! 헤스터 프린!" 그가 말했다. "당신이오? 살아 있는 당신 맞소?"

"살아 있고말고요!" 그녀는 말했다. "지난 7년간 저 나름대로 살아왔답니다! 그러면 아서 딤스데일, 당신도 아직 살아 계신가요?"

어두운 숲 속에서 만난 두 사람은, 마치 두 유령이 생전에는 친밀한 사이였음에도 불구하고 자신의 처지에도 익숙지 않을 뿐더러 육체를 떠난 존재와 접촉하는 것에도 익숙지 않아 서로 상대에게 겁을 먹고 꼿꼿이 서 있는 모습과 비슷했다. 서로가 유령이면서도 상대를 무서워하고 있었던 것이다! 두려워하고 전율하면서도 아서 딤스데일은 주검처럼 차가운 손을 천천히 내밀어 헤스터 프린의 손을 잡았다. 차갑기는 했으나 손을 마주 잡는 것으로써 이 만남의 쓸쓸함은 제거되었다. 드디어 둘은 적어도 같은 세계의 주민이라는 것을 실감한 것이다.

그 이상은 한마디도 하지 않고 두 사람은 헤스터가 나온 숲의 그늘로 돌아가 조금 전까지 그녀와 펄이 앉아 있었던 이끼 위에 걸터앉았다. 겨우 목소리를 낼 수 있게 되었을 때 두 사람이 처음으로 입에 담은 말은, 누구나가 흔히 그러듯 날씨나 서로의 건강 등에 관한 것이었다. 이처럼 두 사람은 한 걸음 한 걸음 착실하게 그들의 마음 깊은 곳에 응어리져 있는 주제로 나아갔다. 운명과 다른 여러 사정에 의해 오랫동안 떨어져 있었기 때문에, 마음의 문을 활짝 열고 서로에게 진정한 생각이 닿도록 하기 위해서는 무언가 가벼운 화제를 입에 올릴 필요가 있었던 것이다.

얼마 후 목사는 헤스터의 눈을 가만히 바라보았다.

"헤스터, 마음의 평안을 찾았소?"

그가 말했다.

그녀는 자신의 가슴에 눈을 떨구고 슬픈 미소를 지었다.

"당신은요?"

그녀가 되물었다.

"아니! 발견한 것은 절망뿐이오! 나 같은 생활을 하고 있는 자가 절망 외에 무엇을 손에 넣을 수가 있겠소? 내가 양심이 없는 자라면, 짐승처럼 거친 본능밖에 없는 파렴치한 인간이라면 훨씬 옛날에 마음의 평안을 찾았을지 모르지. 아니, 평안을 잃는 일조차 없었을 거요! 그러나 현재 내 상태는 어떻소? 타고난 선량한 자질도 지금은 정신적 고문밖에 안 된다오. 헤스터, 나는 누구보다도 비참하오!"

"사람들은 당신을 존경해요." 헤스터는 말했다. "게다가 당신은 사람들을 위해 선을 행하고 있죠! 그것이 당신에게 위안을 가져다주지 않나요?"

"비참함을 가져다줄 뿐이오, 헤스터! 한층 더 비참해질 뿐이에요!" 목사는 쓸쓸하고 고통스런 미소를 띠며 대답했다. "내가 행하고 있는 선에 나는 믿음을 두고 있지 않소. 그것은 망상일 거요. 나처럼 타락한 영혼의 소유자가 어떻게 타인의 영혼을 구제할 수 있겠소? 사람들의 존경은 경멸과 증오로 바뀌는 편이 낫지요! 강단에 서 있는 내 얼굴에서 천국의 빛을 발견하려는 듯 올려다보고 있는 수많은 눈동자를 마주해야 한다는 사실이 위안이 될 수 있다고 생각하오? 진실에 굶주린 청중이 나의 내면을 보게 되면 그들은 자신들이 우상시하고 있는 자의 검디검은 실체를 깨닫게 될 텐데 말이오. 이 겉보기와 실체와의 차이에 나는 고통을 이기지 못하고 웃음을 터뜨리고 만다오! 사탄도 그걸 보고 웃지요!"

"그건 잘못된 생각이에요." 헤스터는 상냥하게 말했다. "당신은 깊은 참회를 해오셨어요. 이미 먼 옛날에 당신의 죄는 소멸되었다고요. 당신의 현재의 삶은 타인의 눈에 비치는 것과 마찬가지로 신성 그 자체예요. 선행에 의해 뒷받침되는 참회가 어째서 실속이 없다는 거죠? 어째서 참회했는데도 마음에 평안이 찾아오지 않는 거예요?"

"그렇지가 않소, 헤스터. 그렇지가 않아요!" 목사는 대답했다. "그 같은 참회는 소용없는 것이라오! 그것은 죽어 있는 거예요. 나에게 아무것도 해줄 수 없다오! 속죄라면 이미 충분히 했지만, 진실한 회개가 아니었소! 나는 벌써 옛날에 이 위선의 제복을 내던지고, 있는 그대로의 모습을 사람들 앞에 드러냈어야 하지요. 헤스터, 가슴에 주홍 글자를 붙이고 있는 당신이 행복한 거요! 나의 가슴은 이 비밀 때문에 불타오른다오. 내 정체를 알고 있는 사람을 만나는 게 얼마나 마음을 편안하게 해주는지 당신은 모를 거요! 만약 한 사람의 친구가 있어, 아니 적이라도 좋소, 내가 죄 있는 자들 중에서도 최악의 죄인이라는 걸 털어놓을 수 있다면 그것만으로도 내 영혼은 다시 살아날 수 있을 거요. 이 정도의 진실만으로도 나는 구원받을 수 있을 텐데! 그런데 지금은 모든 것이 위선이고 죽음일 따름이오!"

헤스터 프린은 말하길 주저했지만 그가 오랫동안 가슴에 품어온 감정을 이토록 격렬하게 토로한 것은 그녀에게 좋은 기회가 되었다. 그녀는 두려움을 물리치고 말했다.

"당신이 원하는 그런 친구." 그녀는 말했다. "당신의 죄를 위해서 함께 울어줄 수 있는 사람은 당신과 같이 죄를 범한 저뿐이에요!" 그녀는 다시 주저했으나 결국은 말을 끄집어냈다. "그리고 당신에겐 이미 훨씬 전부터 적이 있었어요. 그것도 같은 지붕 아래서 살고 있죠!"

목사는 벌떡 일어나 숨을 헐떡이며 가슴을 쥐어뜯었다.

"아니, 뭐라고!" 그는 외쳤다. "적이라 했소! 한지붕 밑에! 그게 대체 무슨 소리요?"

이 불행한 남자에게 이렇게 오랜 세월에 걸쳐 세상을 속이게 하고, 또 오직 악으로만 가득 찬 인물의 수중에 그를 떨어뜨린 책임이 모두 자신에게 있다는 것을 헤스터 프린은 지금 절실히 느끼고 있었다. 어떠한 가면 아래 본성을 숨기고 있다 해도 그 같은 적이 아주 가까이에 있다는 사실은 아서 딤스데일과 같은 섬세한 인물을 휘저어놓기에 충분했다. 헤스터는 이러한 것에 생각이 미치지 않았었다. 그녀는 자신의 고뇌로 인해 자신과 비교하면 훨씬 견디기 쉽다고 생각된 숙명을 목사가 짊어지도록 내버려 두었던 것이다. 그러나 한밤중에 목사의 수행을 목격한 그녀는 비로소 그의 마음을 정확하게 읽을 수 있게 되었다. 로저 칠링워스가 늘 곁에 있다는 것, 그가 의사라는 권위를 이용하여 목사의 심신의 병에 간섭하고 있다는 것, 이러한 사악한 기회들이 잔인한 목적에 기반한다는 것을 그녀는 명확하게 이해했다. 이러한 수단에 의해 환자의 정신은 끊임없이 초조해졌고, 고통을 통해 병을 고치기는커녕 그의 정신을 혼란하게 하고 타락시켰다. 그 결과 그는 이 세상에서 정신이상이 되어 선함과 진리로부터 영원히 격리되어버렸다.

예전에, 아니 지금도 여전히 더할 나위 없이 사랑하는 남자를 그녀는 이와 같이 파멸로 내몬 것이다! 헤스터는 이미 로저 칠링워스에게 말했듯이, 목사의 명성과 생명이 희생된다 해도 오히려 그쪽이 과거에 그녀가 선택했던 방법보다 훨씬 낫지 않았을까 후회하고 있었다. 때문에 지금 이 한탄스런 잘못을 고백하느니 차라리 아서 딤스데일의 발아래에 쓰러져 숨을 거두었으면 하는 생각이 간절했다.

"아아, 아서." 그녀가 외쳤다. "용서해주세요! 지금까지 저는 어떤 일에도 정직하려고 노력해왔어요! 정직이야말로 아무리 고통스러운 때라도 굳게 지키려 했고, 또 지금까지 지켜온 미덕이었지요. 그런데 당신의 행복이, 당신의 삶과 명성이 얽힌 일에서는 그러지 못했어요! 그때 저는 거짓말을 했어요. 죽음이 코앞에 닥쳐왔다 해도 거짓말을 해서는 안 되는 거였는데! 제가 하려는 말을 이해하시겠나요? 그 노인 말이에요! 그 의사! 로저 칠링워스라고 불리는 남자! 그 남자가 바로 제 남편이었어요!"

목사는 순간 폭발할 듯한 격정을 드러내며 그녀를 쳐다보았다. 이렇게 험악한 얼굴을 헤스터는 본 적이 없었다. 그것이 지속되는 짧은 시간 동안 목사는 악마로 변신하고 있었다. 그러나 그의 심사는 고뇌로 인해 몹시 지쳐 있었기 때문에 추악한 격정조차 그저 한순간의 발버둥으로 끝날 뿐이었다. 그는 땅바닥에 힘없이 무너지며 손으로 얼굴을 감쌌다.

"알아챌 수도 있었을 텐데!" 그는 중얼거렸다. "아니, 난 알고 있었어! 그자를 처음 봤을 때도, 또 그 후에도 만날 때마다 내 마음은 움츠러들었는데, 그런 식으로 비밀이 고해지고 있었던 게 아니었나? 왜 그걸 몰랐을까? 아아, 헤스터 프린, 이것이 얼마나 무서운 일인지 당신은 알지 못하오! 나의 불행을 고소하다는 듯이 웃으며 보고 있는 사람의 눈앞에 죄로 더럽혀진 병든 마음을 드러내는 일이 얼마나 부끄러운 것인지, 얼마나 무자비한 일인지 당신은 조금도 몰라요! 헤스터, 이 책임은 당신에게 있소! 나는 당신을 용서할 수 없소!"

"용서해주세요!" 헤스터는 낙엽 위에 몸을 던지며 외쳤다. "벌하는 것은 하나님께 맡기시고 제발 용서해주세요!"

그녀는 절망감에 사로잡혀 두 팔로 그의 머리를 힘껏 감싸 안았다. 그의 볼이 주홍 글자에 닿았으나 그녀는 신경 쓰지 않았다. 목사는 몸을 떨어뜨리려고 했지만 헤스터는 놓아주지 않았다. 그의 엄한 눈초리를 견디기 힘들었던 것이다. 7년이라는 오랜 세월 동안 세상은 이 고독한 여자에게 눈썹을 찌푸려왔다. 그래도 여전히 그녀는 모든 것을 견디고 단 한 번도 그 비통한 눈을 옆으로 돌리는 일이 없었다. 하늘 또한 그녀에게 얼굴을 찡그렸지만 그래도 그녀는 죽지 않았다. 그러나 이 창백하고 약한, 죄 많고 슬픔에 짓눌린 목사의 찡그린 얼굴을 대하는 것은 죽음보다도 괴로웠다.

"용서해주시겠어요?" 그녀는 몇 번이고 되풀이해 물었다. "무서운 얼굴 하지 않고 용서해주시겠어요?"

"용서하고말고요, 헤스터." 잠시 후 목사는 조용히 대답했다. 슬픈 목소리였지만 분노는 없었다. "나는 당신을 기꺼이 용서하오. 하나님, 우리 두 사람을 용서해주시옵소서! 헤스터, 우리가 이 세상에서 최악의 죄인은 아니오. 타락한 목사보다 더 나쁜 자가 있소! 그 노인의 복수는 우리의 죄보다 더 무서운 것이오. 그 차가운 피를 가진 남자는 영혼의 신성함을 더럽힌 것이오. 헤스터, 당신과 나는 그런 짓은 하지 않았소!"

"결코, 결코 하지 않았지요!" 그녀는 중얼거렸다. "우리가 한 일에는 나름대로 신성한 점이 있었어요. 우리는 그렇게 느꼈어요! 우리는 서로 그렇다고 얘기했어요! 잊으셨나요?"

"그만하시오, 헤스터!" 아서 딤스데일이 일어나면서 말했다. "아니, 결코 잊지 않았소!"

두 사람은 다시 이끼가 무성한 쓰러진 나무줄기에 나란히 손을 잡고 앉았다. 그들의 일생에 이처럼 암담한 순간은 없었다. 그럼에도 불구하고 그 장소에는 형용하기 힘든 매력이 있어서 두 사람은 한 순간 한 순간 조금씩 시간을 늘려가고 있었다. 어두운 숲이 휙 스쳐 지나는 돌풍에 삐걱거렸다. 큰 가지는 머리

위에서 묵직하게 흔들리고, 한 그루의 장엄한 노목은 구슬프게 신음했다. 그것은 마치 그 아래에 앉아 있는 남녀의 슬픈 이야기를 전달하고 있는 것 같았다. 혹은 앞으로 닥칠 불행한 일이라도 예고하는 것일까.

그래도 두 사람은 그곳을 떠나지 못하고 있었다. 헤스터 프린이 다시 오욕의 짐을 짊어져야 하고, 목사가 위선적인 명성에 동의하지 않으면 안 되는 마을로 통하는 숲의 오솔길은 얼마나 황량한가! 그래서 두 사람은 한 순간이라도 출발을 미루고 또 미룬 것이다. 어슴푸레한 숲 속의 빛은 다른 어떤 황금빛 광채보다도 고마운 존재였다. 여기에서는 그 말고는 보는 눈이 없으니 주홍 글자는 타락한 여자의 가슴에서 불타고 있을 이유가 없었다! 여기에서는 그녀 말고는 보는 눈이 없으니 신과 인간을 기만한 아서 딤스데일도 잠시 정직할 수 있었다!

그는 문득 떠오른 생각에 전율했다.

"헤스터." 그는 외쳤다. "로저 칠링워스는 당신이 그의 정체를 밝히려 한다는 걸 알고 있을 텐데, 그래도 우리의 비밀을 발설하지 않고 그냥 놔둘까? 그는 어떤 복수를 강구할까?"

"그 사람은 원래 비밀을 좋아하지요." 헤스터는 신중하게 말했다. "복수를 위해서 은밀하게 일을 진행해왔기 때문에 그것이 완전히 습성이 되어버렸어요. 그 사람이 비밀을 밝힐 염려는 거의 없을 거예요. 자신의 어두운 열정을 만족시키기 위해 무언가 다른 수단을 찾으리란 건 확실하지만."

"그러면 나는, 나는 그 끈질긴 자와 같은 공기를 마시면서 이

제 어떻게 살아가야 좋겠소?" 아서 딤스데일은 몸을 웅크리고 떨리는 손을 가슴 위에 얹으며 외쳤다. "나를 위해서 생각해봐요, 헤스터! 당신은 강한 여자이니 나를 위해서 무언가 결정을 해주시오!"

"당신은 그 남자와 함께 있어선 안 돼요." 헤스터는 천천히 그리고 단호한 어조로 말했다. "그 남자의 사악한 눈에 더 이상 당신의 마음을 드러내서는 안 돼요!"

"그자에게 속을 드러내는 건 죽는 것보다도 괴로운 일이지!" 목사는 대답했다. "그러나 그것을 어떻게 피할 수 있겠소? 내가 무슨 선택을 할 수 있겠소? 당신이 그의 정체를 밝혔을 때 낙엽 위에 쓰러져 그 자리에서 죽었어야 마땅했던 걸까?"

"아아, 어쩜 이렇게 나약해지셨나요!" 헤스터는 눈물을 글썽이며 말했다. "단지 마음이 약해졌다고 죽는다는 말씀을 하시는 거예요?"

"하나님께서 심판을 내리신 거요." 양심의 가책을 견딜 수 없었던 목사는 대답했다. "하나님의 심판은 절대적이고 나에게는 그것에 항거할 힘이 없소!"

"하나님은 자비를 내려주실 거예요." 헤스터는 대답했다. "당신에게 그것을 받을 만한 힘이 있다면 말이죠."

"내 몫까지 강해지기 바라오!" 그는 대답했다. "그리고 어떻게 하면 좋을지 가르쳐주시오!"

"세상이 그렇게 좁을까요?" 헤스터 프린은 깊은 눈동자로 목사의 눈을 주시하면서 힘을 내어 외쳤다. "이곳과 마찬가지로 낙엽이 떨어져 흩어진 저 쓸쓸한 마을만이 우리의 우주일까요? 저 숲의 오솔길은 어디로 통하고 있을까요? 마을로 돌아가는 길이라면 당신은 아실 거예요! 네네, 그래요. 하지만 그 앞에도 길은 있어요! 길은 황야의 깊은 곳으로 뻗어 있지요. 거기까지 가면 당신은 자유로운 몸이 돼요! 조금만 더 여행을 하면 아직 행복이 남아 있는 세계로 갈 수 있는 거예요! 이 광대한 숲 속에 로저 칠링워스의 시선으로부터 당신을 보호해줄 그늘 하나 없겠어요?"

"있기는 있지만 헤스터, 낙엽 밑의 공간뿐이라오."

목사는 슬픈 미소를 떠올리며 말했다.

"그러면 바다라는 큰길도 있어요!" 헤스터는 계속했다. "그 길을 통해서 당신은 여기에 왔지요. 원하신다면 그 길을 통해서 돌아갈 수도 있는 거예요. 우리가 태어난 고향이라든지, 혹은 독일이나 프랑스, 아니면 활기찬 이탈리아, 그러한 곳이라면 그 남자의 힘과 지혜도 미치지 않아요! 얼음처럼 냉혹한 다른 사람들의 생각이 당신과 도대체 무슨 상관이 있나요? 그들은 이미 오래전부터 당신의 훌륭한 성품에 당신을 얽어매 왔어요!"

"그렇게 할 수는 없소!" 목사는 명령에 따를 수 없다는 듯이 외쳤다. "나는 어디에도 갈 힘이 없소. 죄 많은 비참한 신세지만 나는 하나님께서 내려주신 땅에서 생을 마치는 것 외에는 생각해본 적이 없는 사람이오. 내 자신의 영혼은 타락했지만 타인의 영혼을 위해서라면 아직 도움이 되기를 바라고 있소! 이 쓸쓸한 일이 끝날 때에 내가 받는 보답이란 죽음과 불명예밖에 없을 테지만, 그래도 나는 내가 서 있는 자리를 떠날 생각이 없다오!"

"당신은 7년간의 무거운 짐으로 짓이겨졌어요." 헤스터는 어떻게든 그에게 힘을 줄 생각으로 말을 이었다. "하지만 그런 건 모두 버리고 가세요! 숲의 오솔길을 걸어갈 때 그런 것에 발이 묶여서는 안 돼요. 만약 바다를 건너실 생각이라면 그런 무거운 짐을 배에 실어서는 안 돼요. 파멸의 잔해는 그것이 일어난 곳에 두고 와야 하는 법이에요! 그런 것에 구애받지 마세요! 무엇이든 전부 새로 시작하는 거예요! 이 단 하나의 시련 때문에 미래의 온갖 가능성까지 다 바닥났다는 건가요? 그런 일은 없답니다! 미래는 성공과 희망으로 가득 차 있어요! 즐길 행복도 있고요! 당신의 거짓된 인생을 진실된 인생으로 바꾸는 거예요! 원하신다면 인디언들을 선도하는 전도사가 되세요! 아니면 문명 세계의 가장 이름 높은 학자가 되세요. 설교도 하고 집필도 하세요! 행동하세요! 엎어져 죽는 것만 아니라면 뭐든지 하세요! 아서 딤스데일이라는 이름을 버리고 부끄러움 없이 자신을 말할 수 있는 다른 고귀한 이름을 붙이세요. 그 고통이 당신의 의지를 꺾고 행동을 둔하게 하는 거예요! 그 고통은 당신에게서 뉘우치고 참회하는 힘조차 빼앗을 거라고요! 자, 어서 일어나서 떠나세요!"

"오오, 헤스터." 그의 두 눈에는 그녀의 열의에 의해 불붙여진 빛이 잠시 반짝했으나 다시 사라져버렸다. "당신은 지금 다리가 없는 사람에게 달리라고 하고 있군요! 나는 이곳에서 죽어야 할 운명이오. 저 넓은 미지의 세계로 여행을 떠날 힘도 용기도 남아 있지 않소! 더구나 혼자서는!"

이것은 정신이 파괴된 사람의 마지막 절망의 표현이었다. 그에게는 손이 닿는 곳에 있는 행운을 잡을 여력조차 없었던 것이다.

그는 마지막 말을 반복했다.

"혼자서는, 헤스터!"

"당신 혼자 보내지는 않아요!"

그녀는 속삭이듯 대답했다.

자, 모든 것이 말해졌다!

18

넘쳐흐르는 햇빛

아서 딤스데일은 희망과 기쁨에 찬 표정으로 헤스터의 얼굴을 바라보았다. 그 표정에는 그녀의 대담함에 대한 경외심과 불안감이 섞여 있었다. 그로서는 도저히 입에 담을 수 없는 것을 그녀가 거침없이 말해버렸기 때문이다.

헤스터 프린은 천성이 대담하고 활발한 데다 오랜 기간 사회로부터 소외되어왔기 때문에 목사 같은 인물이 도저히 생각할 수 없는 자유로운 발상을 지니고 있었다. 그녀는 의지할 만한 원리도 지표도 없이 정신의 황야를 헤매왔으며, 그것은 지금 두 사람이 앉아 있는 원시림처럼 넓고 혼란스러운 동시에 그림자가 드리워져 있는 것이었다. 헤스터의 지성과 감성은 사막과 같은 곳에 자리를 잡아 마치 숲 속의 인디언처럼 자유롭게 방황하고 있었다. 과거 수년간 그녀는 인간의 여러 제도나 법칙

등을 이러한 소외된 관점에서 바라보고 그것들 모두에 대해 비판적이었기 때문에, 목사의 늘어진 깃이나 재판관의 법의, 형구, 처형대, 교회 등에 대해서도 경외심을 느끼는 일이 거의 없었다. 그녀의 운명이 그녀를 자유롭게 해온 것이다. 주홍 글자는 다른 여자들이 감히 발을 들여놓지 못하는 곳으로 통하는 허가증이었다. 치욕, 절망, 고독! 이것들이 그녀의 선생이었다. 그리고 이 선생들은 그녀를 강하게 만들어주었다.

하지만 목사의 경우를 말하자면 그는 일반적인 법칙의 테두리 밖으로 벗어난 경험이 없었다. 하긴 단 한 번, 극히 신성한 규칙 하나를 깨기는 했다. 그러나 그것은 정열에 의한 잘못이었으며 원칙을 위반한 것도 의도적인 것도 아니었다. 이 한때의 잘못 이래 그는 병적인 열의와 세심함을 가지고 자신의 온갖 감정과 사고를 감시했다. 당시의 목사들이 그랬듯이 그는 사회조직의 정점에 위치해 있으면서 그만큼 사회의 규칙이나 주의, 아니 편견에조차 강하게 구속되어 있었던 것이다. 예전에 죄를 범한 몸이었다고는 하나, 끊임없이 아픈 상처를 건드리며 양심을 한시도 쉬이지 않고 예민하게 유지해왔기 때문에, 그는 죄를 전혀 범하지 않은 경우보다 더 도덕적이라고 할 수 있었다.

헤스터 프린에게 있어서 7년간의 굴욕과 치욕의 세월은 오로지 이 순간을 위한 준비였다고 해도 과언이 아닐 듯싶다. 그러나 아서 딤스데일에게 있어서는 어떤가! 이 같은 인물이 또다시 잘못을 범한다면 어떠한 변명이 있을 수 있을까? 아무것도 없다. 단지 얼마간 변명의 여지가 있다고 한다면, 그가 오래고 격렬한 고통 끝에 가슴이 극심한 후회로 어둡고 혼란스러워져 완전히 망가져 버렸다는 사실, 죄를 인정하고 도망가는 것과 위선자로서 행동하는 것 사이에서 양심이 평형을 유지하기 힘들었다는 사실, 그리고 이 쓸쓸하고 황량한 길을 가는 병들고 약하고 비참한 순례자에게 무거운 숙명 대신 인간다운 애정과 동정이 싹트는 새롭고도 진정한 인생이 찾아왔다는 사실, 그것뿐이었다. 그런데 슬픈 진실을 하나 이야기하자면, 일단 인간의 영혼에 만들어진 죄의 구멍은 인간인 이상 결코 회복될 수 없다는 것이다. 적이 또다시 요새를 공격해 오지 않도록 방심하지 않고 구멍을 지켜보는 것도 좋을 것이다. 그러나 현재 요새는 무너져 있으며, 더구나 가까이에서는 그 잊지 못할 승리를 또다시 손에 넣으려는 적의 발소리가 들리는 것이었다.

내면의 갈등이 있었다고는 하나 어쨌든 목사는 도망칠 결심을 했고, 게다가 혼자가 아니었다.

그는 생각했다.

'만약 과거 7년 동안 한순간이라도 평안과 희망을 가져봤더라면 하늘의 은총이 아직 남아 있다는 증거로 믿고 참고 견딜 수도 있을 거야. 그러나 지금 사형수가 처형 직전에 허락된 위안을 붙잡지 않을 이유가 있을까? 혹은 헤스터가 설득했듯이 이것이 더 좋은 인생으로 향하는 길이라면 이 길을 더듬어감으로써 더 나은 가능성을 찾을 수 있을지도 몰라! 게다가 그녀와 함께가 아니라면 나는 이제 살아갈 수가 없어. 그녀는 얼마나 힘차게 나를 뒷받침해줄까. 얼마나 상냥하게 나를 위로해줄까! 오오, 하나님, 저는 이미 당신을 올려다볼 용기조차 없습니다. 그래도 여전히 저를 용서해주시겠습니까?'

"가는 거예요!"

헤스터는 그와 시선이 마주치자 조용히 말했다.

한번 결심이 서자 묘한 환희의 불길이 타오르며 그의 가슴 위에 밝은 광채를 던졌다. 그것은 자신의 가슴속 지하 감옥에서 방금 뛰쳐나와 신의 구원을 모르고 기독교와도 연이 없는 무법천지의 자유로운 공기를 들이마실 때와 같이 마음을 들뜨게 했다. 그의 정신은 탄력이 붙어 하늘 높이 날아올랐으며, 지상에 엎드려 있던 비운의 상태에서는 도저히 바랄 수 없었던 천상을 바로 가까이에서 바라볼 수 있었다. 본래 신앙심이 깊었던 그는 어떤 상황에서도 신을 우러르는 마음이 따라붙는 것은 떨치기 힘들었다.

"내가 또다시 기쁨을 느끼게 된 걸까?" 그는 반신반의했다. "기쁨의 싹은 내 안에서 죽은 줄로만 알았는데! 오오, 헤스터, 당신은 나의 사랑스런 천사요! 나는 비탄에 잠겨 숲의 낙엽 위에 힘없이 쓰러졌다고 생각했는데 자비심 많은 하나님의 영광을 찬양하기 위해 다시 일어서게 된 것 같소! 이것만으로도 얼마나 좋은지! 우리는 어째서 이것을 더 빨리 발견하지 못했을까요?"

"우리 뒤돌아보지 않기로 해요!" 헤스터 프린은 대답했다. "과거는 지나간 것이에요! 과거에 얽매인들 무슨 소용이 있겠어요? 보세요! 이 상징과 함께 그런 것은 내동댕이치고 그런 과거가 없었던 것처럼 해 보이겠어요!"

이렇게 말하면서 그녀는 주홍 글자를 가슴에서 떼어내 낙엽 속에 힘껏 내동댕이쳤다. 신비로운 부적은 시냇물 한편의 가장 자리에 떨어졌다. 조금만 더 멀리 날아갔다면 그것은 시냇물 위에 떨어져서 끊임없이 조잘대는 이해하기 힘든 이야기 속에 또 하나의 슬픔을 싣고 흘러갔을 것이다. 그러나 불운한 방랑자가 주워 들어 이상한 유령을 보거나 설명할 수 없는 불운이 생기게 할지도 모르는 예쁘게 수놓아진 글자는 잃어버린 보석처럼 거기에서 반짝였다.

낙인이 가슴에서 사라지자 헤스터는 깊고 큰 한숨을 내쉬었다. 그리고 그 한숨과 함께 치욕과 고뇌의 무거운 짐도 그녀의 가슴에서 사라졌다. 아아, 얼마나 훌륭한 해방감인가! 그녀는 또 머리를 싸매고 있던 모자를 벗었다. 그러자 풍부한 흑발이 빛나는 윤기를 듬뿍 품고 어깨 위에 드리워지며 그녀의 표정에 부드러운 매혹을 덧붙여주었다. 눈부신 미소가 그녀의 입가에 어른거리고 오랫동안 창백했던 그녀의 볼은 붉게 물들었다. 여자로서의 젊음, 그 풍부한 아름다움이, 돌이킬 수 없다고 믿었던 과거로부터 다시 돌아와 그녀의 처녀 시절의 희망이나 지금까지 알지 못했던 행복과 함께 현재라는 마법의 테두리 안에 한꺼번에 모여들기 시작했다. 나아가 땅과 하늘의 어두움도 두 사람의 마음을 비추는 거울처럼 그들의 슬픔이 사라짐과 동시에 모습을 감추어버렸다. 마치 하늘이 불쑥 미소를 지은 듯 구름 사이로 햇빛이 나와 홍수와 같은 빛을 어두운 숲 속에 쏟아 부으며 이파리 하나하나에 생기를 부여하고 누렇게 시든 낙엽을 황금색으로 바꾸었다. 지금까지 그늘을 만들고 있었던 사물들이 이번에는 광채 그 자체로 변모한 것이다.

이와 같이 인간의 법칙에 지배당한 적도 없고 더 높은 진리에 의해 조명된 적도 없는 야생의 대자연은 두 영혼을 더없는 기쁨으로 축복해주었다! 사랑은 새롭게 태어난 것이든 죽음과 같은 잠에서 눈을 뜬 것이든 눈부신 빛으로 사람의 마음을 충만케 하고 그 빛을 한없이 몸 밖으로 넘치게 하는 법이다. 설사 숲이 변함없는 암울함을 유지하고 있었다 해도 헤스터와 아서 딤스데일의 눈에는 밝고 빛나 보였을 것이다!

헤스터는 다시 새로운 환희에 전율하면서 그를 보았다.

"당신은 펄을 알고 계시죠!" 그녀가 말했다. "우리의 귀여운 펄을! 당신은 펄을 보신 적이 있어요. 네, 그랬어요! 하지만 이번에는 다른 눈으로 그 아이를 보시게 될 거예요. 펄은 묘한 아이예요! 아주 이해하기 힘들죠. 하지만 당신은 나와 마찬가지로 그 아이를 사랑해주시고, 그 아이를 어떻게 키우면 좋을지 가르쳐주실 수 있을 거예요."

"아이가 나를 알고 좋아할까?" 목사는 다소 불안한 듯이 물었다. "나는 상당히 오랫동안 아이들을 피해왔소. 아이들은 웬만해선 나를 믿어주지 않아요. 친해지려고 하지 않지요. 펄에 대해서도 나는 두렵기만 하다오!"

"아아, 불행한 일이군요!" 헤스터는 대답했다. "하지만 그 아인 당신을 사랑하고 당신도 그 아이를 사랑하게 될 거예요. 펄도 여기 와 있어요. 제가 부를게요! 펄! 펄!"

"아이가 보이는군." 목사가 말했다. "저기 저쪽에 한 줄기 빛이 비치고 있는 곳에 서 있구려. 저편 시냇가에. 당신은 정말 아이가 나를 사랑할 거라고 생각하오?"

헤스터는 미소를 짓고 다시 펄을 불렀다. 펄의 모습은 휘어진 가지 사이로 새어 나오는 한 줄기 빛을 몸에 두른 숲 속의 정령 같았다. 광선이 흔들림에 따라 펄의 모습이 흐리게도 또 또렷하게도 보였기 때문에 펄은 정말 살아 있는 아이처럼 보이기도 하고 아이의 영혼이 떠다니는 것처럼 보이기도 했다. 아이는 엄마의 목소리를 듣고 천천히 걸어왔다.

엄마가 목사와 얘기하고 있는 사이, 펄은 나름대로 숲 속에서 즐거운 시간을 보내고 있었다. 커다랗고 검은 숲은 이 고독한 아이에게 최선을 다해 놀이 상대가 되어주었다. 그 가슴에 세상의 죄와 잘못을 가져온 사람들에게는 딱딱하고 근엄한 숲이었으나 펄에게만큼은 붙임성 있게 대했다. 숲은 아이에게 호자덩굴 열매를 주었다. 열매는 지난가을에 맺힌 것으로, 봄에 익은 것이 지금은 낙엽 위에 피가 뚝뚝 떨어진 것처럼 빨갛게 흩어져 있었다. 펄은 그것을 모아 독특한 야생의 맛을 즐겼다. 야생의 작은 동물들은 아이가 걸어와도 길을 양보하려 하지 않았다. 열 마리의 새끼를 데리고 있던 자고새 한 마리가 위협하듯이 뛰쳐나왔지만, 곧바로 자신의 난폭함을 부끄러워하고 무서워하지 않아도 된다고 쿠쿠 소리를 내며 새끼들에게 일러주었다. 작은 가지에 머물고 있던 산비둘기 한 마리는 아이가 그 아래를 통과하자 경고인지 인사인지 알 수 없는 소리로 지저귀었다. 다람쥐는 높은 나무의 빽빽한 잎사귀 사이에서 재잘재잘 말을 걸면서 아이의 머리 위로 호두 하나를 던져주었다. 그것은 작년에 모아둔 것으로 날카로운 이빨로 갉아 먹은 흔적이나 있었다. 여우는 낙엽을 밟는 아이의 발자국 소리에 잠을 깨어 호기심 많은 눈으로 펄을 쳐다보고는 도망칠까, 그대로 잠을 잘까 망설이고 있는 듯했다. 늑대는, 일어나지 않을 법한 이야기로 빠진 것 같지만, 그 야만스런 머리를 내밀며 쓰다듬어 달라고 졸라댔다. 이렇게 숲이 길러낸 야생동물 하나하나가 모두 인간의 아이에게서 자신들과 같은 야성을 발견한 듯했다.

그리고 펄 역시 숲 속에서는 마을의 거리나 오두막에 있을 때보다 얌전했다. 꽃들도 그것을 안다는 듯이 아이가 지나가자 이렇게 속삭였다.

"귀여운 아가씨, 나를 가지고 예쁘게 장식하세요!"

아이는 꽃들을 기쁘게 해주기 위해 제비꽃이나 아네모네, 참매발톱꽃, 그리고 눈앞에 늘어져 있는 노목에서 자란 싱싱한 초록의 작은 가지 등을 모아서 머리와 허리에 장식했다. 그러자 아이는 눈 깜짝할 사이에 어린 나무와 숲의 요정이 되었다. 펄은 이처럼 몸을 치장하고 있던 중에 엄마의 목소리가 들리자 천천히 돌아왔다.

천천히 돌아온 것은 펄이 목사의 모습을 본 때문이었다.

19
시냇가의 아이

　"당신도 저 아이를 아주 좋아하게 될 거예요." 헤스터 프린은 목사와 나란히 앉아 펄을 바라보면서 수차례 말했다. "예쁘지 않나요? 더군다나 보세요, 별것도 아닌 꽃 하나로 저렇게 치장하는 자연스러운 재주를! 숲 속에서 진주, 다이아몬드, 루비를 모아 왔네요. 저 이상 예쁠 수 있을까요! 정말 신통한 아이예요! 그리고 저 아이의 이마가 누구와 닮았는지 저는 알고 있답니다!"

　"헤스터, 당신은 모를 거요⋯⋯." 아서 딤스데일은 불안함이 깃든 미소를 띠며 말했다. "항상 당신 곁에서 아장아장 걷고 있는 이 아이를 볼 때마다 내 마음이 얼마나 불안에 휩싸였는지 말이오. 나를 불안하게 한 것은—아아 헤스터, 얼마나 기가 막힌 생각이었는지, 또 그런 생각에 위협받는다는 것은 얼마나 두려운 일이었는지!—저 아이의 얼굴이 나와 닮은 데가 있어서, 그것도 너무나 쏙 빼닮아서, 혹여 사람들이 눈치채지는 않을까 하는 생각이었다오. 하지만 이제 보니 저 아이는 당신을 더 닮은 것 같구려!"

"아니, 아니에요! 그렇지 않아요!" 헤스터는 부드러운 미소를 띠면서 말했다. "조금만 더 지나면 저 아이가 누구의 핏줄인지 세상에 알려진다 해도 더 이상 겁먹을 필요가 없을 거예요. 그런데 말이죠, 들꽃을 머리에 꽂으면 저 아이는 어쩜 저렇게 신기할 정도로 예쁠까요! 마치 고향 땅에 두고 온 요정이 우리를 만나러 곱게 치장을 하고 날아온 것 같아요."

두 사람은 나무에 걸터앉아 그때까지 경험한 적이 없는 느낌을 맛보며 천천히 다가오는 펄을 바라보았다. 이 아이에게는 두 사람을 맺어주는 연결 고리가 눈에 띄는 모습으로 형상화되어 있었다. 지난 7년간 아이는 두 사람이 그토록 은밀하게 감추려 했던 비밀을 밝히는 살아 있는 상형문자로서 세상에 몸을 드러내왔다. 모든 것은 이 상징 위에 쓰여 있었다! 또 펄은 둘의 존재가 하나가 된 것이었다. 두 사람이 예전에 어떠한 악을 범했든, 두 인간의 육체적인 결합의 산물임과 동시에 정신적인 관념의 결합이라고 할 수 있는 이 어린아이를 눈앞에 두고서, 그들이 속세에서의 삶과 내세의 숙명을 공유하도록 되어 있다는 것을 어떻게 의심할 수 있을까? 이러한 사실 때문인지—그 외에 그들 자신도 알 수 없고 확실치 않은 복잡한 생각 탓인지—목사와 헤스터가 나란히 앉아 있는 광경은 그쪽을 향해 다가

오는 아이에게 일종의 두려움을 심어주었다.

"아이에게 말을 걸 때는 아주 자연스럽게 해주세요. 지나치게 애정을 표출하거나 너무 진지해도 안 돼요." 헤스터는 속삭였다. "우리 펄은 때때로 요정처럼 변덕스러워서 갈피를 잡을 수 없어요. 특히 이유를 확실히 납득하지 못하면 다른 사람의 애정을 그냥 받아들이지 못해요. 하지만 저 아이는 대단한 애정을 가지고 있답니다! 펄은 절 사랑하고 있고, 분명히 당신도 사랑하게 될 거예요!"

"당신은 상상도 할 수 없을 거요." 목사는 헤스터 프린을 보면서 말했다. "내가 저 아이와 만나는 것을 얼마나 두려워하고, 또 얼마나 고대하고 있는지! 하지만 사실은, 전에도 말했듯이 아이들은 좀처럼 나를 따르지 않는다오. 아이들은 내 무릎에 앉는 일이 없어요. 귓속말도 해주지 않고 웃는 얼굴에 응답해주지도 않지요. 단지 저만치 서서 묘한 표정으로 바라보기만 할 뿐. 갓난아이까지도 내 품에 안기면 불에라도 덴 듯 울어대기만 한다오. 하지만 펄은 그 짧은 기간에 나를 친절하게 대해준 적이 두 번 있었소! 한 번은 당신도 잘 알고 있을 거요! 두 번째는 당신이 그 근엄한 총독님 저택에 펄을 데려왔을 때였지."

"그때 당신은 저와 아이에 대해서 과감하게 변호해주셨지요!" 그녀는 대답했다. "그때의 일은 잘 기억하고 있어요. 펄도 그래요. 걱정하지 마세요! 저 아이도 처음엔 서먹서먹해서 쉽게 친해지려 하지 않겠지만, 곧 당신을 좋아하게 될 거예요!"

이때 펄은 이미 작은 시내의 저편 물가에 도달하여 거기에 잠자코 서서, 이끼가 무성한 통나무에 걸터앉아 자신이 오기를 기다리는 헤스터와 목사를 바라보고 있었다. 마침 아이가 멈추어 선 곳은 시냇물이 고여 연못을 이루고 있었으며, 그 매끄럽고 고요한 수면은 꽃과 나뭇잎으로 한껏 치장한 아름다운 아이의 모습을 실물과 똑같이 비추어내면서 거기에 세련미과 신비로움을 더해주고 있었다. 이 거울 속의 형상은 살아 있는 펄과 너무나도 쏙 빼닮았기에, 아이의 실체가 어느샌가 그림자 쪽으로 옮겨 간 듯했다. 숲의 희미한 장막을 통해 두 사람을 뚫어져라 쳐다보고 있는 펄의 모습은 특이했다. 가만히 서 있으면서도, 어떤 교감에 의해 그쪽으로 이끌려 온 한 줄기 빛을 받으며 찬란한 광채를 발하고 있었다. 발밑의 시내에는 다른 아이가 서 있었다. 다르기는 하지만 같은 아이가, 마찬가지로 황금의 빛을 받으며 서 있었다. 헤스터는 펄이 어딘가 멀리 가버린 듯한 느낌이 들어 무척 안타깝고 초조했다. 혼자서 숲을 돌아다니던 아이는 엄마와 함께 살고 있던 세계에서 벗어나 길을 잃어, 이미 제자리로 돌아가려 해도 돌아갈 수 없게 돼버린 것 같았다.

이 느낌은 맞기도 하고 틀리기도 했다. 사실 아이와 엄마는 별세계에 동떨어져 있었는데, 그건 헤스터 탓이지 펄의 잘못은 아니었다. 펄이 헤스터 곁을 떠나 산책을 하고 있던 사이, 어머니의 감정의 틀 안에 다른 사람이 끼어들면서 상호 관계가 완전히 바뀌어버려, 방랑에서 돌아온 펄은 예전에 있던 자리를 찾을 수 없을뿐더러 자신이 현재 어디에 있는지조차도 알 수 없게 돼버린 것이다.

"묘한 느낌이 드는구려." 섬세한 감정을 지닌 목사는 말했다. "이 작은 시내가 두 세계를 가르는 경계선이고, 당신은 이제 두 번 다시 펄을 만날 수 없을 거라는 느낌이 들어요. 아니면 저 아이가 요정이라서 우리가 어릴 적에 들었던 전설처럼 졸졸 흐르는 시내를 건너는 게 금지돼 있는 것은 아닐지? 아이를 재촉해줬으면 좋겠소. 이제껏 기다린 것만으로도 온 신경이 떨린다오."

"어서 와라. 착하지, 펄!" 헤스터는 두 손을 내밀며 격려하듯이 말했다. "왜 이렇게 느리니? 이렇게 미적거렸던 적은 없었잖아! 여기에 계시는 분은 엄마의 친구란다. 또 너의 친구이기도 하지. 이제부터는 엄마 몫까지 합쳐서 두 배는 귀여움을 받게 될 거야! 시내를 건너뛰어 이쪽으로 어서 오려무나! 자, 아기 사슴처럼 건너뛰는 거야!"

펄은 이 꿀처럼 감미로운 말에 아무 대답도 하지 않고, 시내 저편에 꼼짝 않고 서서 수상쩍은 눈빛으로 엄마를 가만히 노려보는가 싶더니, 다음엔 목사를 바라보고, 또 두 사람을 동시에 바라보면서 양자의 관계를 확인하고 자신을 납득시키려고 하는 것 같았다. 아서 딤스데일은 아이의 시선이 자신에게 쏠리고 있는 것을 느끼자, 저도 모르게 습관적으로 가슴에 손이 올라갔다. 그러는 사이 펄은 위엄 있는 태도로 천천히 손을 앞으로 내밀더니 작은 검지를 펴서 확실하게 엄마의 가슴을 가리켰다. 그러자 발밑의 시냇물에 비치는 꽃들에 둘러싸인 펄도 빛을 받으며 작은 손가락을 내밀었다.

"이상한 아이구나. 어째서 엄마 곁으로 오지 않지?"

헤스터는 외쳤다.

펄은 여전히 손가락으로 가리킨 채 이마를 찌푸렸다. 그 찌푸린 얼굴이 아기와도 같은 얼굴에서 나와 더욱 강렬한 인상을 주었다. 엄마가 축제날 새 옷을 입은 듯한 생경한 얼굴로 웃으면서 계속 오라고 손짓하자, 아이는 더 위협적인 표정과 몸짓으로 발을 동동 굴렀다. 그러자 물거울 속의 아이 또한 눈썹을 찡그리고 손가락으로 가리키며 위협적인 몸짓을 했다.

"빨리 와라, 펄. 그러지 않으면 엄마 화낼 거야!" 헤스터 프린은 외쳤다. 그녀는 펄이 이처럼 행동하는 것에 익숙해져 있었지만 이때는 경우가 달랐고, 지금은 당연히 예의 바르게 행동해 줬으면 했다. "자, 시내를 건너뛰어 이쪽으로 달려오렴! 안 그럼 엄마가 그쪽으로 갈 거야!"

그러나 아무리 간청해도 말을 듣지 않고 으름장을 놓아도 전혀 놀라는 기색이 없던 펄은, 갑자기 짜증을 내며 거칠게 손과 발을 휘두르고 그 작은 몸을 있는 대로 뒤틀었다. 아이가 격렬한 발작과 함께 찢어지는 듯한 소리를 질러대자 그 소리는 숲 속 구석구석까지 메아리쳤다. 괜한 짜증을 부리고 있는 펄에게 마치 숲에 숨어 있던 온갖 것들이 동정하며 성원을 보내기라도 하는 듯이. 고요한 물거울에 비친 펄 역시 화를 내고 있었으며 화관과 나뭇잎으로 곱게 모양을 냈지만 마찬가지로 거친 몸짓으로 발을 동동 구르며 작은 검지로 헤스터의 가슴을 또렷이 손가락질하고 있었다.

"무엇이 저 애의 신경을 건드렸는지 알겠어요." 헤스터는 동요하는 아픈 마음을 열심히 감추려고 하면서도 파랗게 질린 얼굴로 목사에게 속삭였다. "아이들이란 매일 보던 눈에 익은 사물이 조금이라도 모습이 바뀌면 좀처럼 참을 수 없어 하죠. 펄은 제가 항상 몸에 달고 있던 것이 보이지 않아서 불만인 거예요!"

"부탁이니 어떻게든 저 아이를 달랠 방도를 좀 찾아보시오! 히빈스 부인처럼 늙은 마녀가 울부짖는 거라면 몰라도 아이가 저렇게 짜증 부리는 건 보고 싶지 않소." 목사는 애써 웃음 지으며 말했다. "어린 펄의 아름다움에는 그 주름투성이 마녀와 마찬가지로 어딘가 초자연적인 데가 있군요. 저 아이를 빨리 달래주시오. 나를 사랑하고 있다면!"

헤스터는 두 볼을 붉게 물들이며 목사를 한 번 곁눈질하고 나서 다시 펄 쪽으로 방향을 틀어 깊은 한숨을 내쉬었다. 그러나 입을 열기도 전에 볼의 핏기는 싹 가시고 창백해졌다.

"펄." 그녀는 슬프게 말했다. "네 발밑을 보려무나! 거기 말이야! 그 앞쪽! 시내의 이편!"

아이는 엄마가 말한 곳에 눈길을 주었다. 거기에는 주홍 글자가 떨어져 있었다. 주홍 글자는 흐르는 물 바로 옆에 떨어져 있었기 때문에 금색 자수가 물에 반사되고 있었다.

"그걸 이쪽으로 가지고 오겠니?"

헤스터가 말했다.

"엄마가 와서 주워요."

펄이 대답했다.

"어쩜 저런 애가 다 있지!" 헤스터는 곁에 있는 목사에게 말했다. "아아, 저 애에 대해선 하고픈 말이 너무 많아요. 하지만 이 끔찍한 상징에 관한 한 저 애가 옳아요. 좀 더 그 고통을 견디지 않으면 안 되는 거예요. 조금만 더, 이 땅을 떠나서 마치 꿈을 꿨던 것처럼 이곳을 추억 속에 떠올릴 수 있게 될 날까지는. 숲에서는 그 표시를 완전히 감출 수가 없네요. 넓디넓은 대양 한가운데로 가서 내 손으로 떼어내 영원히 바닷속에 잠겨버리게 할 거예요!"

이렇게 말하고 그녀는 작은 시냇가로 다가가서 주홍 글자를 주워 들고 다시 그것을 가슴에 붙였다. 바로 조금 전, 그녀는 희망을 품고 그것을 깊은 바다에 빠뜨리겠노라고 말했건만, 이 치명적인 상징을 운명의 손으로 되받았을 때 그녀 위에는 다시금 피하기 힘든 숙명의 기운이 감돌았다. 그녀는 그 표시를 무한한 심연 속에 내동댕이쳤다고 생각했는데! 잠시나마 자유로운 공기를 만끽했다고 생각했는데! 그랬는데 주홍빛 재앙은 원래의 그곳으로 돌아와 다시 반짝이고 있는 것이었다! 나쁜 일이란 주홍 글자와 같이 표시가 있든 없든 항상 숙명의 성격을 띠게 마련이다. 다음에 헤스터는 풍성한 머리카락을 한데 묶어 모자 밑으로 쑤셔 넣었다. 그러자 마치 그 슬픈 글자에는 사물을 시들게 하는 마력이 감추어져 있기라도 한 듯이, 그녀의 아름다움은 여자다운 매력이나 따뜻함과 함께 순식간에 사라지고 잿빛 그늘이 그녀 위에 드리워졌다.

이처럼 쓸쓸한 변신을 이루자 그녀는 펄에게 손을 내밀었다.

"이제 엄마를 알아보겠니?" 그녀는 나무라듯이, 그러나 온화한 어조로 물었다. "작은 시내를 넘어 이쪽으로 와서 다시 엄마를 가지려무나. 엄마는 부끄러움의 표시를 달았으니까. 다시 슬픈 엄마로 돌아왔으니까."

"그럴게요!" 아이는 이렇게 대답하고, 작은 시내를 뛰어넘어 헤스터를 두 팔로 꼭 안았다. "이제 됐어요. 정말로 내 엄마예요! 그리고 나는 엄마의 펄이고요!"

펄은 평소에 보기 드문 상냥한 태도로 엄마의 얼굴을 가까이 끌어당겨 이마와 볼에 뽀뽀를 했다. 그리고 다음에는 고통의 상징인 주홍 글자에 얼굴을 가까이 대고 입을 맞추었다.

"고약한 녀석." 헤스터는 말했다. "상냥하게 대해주는가 싶으면 곧바로 짓궂은 짓을 한다니까!"

"목사님은 왜 저기에 앉아 있어요?"

펄이 물었다.

"너를 기다리고 계신 거야." 엄마는 대답했다. "자, 어서 가서 축복을 받고 오너라! 목사님은 너도, 그리고 엄마도 사랑하셔. 너는 목사님을 사랑하지 않니? 자, 어서 가보렴! 목사님은 너를 무척 기다리고 계시니까!"

"목사님이 우릴 사랑한다고요?" 펄은 아주 영리한 표정으로 엄마를 올려다보며 말했다. "목사님은 우리와 같이 손을 잡고 마을로 돌아가는 거예요?"

214

"지금은 아니야." 헤스터는 대답했다. "하지만 머지않아 목사님은 우리와 함께 손을 잡고 걸어주실 거야. 우리는 집과 난로를 마련하고, 너는 목사님 무릎에 앉아 이야기를 들으며 많은 것을 배우고 사랑을 받게 될 거야. 너도 목사님을 사랑하지? 그렇지?"

"근데 목사님은 왜 항상 손을 가슴 위에 얹고 있어요?"

펄이 물었다.

"바보 같긴, 무슨 질문이 그러니!" 엄마는 외쳤다. "자, 어서 가서 축복을 받고 와!"

그러나 귀여움을 받고 자란 아이들이 흔히 그렇듯, 위험한 경쟁 상대에 대해 본능적으로 느끼는 질투심 탓인지, 아니면 펄 특유의 변덕 탓인지 아이는 목사에게 호의를 보이지 않았다. 발을 벌리고 완강히 뻗대며 얼굴을 찡그리는 아이를 엄마는 억지로 목사 곁으로 데려갔다. 펄이 각양각색으로 얼굴을 찡그려 보이자 목사는 몹시 당황하면서도 자신의 입맞춤이 불가사의한 힘을 발휘해서 그 마음을 풀기를 기대하며, 몸을 구부려 아이의 이마에 입을 맞추었다. 그러자 펄은 갑자기 엄마에게서 떨어져 시내 쪽으로 달려가, 달갑잖은 입맞춤의 흔적이 깨끗이 씻겨 내려가도록 한참 동안 흐르는 물에 이마를 담갔다. 얼마 후 아이는 조금 떨어진 곳에서 잠자코 헤스터와 목사를 바라보았는데, 그때 두 사람은 새로운 사태에 대처하기 위한 절차에 대해 서로 얘기를 나누고 있었다.

자, 이렇게 하여 이 숙명과도 같은 밀회는 끝이 났다. 계곡은 다시 어두운 고목들 속에 외롭게 남겨지고, 숲은 수많은 혀로 그곳에서 일어난 일들을 오래오래 전하고 또 전하겠지만, 인간의 귀에는 이해할 수 없는 메아리로 들릴 것이다. 그리고 침울하게 흐르는 시냇물 역시 여전히 속삭임을 멈추지 않으면서, 그렇지 않아도 버거웠던 이 숲 속의 신비에 새로운 이야기를 덧붙이게 될 것이다. 그러나 오랜 세월 읊조려온 가락이 경쾌해지는 일은 결코 없을 것이다.

20
미로를 헤매는 목사

목사는 헤스터 프린과 펄을 뒤로하고 숲을 떠날 때 문득 뒤를 돌아보았다. 엄마와 아이가 숲의 몽롱한 빛 속에서 연기처럼 희미하게 사라져가는 것이 보이지 않을까 생각한 것이다. 인생에 있어서 이렇게 중대한 변화를 있는 그대로 현실로 받아들이기는 힘들었다. 그러나 회색 옷차림의 헤스터는 여전히 통나무 옆에 서 있었다. 그 나무는 이 세상에서 가장 무거운 숙명을 짊어진 두 사람이 손을 맞잡고 앉아 잠시나마 휴식과 위안을 찾을 수 있도록, 먼 옛날 그곳에 폭풍이 불어 나무를 쓰러뜨리고 시간의 흐름이 그 위를 이끼로 덮은 것 같았다. 그리고 펄역시—지금은 방해꾼이던 제삼자가 없어졌으므로—작은 시냇가에서 가볍게 춤을 추면서 평상시처럼 엄마 옆에 서 있었다. 그러니 목사는 깊은 잠에 빠져 꿈을 꾼 게 아닌 것이다!

이처럼 몽롱하고 희미한 인상으로 인해 묘한 불안감에 싸이기 시작한 그는 그러한 상태에서 벗어나기 위해 헤스터와 함께 세운 계획을 다시 떠올리고, 더 명확하게 되짚어보았다. 군중과 도시가 밀집해 있는 구대륙은 인디언의 오두막, 혹은 해안가를 따라 유럽인의 정착지가 드문드문 흩어져 있는 뉴잉글랜드나 미국의 다른 어느 곳보다 훨씬 은둔하기 좋다는 점에서 두 사람의 견해는 일치했다. 목사의 건강이 고난에 찬 숲 속 생활과 맞지 않는 것은 두말할 것도 없었으며, 목사의 천부적인 재능과 교양, 그리고 인격은 오로지 세련된 문명 속에서만 안주할 자리를 찾을 수 있었다. 즉, 문명이 발달돼 있을수록 이 인물에게는 잘 맞았던 것이다. 이러한 선택을 실행에 옮기는 데 안성맞춤으로 가끔씩 한 척의 배가 항구에 닻을 내리곤 했다. 당시에는 드문 일이 아니었지만, 수상쩍은 순항선 한 척이 바다의 무법자라고까지는 할 수 없어도 제멋대로 바다를 휘저으며 해상을 어슬렁거리고 있었던 것이다. 이 배는 며칠 전 남미의 북쪽 해안에서 막 도착하여, 사흘 뒤에 브리스틀로 떠날 예정이었다. 헤스터 프린은 어려운 자들을 위해 스스로 자선수녀와 같은 역할을 도맡아 해온 덕분에 선장이나 선원들과도 꽤 낯을 익혀, 사정상 반드시 비밀을 유지해준다는 조건과 함께 어른 두 명과 아이 한 명을 배에 태워준다는 약속을 받아낼 수 있었다.

이 일에 적지 않은 관심을 갖게 된 목사는 배가 언제 출항할 예정인지 그 정확한 시일을 헤스터로부터 들었다. 그것은 지금으로부터 나흘 후가 될 것이라 했다.

"잘됐군!"

목사는 혼자 중얼거렸다. 여기서 목사가 왜 잘됐다고 생각했는지 그것을 밝히기는 좀 망설여지지만, 독자들에게는 무슨 일이든 숨기지 않겠다. 사흘 후, 목사는 선거에서 뽑힌 총독의 취임 축하 설교[1]를 하게 되어 있었던 것이다. 이 같은 일은 뉴잉글랜드의 목사에게 있어서 흔치 않은 영예로운 기회였고, 성직자로서의 경력을 마무리 짓는 시기나 방법으로서도 이러한 호기는 두 번 다시 없을 것이었다.

이 모범적인 목사는 생각했다.

'적어도 그들은 나에 대해 이렇게 말하겠지. 저 목사는 맡겨진 의무를 모두 성실하게 완수했을 뿐만 아니라 훌륭하게 해냈다고!'

그렇게 심오하고 정확했던 목사의 자기성찰 능력이 이토록 비참하게 잘못되다니, 얼마나 가슴 아픈 일인가! 우리는 이미 이 인물에 대해서 좋지 않은 얘기를 들었고 앞으로도 듣게 될 것이다. 그러나 이렇게 한탄스런 나약함을 보는 일은 또 없을 것이다. 이는 벌써 오래전부터 병마가 목사의 인격의 본질을 갉아먹기 시작했다는 증거였다. 누구든지 오랫동안 하나의 얼

---

1) 초기 매사추세츠 만 식민지의 수도 보스턴에서는 매년 5월 하순이나 6월 초순에 총독 및 그 외의 행정 장을 뽑는 선거를 실시하고, 당선인의 취임을 축하하는 설교가 행해졌다. 그리고 그 설교자로 선정되는 것은 목사로서 최대의 명예라 여겨졌다.

굴은 자신을, 또 하나의 얼굴은 대중을 향해 돌리고 있으면 결국 어느 쪽이 진짜인지 알 수 없게 되는 법이다.

딤스데일 목사는 헤스터를 만나고 나서 감정이 꽤 격앙된 탓인지, 평소와 달리 힘이 솟구쳐서 빠른 걸음으로 마을을 향했다. 숲의 오솔길은 들어섰을 때보다 한층 더 힘들게 느껴졌고 자연의 장애물로 인해 더 황폐하고 거칠게 보였다. 그러나 그는 진흙탕을 뛰어넘고 엉겨 붙는 나무 그늘의 잡초를 헤치면서 언덕을 기어오르기도 하고 움푹 팬 땅으로 뛰어내리기도 했다. 자신도 놀랄 만큼 지칠 줄 모르는 힘을 발휘하여 자신의 길을 헤쳐나가고 있었던 것이다. 바로 이틀 전엔 똑같은 이 길을 쇠할 대로 쇠한 몸으로, 가쁜 숨을 몰아쉬며 가까스로 걸어가지 않았던가. 마을이 가까워짐에 따라 낯익은 사물들이 차례로 눈에 들어왔지만 그것은 완전히 인상이 달라져 있었다. 이것들을 마지막으로 본 것이 며칠, 아니 몇 년은 된 것 같았다. 마을의 거리는 그가 기억하고 있는 그대로였다. 집들도 변함이 없고 박공지붕도 마찬가지였으며 바람개비가 돌던 곳엔 그대로 바람개비가 돌고 있었다. 그럼에도 불구하고 달라졌다는 인상이 집요하게 따라붙어 떨어지지 않았다. 그가 만난 낯익은 사람들도, 이 작은 마을의 갖가지 뻔한 생활 형태도 마찬가지였다. 그들이 실제보다 더 늙어 보이는 것도, 더 젊게 보이는 것도 아니었다. 노인의 수염이 더 하얘진 것도, 어제까지 기어 다녔던 아기가 오늘 발딱 일어서서 걷고 있는 것도 아니었다. 지난번 헤어질 때에 그가 보았던 사람들의 어디가 어떻게 변했는가를 설명하는 건 불가능했지만, 그래도 목사는 마음 깊은 곳에서 그들의 변화를 의식했다. 이러한 인상을 제일 강하게 받은 것은 자신의 교회 아래를 지나칠 때였다. 그 건물이 서 있는 모습이 묘하게 생소하면서도 아주 낯익은 느낌이 들어 딤스데일 목사의 마음은 두 가지 생각 사이에서 흔들렸다. 과연 이 건물이 지금까지 꿈속에서 보아온 것인지, 아니면 현재 꿈에서 보고 있는 것인지 의아했던 것이다.

이 현상은 다양한 형태를 취했다. 그것은 외양이 변화했음을 나타내는 것이 아니라, 낯익은 정경을 보고 있는 자에게 너무나도 급격하고 심대한 변화가 일어난 것이라고 볼 수 있었다. 그래서 겨우 하루의 경과가 몇 년에 필적할 만한 작용을 그의 의식에 미친 것이다. 목사 자신의 의지와 헤스터의 의지, 그리고 두 사람 사이에 생긴 운명이 이 변화를 초래한 것이었다. 마을은 예전 그대로의 마을이었지만 숲에서 돌아온 목사는 예전의 목사가 아니었다. 그를 알아보고 인사하는 친구들에게 목사는 이렇게 말했을지도 모른다.

"나는 당신들이 생각하는 그런 사람이 아닙니다! 나는 그 사람을 저편 은밀한 숲 속에 두고 왔습니다. 움푹 파인 작은 시냇가의, 이끼가 무성한 통나무 옆에 말이지요! 자, 당신들의 목사를 찾으러 가보십시오. 그 야위고 쇠약한 몸에 비쩍 마른 볼과 고통으로 주름진 하얀 이마를 가진, 고통으로 짓눌린 창백한 목사가, 벗어 내팽개친 옷처럼 거기에 버려져 있는지 확인해보세요!"

그래도 필시 그의 친구들은 이렇게 주장할 것이다.

"당신이 바로 우리의 목사님입니다."

그러나 틀린 것은 그들이지 목사는 아닐 것이다.

딤스데일 목사가 집에 도달하기 전에, 그의 사고와 감정의 영역에 대단한 변혁이 일어났다는 또 다른 증거가 제시되었다. 사실 그 내부에서 일어난 사고방식과 도덕률의 변화는 이 불행한 목사의 착잡한 마음에 엄습하는 충동을 가장 잘 설명하고 있었다. 발을 내딛을 때마다 그는 무언가 사악한 짓을 저지르고픈 충동에 사로잡힌 것이다. 그것은 무의식적임과 동시에 의도적이며, 그 충동에 저항하는 자아보다 더 깊숙한 곳에서 솟아오르는 것 같았다. 그는 자신의 교회 집사 중 한 사람을 만났다. 이 선량하고 정직한 노인은 집사라는 입장에서, 또 아버지와 같은 애정과 목사에 대한 존경심을 담아 목사에게 말을 걸었다. 상대에 대한 존경심이, 나이에서 배어나는 위엄과 아주 잘 조화되어 있었다. 그런데 딤스데일 목사는 이 고결한 백발의 집사와 잠시 얘기를 나누는 사이, 성찬식에 대해 떠오른 어떤 불경스러운 제안을 하마터면 내놓을 뻔했다. 그러나 세심한 주의와 극도의 자제심을 발휘한 덕분에 가까스로 위기를 모면할 수 있었다. 혀가 제멋대로 움직여 그런 끔찍한 일을 실제로 입 밖에 낸 것은 아니었지만, 그 제안에 동의나 하지 않을까 두려워 목사는 온몸이 떨리고 재처럼 창백해졌다. 그렇지만 이런 두려움을 가지고 있으면서도 그 성자같이 근엄한 노집사가 자신의 모독적인 발언을 듣고 놀란 나머지 뒤로 자빠질 모습을 상상하면 웃음이 터져 나오는 걸 참기 힘들었다.

또 비슷한 일이 있었다. 거리를 바삐 걸어가는 도중 딤스데일 목사는 자신의 교회에 다니는 제일 나이 많은 부인을 만났다. 상당히 독실하고 모범적인 노부인으로 빈곤하고 고독한 과부 생활을 하고 있었으며, 죽은 남편이나 아이들, 또 먼 옛날에 잃어버린 친구들 생각을 마치 묘비로 가득 찬 공동묘지처럼 가슴에 품고 사는 사람이었다. 이러한 것은 보통 커다란 슬픔의 씨앗이 되었을 텐데, 이 부인의 경우엔 종교적인 위안과 성서가 전달하는 진리 덕분에 그러한 슬픔을 경건한 영혼 속에서 오히려 장엄한 기쁨으로 바꾸면서 30년도 넘게 마음의 양식으로 삼아온 터였다. 그리고 그녀가 딤스데일 목사의 신자가 된 후부터 이 노부인의 유일한 위안은—이것이 또한 천국에서의 위안이 아니라면 아무 가치도 없었을 것이다—특별한 용무도 없이, 혹은 특별한 용무를 가지고 목사를 만나 존경하는 목사의 입술에서 새어 나오는 따뜻하고 향기로운 복음의 진리를 잘 들리지 않는 귀로 희열을 느끼며 경청하는 것이었다. 그러나 딤스데일 목사는 그 입술을 노부인의 귓가에 대는 순간, 악마가 바라던 대로 성서의 말 따윈 전혀 기억해낼 수가 없었고 단지 머리에 떠오르는 것은 평소의 생각과는 다른, 인간 영혼의 불멸성을 부정하는 간결하고 강력하며 반론의 여지가 없는 논리였다. 만약 그 논리를 그녀의 마음에 불어넣었다면 강력한 독소를 주입한 것과 마찬가지로 이 독실한 신자는 그 자리에서 쓰러져 죽어버렸을 것이다. 그러나 실제로 무엇을 애기했는지는 그 후에도 목사는 기억해낼 수가 없었다. 아마 그때 다행히도 그의 목소리에 이상이 생겨서 이 독실한 과부가 이해할 수 있는 명확한 관념이 아무것도 전달되지 않았든지, 아니면 신이 그만의 독특한 수단으로 말을 바꾸어 전달했든지 둘 중의 하나였을 것이다. 목사가 뒤를 돌아봤을 때 본 것은 주름이 자글자글한 얼굴에 떠오른 거룩하고 황홀한 감사의 표정으로, 그것은 하늘에서 뿜어져 나오는 광채처럼 얼굴 하나 가득 빛나고 있었다.

그러고 나서 세 번째로 이 늙은 신자에게 이별을 고한 다음 그는 자신의 교회에서 가장 젊은 여신도를 만났다. 그녀는 믿음을 가진 지 얼마 안 되는 아가씨로, 딤스데일 목사가 철야 수행을 실시한 후의 안식일 날 그의 설교를 듣고 신앙을 갖게 되었다. 그녀의 소원은 속세의 허무한 쾌락을 버리는 한편 그녀를 둘러싼 인생이 어두워짐에 따라 밝기를 더하고, 결국에는 주위의 어둠을 궁극적인 영광으로써 찬연히 빛나게 하는 천상의 희망을 손에 넣는 것이었다. 그녀는 천국에 핀 백합처럼 아름답고 순수했다. 목사는 바로 자신이 그녀의 순결한 마음의 성역 안에 모셔져 있고, 그 주위에는 눈과 같이 하얀 커튼이 드리워져서 종교에는 사랑의 따뜻함을, 사랑에는 종교의 순수함을 부여하고 있다는 것을 잘 알고 있었다. 그런데 악마는 그날 오후 이 가련한 아가씨를 어머니의 곁에서 불러내어, 가슴 아프게도 악마의 유혹에 굴복해버린 남자—아니, 말하지 않는 편이 좋을까?—자포자기 상태에 빠진 채 길을 헤매는 이 남자가 지나는 길로 이끌어낸 것이다. 그녀가 다가오자 악마는 목사에게 속삭여서, 작게 졸아들어 그녀의 부드러운 가슴속으로 숨어들어가 반드시 검은 꽃을 피우고, 이윽고 검은 열매를 맺게 될 악의 씨를 심도록 부추겼다. 이때 그는 이 아가씨의 영혼을 지배하는 자신의 힘을 알고 있었고, 또 아가씨 역시 완전히 그를 믿고 있었기 때문에 사악한 눈길을 한 번 던지는 것만으로도 그 순결한 화원을 통째로 시들게 하고, 단순한 말 한마디로도 그것을 악마의 화원으로 바꾸어놓을 수 있으리라 생각했다. 그렇기 때문에 바로—온 힘을 다해 최대한의 자제심을 발휘하여—자신의 검은 예배복으로 얼굴을 가리고 알아보지 못한 척하며, 젊은 신자가 그의 무례를 어떻게 생각하든 그대로 옆을 성큼성큼 지나쳐 갔다. 그녀는 자신의 마음속을 샅샅이 더듬으며—그 마음은 그녀의 재봉 꾸러미처럼 천진난만한 소품들로 가득 차 있었다—불쌍하게도 자신이 무슨 나쁜 짓이라도 했는가 깊은 고민에 빠져, 다음 날 아침 집안일을 도우려고 일어났을 때는 눈이 퉁퉁 부어 있었다.

이 최후의 유혹을 극복한 승리감에 도취할 겨를도 없이 목사는 더 기막힌 충동을 느꼈다. 그것은—입 밖에 내기도 부끄러운 일이지만—길 한가운데에 멈춰 서서 그곳에서 놀고 있는, 겨우 말귀를 알아들을 만한 나이의 청교도 아이들에게 무언가 사악한 말을 가르쳐주고 싶다는 충동이었다. 이 충동을 가까스로 억눌러 자제했을 때, 목사는 카리브 해 부근에서 온 술 취한 뱃사람 하나를 만났다. 그때까지 갖가지 사악한 충동과 과감히 싸워 이겨낸 목사는 이번엔 이 숯덩이처럼 새카만 부랑자와 악수를 하고, 이런 방종한 어부들이 자랑 삼아 하는 속된 말을 내뱉으며 전지전능한 하나님을 경멸함으로써 기분 전환을 하고 싶어 견딜 수가 없었다! 그는 이 위기도 무사히 넘겼지만 그것은 훌륭한 사고방식 덕분이라기보다는 타고난 고상한 취향 때문이었고, 또 그 이상으로 목사로서의 행동거지가 습성이 되어 있었던 때문이었다.

"이렇게 끈질기게 따라붙어 나를 유혹하는 것은 도대체 무엇이란 말인가?" 결국 목사는 마을 한가운데에 멈춰 서서 손으로 이마를 치며 자신을 향해 외쳤다. "내가 정신이 돌았나? 아니면 악마에게 완전히 몸을 팔아버린 것인가? 나는 숲에서 악마와 계약을 맺고 피로 서명이라도 한 것일까? 그리고 악마는 지금 온갖 사악한 상상력을 동원하여 악을 저지르도록 나를 선동하고 의무를 수행하도록 명령하는 것일까?"

딤스데일 목사가 이처럼 자문하면서 자신의 머리를 툭툭 치고 있을 때, 마녀라는 소문이 파다한 노파, 히빈스 부인이 길을 지나고 있었다고 한다. 그녀는 거창하게 몸을 치장한 채였다. 높이 치솟은 머리 장식에 호화로운 벨벳 가운을 걸치고, 그녀의 각별한 친구인 앤 터너[2]가 토마스 오버베리 경 살해 혐의로 교수형에 처해지기 전에 가르쳐줬다는 그 유명한 노란 풀로 빳빳하게 풀을 먹인 주름 깃을 달고 있었다. 이 마녀는 목사의 생

---

2) p.107 주3 참조.

각을 간파했는지 그의 얼굴을 날카롭게 주시하고 의미심장한 웃음을 띠며 목사에게 말을 걸어왔다.

"목사님, 숲에 다녀오시는 길이군요." 마녀는 높이 치솟은 머리 장식을 흔들거리며 말했다. "다음에 가실 때는 저도 좀 불러주시지 않겠어요? 기꺼이 함께 가드릴게요. 자랑은 아니지만 제가 말을 좀 해두면 어떤 낯선 사람이라도 대왕님은, 당신도 잘 알고 계시는 그 대왕님 말이에요, 대환영해주실 거예요!"

"부인." 목사는 노파의 신분에 맞추어, 그리고 자신의 교양에 어긋나지 않는 태도로 예절을 다해서 대답했다. "제 양심과 인격을 걸고 말씀드리건대, 부인이 무슨 말씀을 하시는지 전혀 이해할 수가 없군요! 제가 숲에 간 것은 대왕님인지 뭔지를 만나기 위해서가 아닙니다. 그리고 앞으로도 그와 같은 호의를 얻기 위해 숲에 갈 생각은 없습니다. 제가 숲에 간 유일한 목적은 단지, 친구이자 독실한 전도사인 엘리엇을 만나서 그가 이교도들로부터 획득한 귀중한 영혼에 대해 서로 얘기를 나누고 기쁨을 함께하기 위해서였습니다!"

"하, 하, 하!" 늙은 마녀는 여전히 높이 치솟은 머리 장식을 목사를 향해 끄덕이며 큰 소리로 웃었다. "과연, 과연, 대낮엔 그런 식으로 얘기하지 않으면 안 되죠! 상당히 훌륭하시군요! 그러나 한밤중의 숲 속에서는 우리 다른 얘길 하자고요!"

그녀는 노부인다운 위엄을 갖추고 길을 지나쳐 갔지만, 서로 은밀한 사이임을 내비치듯 몇 번이나 뒤를 돌아보며 그에게 웃음을 던졌다.

'정말 내가 자신을 팔아버렸단 말인가?' 목사는 생각했다. '노란 풀을 먹인 옷깃에 벨벳 옷을 걸친 늙은이가 왕이자 주인으로 모시고 있는 그 악마한테!'

가련한 목사여! 그는 정말 이와 비슷한 선택을 하고 만 것이다! 행복의 꿈에 현혹되어 지옥으로 떨어지는 대죄라는 것을 알고 있으면서도, 예전엔 상상조차 할 수 없었던 것에 스스로 몸을 맡겨버리고 말았다. 그리고 독소는 재빠르게 전염되어 그의 정신 체계 구석구석까지 침투했다. 그것은 성스러운 사고를 마비시키는 동시에 여러 사악한 충동에 숨결을 불어넣어 눈을 뜨게 했다. 경멸, 냉소, 근거 없는 악의, 불합리하고 사악한 충동, 선하고 성스러운 것에 대한 가차 없는 야유 등이 차례차례 눈을 뜨고 그를 위협하면서 부채질했다. 만약 그가 노파 히빈스를 만난 것이 사실이라면 그것은 바로 그가 악인이나 사악한 영혼들의 세계에 공감을 느끼고 동료 의식을 품었다는 증거였다.

이럭저럭 묘지 끝에 있는 자신의 거처에 도달하자, 그는 서둘러 계단을 올라가 서재로 도망쳤다. 목사는 마을을 걷는 동안 끊임없이 그를 부채질하고 재촉했던 그 정체 모를 사악한 기행을 실제로 저지르지 않고 무사히 은신처로 돌아올 수 있었던 것에 안도의 숨을 내쉬었다. 그는 자신의 방에 들어가 눈에 익은 책들과 창문, 난롯가, 색실로 짠 벽걸이 장식 등을 돌아보았다. 그러나 숲의 계곡으로부터 마을을 빠져나와 이곳으로 오기까지 줄곧 그의 뇌리를 맴돌았던 기묘한 느낌은 사라지지 않았다. 여기에서 그는 책을 읽고 글을 썼다. 여기에서 그는 단식과 철야 수행을 실시하고, 거의 죽었다가 되살아나기도 했다. 여기에서 그는 온 마음을 다해 기도하면서 수많은 고통을 견뎌낸 것이다! 이곳에는 히브리어로 쓰인 은혜로운 성서가 있어, 모세나 예언자들이 그에게 말을 걸고 그 모든 것엔 신의 목소리가 깃들어 있었다! 책상 위에는 잉크로 얼룩진 펜 옆에 아직 쓰다 남은 설교 원고가 놓여 있었다. 그것은 이틀 전 생각이 고갈되어 도중에 펜을 놓은 그대로였다. 이처럼 많은 것을 행하고 많은 고통을 견디고 총독 취임 설교 원고까지 쓴 사람은, 다름 아닌 야위고 창백한 자기 자신인 것이다! 그러나 지금의 그는 이러한 예전의 자신을 거리를 두고 깔보며 가련히 여기면서도, 한편으론 호기심을 가지고 부러운 듯 바라보는 것 같았다. 그러한 자신은 이제 존재하지 않는다! 숲 속에서 생판 다른 사람이 되어 돌아온 것이다! 이전의 단순한 목사의 머리로는 도저히 헤아릴 수 없는, 숨겨진 신비에 대한 지식을 갖춘 영리한 남자가 되어 돌아온 것이다! 그러나 그것은 얼마나 소름 끼치는 지식인가!

이러한 생각에 잠겨 있을 때, 서재의 문을 두드리는 소리가 들렸다. 목사는 "들어오세요!"라고 말했지만, 악마를 보게 되는 것은 아닐까, 두려움이 앞서기도 했다. 그리고 예상은 적중했다! 로저 칠링워스가 들어온 것이다. 목사는 히브리어 성서 위에 한 손을 놓고 다른 한 손은 가슴 위에 얹은 채 창백한 얼굴로 서 있었다.

"돌아오셨군요, 목사님." 의사가 말했다. "엘리엇 전도사님은 어땠나요? 그런데 기분 탓인지 안색이 안 좋아 보이시는군요. 혼자서 황야를 여행한 게 몸을 해친 모양입니다. 총독 취임 축하 설교를 하려면 어서 기력을 회복하셔야 할 텐데, 도움이 필요하지 않으신지요?"

"아뇨, 필요 없습니다." 딤스데일 목사가 대답했다. "오랫동안 서재에 틀어박혀 있다가 참으로 오랜만에 여행을 했지요. 그쪽에서 성자와 같은 전도사를 만나고, 또 자유로운 공기를 한껏 들이마셨더니 아주 좋아진 것 같습니다. 물론 선생님의 약은 친절한 우정을 담아 조제하는 것이니 좋기야 하겠지만, 이제 그건 필요가 없을 것 같군요."

그사이 로저 칠링워스는 의사가 환자를 볼 때의 성실하고 진지한 눈초리로 계속 목사를 쳐다보고 있었다. 그러나 이러한 분위기와는 달리, 목사는 이 노인이 자신과 헤스터 프린이 만난 사실을 알고 있거나, 적어도 만났으리라 의심하고 있을 것이라고 확신했다. 그리고 의사 쪽에서도 목사가 자신을 이미 신뢰할 만한 친구로 여기지 않고 최악의 적으로 간주하고 있다는 것을 깨달았다. 일이 이렇게 된 이상, 그 한 부분이 표면으로 드러나는 것은 당연할 것이다. 그러나 말이 상황을 구체적으로 표현하기까지는 상당한 시간이 걸리는 것으로, 두 사람이 주의 깊게 어떤 주제를 피하려 하는 경우, 양쪽이 그 근처까지 접근하면서도 태연하게 다시 물러서는 건 참으로 신기한 일이다. 그래서 목사는 로저 칠링워스가 서로의 본심을 노골적인 언사로 건드리지 않을까 하는 우려는 하지 않았다. 그러나 음험한 의사는 교묘한 방식으로 비밀의 아주 가까운 곳까지 슬그머니 다가갔다.

"어떻습니까." 그는 말했다. "오늘 밤에 변변치는 않지만 제 기량을 시험해보시지 않겠습니까? 어찌 됐건 이번 축하 설교에 대비해서 목사님의 원기를 북돋아 드리는 것이 저의 의무니까요. 사람들은 목사님께 큰 기대를 걸고 있습니다. 내년에는 더 이상 목사님을 뵐 수 없을 거라는 걱정도 있고요."

"그래요, 다른 세상에 가 있을 테니." 목사는 체념한 듯한 목소리로 대답했다. "하지만 좋은 세상이었으면 좋겠군요. 실은 앞으로 1년 사계절을 신자들과 함께 지낼 수 있을 거라고는 생각하고 있지 않습니다! 선생님의 친절은 정말 고맙지만, 현재의 몸 상태로 보면 필요가 없을 것 같습니다."

"그거 다행이군요." 의사는 대답했다. "제가 처방한 약이 오랫동안 약효가 없었는데, 이제 드디어 효능을 나타내기 시작한 것일까요. 그처럼 약효가 확실하다면, 이제 모든 뉴잉글랜드 주민들로부터 감사를 받을 테니 정말 기쁘기 그지없군요!"

"항상 정성 들여 건강을 돌봐준 점 진심으로 감사드립니다." 딤스데일 목사는 근엄한 미소를 띠며 말했다. "정말 고맙게 생각합니다만. 그 은혜에 보답하는 길은 오로지 기도밖에 없군요."

"훌륭하신 분의 기도는 황금과도 비교할 수 없는 것이지요!" 로저 칠링워스는 자리를 뜨면서 말했다. "그래요, 기도란 새로운 예루살렘에서 통용되고 있는 금화랍니다. 거기엔 하늘이 주조했음을 증명하는 각인이 찍혀 있지요!"

혼자 남게 되자 목사는 하인을 불러서 식사를 주문하고, 운반된 식사를 허겁지겁 먹어치웠다. 그러고 나서 쓰다 만 축하 설교의 원고를 불에 던져 넣고 곧바로 다른 것을 쓰기 시작했는데, 사고와 감정이 어찌나 풍부하게 넘쳐흐르던지 혹시 자신에게 하늘의 영감이 내린 것은 아닐까 하는 생각이 들 정도였다. 한편으로 그는 어째서 이렇게 더럽혀진 파이프오르간을 통해 위대하고 장엄한 하늘의 음악을 전하도록 신이 허락하셨을까 의아해하기도 했다. 그러나 신비는 자연스럽게 풀리도록 놔두기로 하고, 혹은 영원히 풀리지 않을지도 모르겠지만, 그는 열정적으로, 거의 황홀경에 빠져 일을 계속했다. 이렇게 하여 밤은 날개 달린 준마처럼 쏜살같이 지나갔다. 그는 이것에 올라타고 있었다. 아침이 되자 황금색 빛줄기가 서재에 내리쬐고 목사의 혼미한 눈에도 와 닿았다. 그는 펜을 손가락에 낀 채 자신이 더듬어온 광활하고 끝없는 문장의 세계를 뒤로하고 거기에 서 있었다!

21
뉴잉글랜드의 축일

새 총독이 시민들의 손에 의해 그 직권을 이양받는 날, 아침 일찍 헤스터 프린과 펄은 마을 광장으로 나왔다. 광장은 벌써 마을 일꾼들이나 주민들이 몰려들어 혼잡했고 그 속에는 막되고 험악한 모습의 사람들도 상당수 있었는데, 사슴 가죽으로 만든 옷을 걸치고 있는 것에서 그들이 이 작은 도시 주변에 산재해 있는 숲의 개척지 주민이라는 것을 알 수 있었다.

이 공식적인 축일에도 헤스터는 과거 7년 동안의 다른 축일 때와 마찬가지로 수수한 잿빛 옷을 입고 있었다. 그 옷 빛깔이, 아니 그 형용하기 힘든 특이한 옷차림이 그녀의 윤곽을 흐리게 하고 있었다. 하지만 한편으로 주홍 글자가 희미한 빛으로부터 그녀를 끌어내고, 그 글자가 상징하는 도덕적인 기운 아래서 그녀를 부각시켰다. 마을 사람들에게는 이제 익숙한 그녀의 얼굴은 대리석처럼 차갑고 조용했다. 그것은 가면과도 같았다. 아니, 꽁꽁 얼어붙은 시체처럼 고요했다. 사실 그녀는 세상의 동정을 받을 자격이 부족하다는 점에서, 그리고 세상 사람들과 섞여 있는 것 같으면서도 실은 세상의 울타리 밖에 있다는 점에서 죽은 자와 마찬가지라고 할 수 있었다.

하지만 이날만큼은 어쩌면 예전에는 볼 수 없었던 표정이 보였을지도 모른다. 이때도 실은 겉으로 확실하게 드러나 보이진 않았을 테지만, 마음에 따른 변화를 얼굴 표정이나 태도에서 찾아낼 수 있는 특별한 능력을 가진 사람이 있다면 발견했을 것이다. 그 같은 독심술을 터득한 자라면, 그녀가 비참했던 7년간 사람들의 멸시의 표적이 되어 그것을 숙명이라 여기고 참회하며 견뎌왔지만 이것을 마지막으로 스스로 나서서 사람들의 시선을 정면으로 받아들이고 오랜 기간의 고통을 하나의 승리로 전환시킬 작정을 하고 있다는 걸 간파했을지도 모른다.

"주홍 글자와 그것을 단 여자는 이것이 마지막이니 실컷 보세요!"

대중의 희생양이요, 일생의 노예였던 그녀는 그러한 그들에게 말해주고 싶었을 것이다.

"이제 조금만 더 지나면 그 여잔 당신들 손이 닿지 않는 곳에 있게 됩니다! 이제 두세 시간만 지나면, 당신들이 그 여자 가슴 위에서 타오르게 했던 상징은 저 넘실대는 깊은 파도 속에 잠겨 영원히 모습을 감추게 될 거예요!"

자신의 생존과 이처럼 깊게 연결되어버린 고통으로부터 해방되려 하는 이 순간에 이르러, 헤스터의 마음에 일말의 뉘우침이 아주 없었다고는 할 수 없을 것이다. 그러나 여자로서 한창 행복했어야 할 시기에 끊임없이 핥아온 쓰디쓴 고난의 잔을 이것을 마지막으로 단번에 비워버리고 싶다는 억누르기 힘든 욕망이 솟구쳐 오르지 않았을까? 그러고 나서 그녀의 입술에 닿는 인생의 술잔은 멋진 조각이 새겨진 황금의 잔이 될 것이요, 거기에 부어지는 술은 향기롭고 달콤한 환희의 술, 혹은 쓰디쓴 즙의 잔재를 마셔온 후인만큼 걷잡을 수 없는 나른함을 가져다주는 인생의 술일 것임에 틀림없다.

펄은 사람의 아이라고 믿기 힘들 만큼 아름다운 모습이었다. 이 찬란하게 빛나는 환영이 음울한 잿빛 여인에게서 태어났다고 상상하기는 어려울 것이다. 또 그 같은 아이의 의상을 고안하기 위해서 반드시 필요했을 화려하고 섬세한 상상력이, 헤스터의 소박한 의상에 붙어 있는 독특한 상징을 만들어낸 상상력이었다고는 더군다나 생각지 못할 일일 것이다. 그만큼 펄에게 어울리는 의상이란 이른바 펄의 성격에서 흘러나와 불가피하게 형성된 것으로, 나비의 날개에서 다채로운 광채를, 아름다운 꽃잎에서 빛나는 색채를 떼어놓을 수 없는 것과 마찬가지로 펄의 옷은 그 아이의 성격과 불가분의 관계에 있었다. 게다가 이 축일에는 아이의 기분도 묘하게 흥분되어, 마치 가슴을 장식하고 있는 다이아몬드의 광채가 심장의 고동 소리에 따라 미묘하게 빛을 바꾸는 것 같았다. 어린아이라는 건 항상 주변 사람들의 심적인 동요에 공감하는 법이다. 특히 그 종류를 불문하고 가정 내에 걱정거리가 있다든가 커다란 변화가 닥쳐오고 있을 때는 누구보다도 재빨리 그 냄새를 맡는 것이다. 그러므로 엄마의 가슴을 장식하는 보석 같은 펄은 엄마 곁에서 누구도 감지할 수 없는 그 대리석과 같은 냉정한 표정에서 마음의 동요를 감지하고 공감하고 있었다.

이 흥분 때문에 아이는 엄마 옆을 걷고 있다기보다는 오히려 작은 새와 같이 폴짝폴짝 뛰어오르고 있었다. 아이는 쉴 새 없이 무슨 뜻인지 알 수 없는 노래를 요란하게, 때로는 귀가 찢어질 듯한 소리로 불러댔다. 아이는 엄마와 광장에 도달하자 그곳에서 사람들의 술렁임과 활기를 감지하고 더욱 침착함을 잃었다. 왜냐하면 평상시 이곳은 마을의 번화가라기보다 교회 앞의 넓고 쓸쓸한 풀밭에 불과했기 때문이다.

"와, 어떻게 된 거예요, 엄마?" 펄이 외쳤다. "어째서 오늘은 모두 일을 쉬고 있나요? 오늘은 온 세상이 노는 날인가요? 보세요. 저기 대장장이 아저씨가 있어요! 숯 검댕이 묻은 더러운 얼굴을 씻고 모양을 냈네요. 누구든 건드리기만 하면 웃음을 터뜨릴 것 같아요! 게다가 간수 할아버지 브래킷도 있어요. 나를 보고 고개를 끄덕이며 웃고 있네요. 왜 저러죠, 엄마?"

"네가 아기였을 때를 기억하고 있기 때문이란다."

헤스터가 대답했다.

"그래도 나를 보고 끄덕이거나 웃지 않았으면 좋겠어요. 검고 보기 싫은 눈을 하고 있는걸!" 펄은 말했다. "끄덕이고 싶으면 엄마한테 끄덕이면 되잖아요. 엄마는 회색 옷을 입고 주홍 글자를 붙이고 있으니까. 그런데 봐요, 엄마. 처음 보는 사람들이 많아요. 인디언도 있고 뱃사람들도 있어요! 왜 이렇게 많은 사람이 광장에 모여드는 거죠?"

"행렬이 지나가는 걸 보려고 기다리는 거야." 헤스터는 말했다. "총독님과 판사님, 목사님처럼 높고 훌륭한 분들이 악대와 함께 행진하고, 또 병사들도 그 앞에서 행진하거든."

"그럼 그 목사님도 오세요?" 펄이 물었다. "그때 작은 시냇가에서 만났을 때처럼 나에게 두 손을 내밀어 주실까요?"

"목사님도 오신단다." 어머니는 대답했다. "하지만 오늘은 인사해주시지 않을 거야. 너도 인사해서는 안 되고."

"참 불쌍하고 이상한 목사님이네요!" 아이는 혼잣말하듯 중얼거렸다. "지난번 저쪽 처형대에 함께 섰을 때처럼 어두운 밤중에는 우리를 곁에 불러 엄마와 내 손을 잡아주셨잖아요! 그리고 오래된 나무랑 하늘만 있는 숲 속 깊숙한 곳에서는 이끼 위에 앉아 엄마와 얘기를 하셨고요! 목사님은 내 이마에 입까지 맞추었어요. 그건 시냇물로도 씻기지 않았다고요! 하지만 해님이 비치고 사람들이 가득 있는 여기에서 목사님은 우리를 모르는 척하고, 우리도 목사님을 모르는 척하지 않으면 안 되는군요! 너무 불쌍하고 이상한 목사님이에요. 항상 손을 가슴 위에 얹어놓고!"

"조용히 해라, 펄! 너는 아직 몰라." 어머니가 말했다. "이제 목사님 생각은 그만두고 주위를 좀 둘러보렴. 오늘은 모두의 얼굴이 빛나고 있지. 오늘은 새로운 사람이 총독이 되는 날이란다. 그래서 오래된 세상이 지나고 풍족하고 멋진 새 시대가 찾아온 것처럼 모두들 즐겁게 축하하는 거야!"

헤스터가 말한 대로 사람들의 얼굴이 예전에 찾아볼 수 없었던 기쁨으로 빛나고 있었다. 청교도들은—그때 이미 그러했고 그 후 2백 년간에 걸쳐서도 그러했던 것처럼—그들이 인간의 약점이라 생각하면서도 허용하고 있었던 축제의 떠들썩한 쾌락을 오로지 이 한 날에 압축하고 있었던 것이다. 그렇게 함으로써 평소의 암운을 걷어치워 버리고 그들은 축일 하루만큼은 다른 사회에서 보편적인 고통을 겪는 사람들의 표정 이상의 딱딱한 표정은 짓지 않았다.

물론 당시의 분위기나 풍습은 잿빛이나 검은빛 색조로 성격 지을 수 있겠지만, 우리가 그 점을 지나치게 강조하는 경향이 있는 것도 사실이다. 지금 보스턴의 광장에 모여 있는 사람들이 태어나면서부터 청교도의 침울함을 몸에 붙이고 있었던 것은 아니었다. 그들은 영국 태생으로, 그 부친들은 엘리자베스 왕조의 밝고 윤택한 환경 속에서 살아갔다. 그 시대의 영국 생활 풍경을 하나의 커다란 집단으로서 바라본다면, 세계가 그때까지 목격한 적이 없는 당당하고 장려하며 쾌활한 집단이었다. 만약 뉴잉글랜드의 주민들이 그 전통적인 취향을 계승하고 있었다면 그들은 온갖 중요한 공식적인 행사를 불꽃놀이나 연회, 의식, 야외극, 행진 등으로 화려하게 수놓았을 것이다. 또 장대한 의식을 거행함에 있어서도 장엄함에 오락적인 요소를 가미하여, 가령 이러한 축제 때 입는 고상한 예복에 신비하고 화려한 수를 놓지 말라는 법도 없었을 것이다. 식민지에서 새로운 정치가 시작되는 이 축복할 만한 날에 이러한 종류의 시도가 없지는 않았다. 그들이 추억 속에 그리는 옛 런던에서 본 것, 국왕의 대관식까지는 아니지만 런던 시장의 취임식에서 본 것들 중 여전히 기억에 남는 화려함이 간간이 엿보였고, 빛바래고 모습이 심히 왜곡되긴 했지만 총독 취임식 등에 있어서는 우리 조상들의 관습 속에서 그 흔적을 찾아볼 수 있었다. 공화국을 탄생시킨 아버지이자 건설자였던 사람들—정치가, 목사, 군인 등—은 외견상의 위엄을 갖추는 것을 그들의 의무라고 생각했다. 그것을 사회적인 지위에 어울리는 복장이라고 간주했던 것이다. 이러한 대단한 분들이 위엄을 갖추고 군중의 눈앞에서 대열을 이루어 행진하면서, 구성된 지 얼마 되지 않은 소박하고 단순한 정치체제에 필요한 권위를 덧붙이려는 것이었다.

한편 주민들도 평소에는 그들의 종교와 실질적으로 동일시해왔던 일상의 노동을 이런 날까지 고지식하게 계속할 필요가 없다고 느꼈으며, 오랜만에 맛보는 느긋한 휴식을 즐겼다. 확실히 여기 뉴잉글랜드에서는 엘리자베스 여왕 시대, 혹은 제임스 왕 시대의 영국에서라면 어디서나 볼 수 있었던 대중을 위한 오락은 전혀 없었다. 싸구려 연극도, 하프를 튕기며 사랑을 노래하는 가수도 볼 수 없었고, 눈을 즐겁게 하는 마술사나 곡에 맞춰 원숭이에게 춤을 추게 하는 광대의 모습도 볼 수 없었다. 몇백 년 전부터 지금까지 우스꽝스런 짓거리로 군중을 들썩이게 했던 피에로도 없었다. 설사 이러한 각 분야의 어릿광

대들이 있었다 해도 딱딱한 법의 규제에 의해서, 혹은 법률에 생명을 불어넣는 일반 대중의 감정에 의해서 엄격히 탄압되었을 것이다. 그러나 그럼에도 불구하고 사람들의 큼직한 얼굴은 미소를 짓고 있었다. 음울한 기색은 좀 남아 있다 할지라도 말이다. 이주자들이 고향 마을의 축제일에 마을의 풀밭 위에서 보기도 하고 참가하기도 했던 운동경기도 있었다. 그러한 경기가 이 신천지에서 존속된 것은 경기에 필수 불가결한 활기와 남자다움 때문이었다. 콘월이나 데번셔[1]의 관습과는 달랐지만 레슬링 시합이 광장 여기저기에서 눈에 띄었다. 광장의 일각에서는 6척 길이의 막대기 시합이 작은 규모로 행해지고 있었다. 그리고 처형대 위에서 두 명의 호신술사가 소형 방패와 큰 검을 가지고 시범을 보이면서 많은 사람의 흥미를 끌고 있었다. 그러나 실망스럽게도 마을의 관리가 창을 디밀며 단속을 하는 바람에 그만 연기가 중단되어버렸다. 관리들은 마을의 가장 신성한 장소 중 하나가 이처럼 모독되는 것을 도저히 용납하지 못했다.

대체적으로는 그들은(당시의 사람들은 금욕적인 생활을 중시한 첫 번째 세대에 속했으나, 인생의 한창때를 즐길 줄 알았던 우리 조상의 바로 다음 자손이기도 했다) 축제를 즐기는 것에 관해서는 그들의 자손이나 훨씬 시대를 건너뛴 우리에 비해서도 상당히 뛰어났던 것만은 사실이었다. 그들의 바로 다음 자손, 즉 초기 이

1) Cornwall and Devonshire. 모두 잉글랜드의 주.

민자의 다음 세대들은 청교도 사상의 짙은 그늘이 늘 따라붙어서인지, 전체적인 얼굴 표정이 완전히 암울하게 변해버려 오랜 세월이 지난 지금도 여전히 어둡고 우울한 꼴을 하고 있다. 우리는 기억 속에서 사라진 쾌활해지는 법을 다시 배울 필요가 있다.

광장의 풍경을 지배하는 주된 색조는 영국에서 건너온 이주자들의 수수한 회색, 갈색, 또는 검은색이었지만 간간이 그 외의 색들도 섞여서 활기를 띠고 있었다. 한 무리의 인디언들—그들은 사슴 가죽 옷에 조개껍데기로 장식한 허리띠를 차고 깃털로 머리를 장식했으며, 황토나 적토를 살갗에 바른 토속적이고 현란한 차림을 하고 있었다. 그리고 활과 화살, 돌이 달린 창으로 무장하고 있었다—은 청교도들 못지않은 근엄한 얼굴을 하고 인파로부터 떨어져 서 있었다. 마구 물감 칠을 한 미개인들은 참으로 야만적이기는 했지만, 그 자리에서 제일 야만적인 것은 그들이 아니었다. 야만성에 있어서는 취임 축일의 여흥을 구경하기 위해 상륙한 몇몇 뱃사람들—카리브 해 연안에서 온 뱃사람들 중 일부—을 이길 자가 없었다. 그들은 험상궂은 얼굴의 부랑자들로, 햇볕에 그은 새카만 얼굴에는 수염이 무성했다. 그들은 짧고 헐렁한 바지를 허리 부근에서 벨트로 고정하고 있었다. 개중에는 벨트에 조잡한 금고리를 붙이고 있는 자도 있었으며, 모두들 기다란 잭나이프나 칼을 차고 있었다. 기분 좋아 웃고 있을 때조차 야자 잎으로 엮은 챙 넓은 모자 밑으로 짐승같이 매서운 두 눈을 번쩍이는 그들은 아무 거리낌 없이 다른 모두를 묶고 있던 행동의 규범을 깼다. 마을 사람이라면 한 번 피우는 데 1실링의 벌금을 내야 하는 담배를 마을 관리의 바로 코앞에서 뻑뻑 피워대는가 하면, 휴대용 술병에 담은 와인이나 브랜디 같은 술을 벌컥벌컥 들이마시며 아연해하는 주위의 군중에게 인심 좋게 권하기도 했다. 이는 당시의 불완전한 도덕률을 증명하는 것이었다. 엄격했다고는 하나 뱃사람들에 대해서는 지상에서의 무례하고 거친 행동뿐만 아니라 그들의 본거지인 해상에 있어서의 발칙한 행위도 크게 눈감아 주고 있었던 것이다. 당시의 뱃사람들은 오늘날 같으면 해적이라고 규탄받았을 것이다. 이들 뱃사람들이 다른 동료들과 비교하여 특별히 성질이 나쁜 것은 아니었지만, 현대의 법정에서라면 스페인 무역선을 습격하여 약탈 행위를 했다는 이유로 '유죄' 판결을 받아 목숨이 위태로웠을 것이다.

그러나 이러한 먼 옛날에 바다는 제멋대로 파도치고 출렁이며 폭풍이 몰아치는 대로 복종하면 그만인 것으로, 인간의 법에 의한 규제와는 거의 상관이 없는 영역이었다. 때문에 파도 사이를 떠다니는 해적들 역시 그 직업을 그만둔다 해도, 마음만 먹으면 육지로 올라와 곧바로 정직하고 건실한 인간이 될 수 있었다. 또 이렇게 무례한 생활을 하는 무리와 거래를 하거나 가벼운 교제를 해도 평판이 떨어질 걱정은 없었다. 검은 망토를 두르고 빳빳한 옷깃에 원추형 모자를 쓴 청교도 장로들도 이런 쾌활한 뱃사람의 소란스럽고 난폭한 모습이 마냥 싫지은 않은 듯 미소를 띠며 바라보고 있었다. 그렇기에 의사 로저 칠링워스처럼 고명한 시민이 그 수상쩍은 배의 선장과 꽤 친숙한 모습으로 소곤대며 광장으로 들어와도 놀라거나 비난하는 자가 없었다.

선장은 특히 복장에 관한 한 특출하게 눈에 띄는 우아한 모습을 하고 있었기 때문에 군중 속의 어디에 있든지 금방 알아볼 수 있었다. 그는 상의를 엄청난 수의 리본으로 장식하고 있었으며, 금색 레이스를 단 모자에 금사슬을 감고, 모자 꼭대기에는 깃털 장식을 붙이고 있었다. 허리에는 칼을 차고 이마에는 베인 상처가 있었는데, 머리칼을 내려 그것을 감추기보다 자랑스럽게 내보이려는 듯했다. 육지 사람이 이런 얼굴과 옷차림을, 더구나 이렇게 당당하게 드러냈다면 판사의 엄한 심문을 받아 아마 벌금이나 금고형에 처해졌든가 처형대에서 수모를 당했을 것이다. 그런데 선장에 대해서는 마치 물고기의 비늘처럼 이 모든 것이 본래 갖추어진 특성으로 간주되었다.

의사와 헤어진 후, 브리스틀로 향하는 배의 선장은 광장을 느긋하게 걸어 다니다가 헤스터 프린이 서 있는 곳에 이르자, 그녀를 확인하고 아무 주저 없이 그녀에게 말을 걸었다. 언제나처럼 헤스터가 서 있는 곳에는 자연스럽게 작은 공간―일종의 마법의 원―이 만들어져 있었다. 조금 떨어진 곳에서 사람들이 아무리 밀치락달치락해도 그 원 안엔 감히 아무도 발을 들여놓으려고 하지 않았고 그럴 꿈도 꾸지 않았다. 주홍 글자를 몸에 붙인 비련의 여주인공을 빙 에워싼 이 마법의 원은 도덕적인 고독을 나타내는 뚜렷한 상징이었다. 이렇게 된 것은 그녀 자신의 절도 있는 태도 때문이기도 했지만, 주민들이 예전처럼 혐오감에서가 아니라 본능적으로 멀리하고 있는 때문이기도 했다. 그런데 이번 경우 이 마법의 원은 그때까지 몰랐던 큰 도움을 주고 있었다. 헤스터는 사람들이 엿들을 우려 없이 선장과 얘기를 할 수 있었던 것이다. 게다가 헤스터 프린의 평판은 아주 달라져 있었기 때문에, 품위 있기로 소문난 부인의 경우에도 이 같은 남녀의 교제가 눈에 띄게 되면 악평을 면하기 힘들었을 텐데, 헤스터는 그럴 걱정이 없었다.

"부인, 부인이 예약한 것 말고 또 하나의 침상을 준비하도록 선실 담당에게 명하지 않을 수 없게 됐습니다! 그러나 이번 항해에서는 괴혈병이나 티푸스에 대한 걱정은 하지 않으셔도 되겠습니다! 선상 의사 외에 의사가 또 한 명 늘어났으니 말입니다. 우려가 되는 건 가루약이나 환약 정도였는데, 약제라면 스페인 배와 거래를 했기 때문에 배에 넘칠 정도로 있답니다."

선장이 말했다.

"뭐라고요?" 헤스터는 표정에 나타난 것보다 마음속으로 더욱 놀라며 물었다. "배에 탈 사람이 한 명 더 있다고요?"

"아니, 모르고 계셨나요?" 선장이 외쳤다. "이곳의 의사 선생인―이름이 칠링워스라던가―그분이 당신들과 배에서 식사를 함께하고 싶다고 했어요. 부인이 말씀하셨던 그 신사와는 친구 사이라면서 말이죠. 성깔이 좋지 않은 청교도 관리가 목숨을 노리고 있다는……."

"네, 네, 두 사람은 친구예요." 헤스터는 심히 당황했지만 냉정한 표정으로 대답했다. "두 사람은 오랫동안 함께 생활해왔죠."

헤스터 프린과 선장은 그 이상의 말은 주고받지 않았다. 그러나 그때, 그녀는 광장에서 멀리 떨어진 한구석에서 그녀에게 미소를 짓고 있는 로저 칠링워스를 보았다. 그 미소는 넓고 혼잡한 광장을 가로질러 잡담과 웃음소리, 군중의 다양한 생각이나 기분, 관심을 통과하면서 소름 끼치는 의미를 전달하고 있었다.

22
행렬

　헤스터 프린이 생각을 정리하고, 이 놀라운 사태에 어떻게 대처해야 할까를 모색할 틈도 없이 군악대 소리는 옆길에서 가까이 다가오고 있었다. 그것은 마을의 관리나 시민들이 열을 지어 교회로 행진하고 있다는 것을 알려주었다. 교회에서는 이 무렵 오래전부터 지켜 내려온 전통에 따라 딤스데일 목사가 총독 취임 축하 설교를 하기로 되어 있었다.

　이윽고 행렬의 앞머리가 보이기 시작했다. 천천히 전진해오는 당당한 대열은 모퉁이를 돌자 광장을 가로질러 앞으로 나아갔다. 선두는 악대였다. 다양한 악기로 편성된 악대는 절묘한 조화를 이루지도 않았고 연주도 썩 잘하는 편은 아니었지만, 드럼과 클라리온의 합주가 군중의 마음에 호소하려 했던 것—즉, 그들의 눈앞에 전개되고 있는 인간사에 더 고매하고 영웅

적인 기개를 부여한다는 목적―은 이루고 있었다. 펄은 처음에
는 열심히 손뼉을 쳤지만 웬일인지 한순간 흥분 상태에서 벗어
나 조용히 행렬을 바라보았다. 아이는 마치 파도 사이에서 떠
도는 물새처럼 출렁이는 물결을 타고 넘실넘실 흔들리는 것 같
았다. 그러나 악대 바로 뒤에 이어진 의장대 병사들의 무기나
갑옷이 햇빛에 번쩍이는 것을 보자 아이는 원래의 기분을 되찾
았다. 현재 하나의 단체로서 존재하고 있으며 과거에서 오늘날
에 이르기까지 혁혁한 명성을 유지하면서 행진을 계속해오고
있는 이 병사들은 용병으로 구성되어 있는 것은 아니었다. 거
기에서 대오를 이루고 있는 자들은 무용의 피가 들끓는 신사들
이었으며 명예로운 군사학교[1]를 설립하려는 의도를 가지고 있
었다. 학교 안에서 템플 기사단[2]처럼 군사학을 가르치고 훈련
을 통해 바로 익힐 수 있는 실전 기술을 단련시키자는 것이다.
그 무렵 군인다운 기질이 얼마나 대접을 받았는가는 이 의장대
를 형성하고 있는 병사들의 의기양양한 태도에서도 엿볼 수 있
었다. 그 속에는 실제로 네덜란드나 그 외 유럽의 전쟁터에서
뛰어난 공을 세워 군인으로서 크게 이름을 떨친 자도 있었다.

---

1) College of Arms. 1483년 영국 왕실에 의해 설립된, 문장을 관리하는 기관의
   명칭. 보통 '문장원'이라고 번역된다. 그러나 호손은 '일종의(a kind of)'라는
   어구를 사용하여 'College'의 정체를 애매모호하게 하고, 동시에 '문장'과 '군
   사' 양쪽을 의미하는 'Arms'의 양면성을 가지고 언어유희를 시도한 것 같다.
2) Knights Templars. 1118년 성지 순례자를 보호할 목적으로 창립된 기사단.
   '천주의 이름에 영광을'이라는 문구를 모토로 내걸고, 십자군전쟁에 '그리스
   도의 기사'로서 과감하게 전투에 참가했다.

번쩍이는 갑옷을 멋지게 차려입고 투구 위의 깃털을 바람에 나부끼며 행진하는 그들의 모습은 다른 어떤 광경과도 비교할 수 없을 만큼 화려한 분위기를 자아내고 있었다.

그러나 사려 깊은 사람들 눈에는 의장대 바로 뒤를 잇고 있는 고위 관리들의 모습이 더 품위 있게 보였을 것이다. 겉으로 드러나는 인상에 있어서도 그들은 대단한 위엄을 풍기고 있었기 때문에 오히려 병사들의 씩씩한 행진이 천박하게 보일 정도였다. 당시엔 우리가 재능이라고 부르는 것은 그다지 중요시되지 않았고 인격에 무게를 부여하는 요소를 더 중시했다. 사람들은 존경받을 만한 자질을 세습했지만 그러한 자질은 자손의 대에 이르러서는 거의 남아 있지 않게 되었고 따라서 공직에 앉을 사람을 뽑거나 평가할 때는 그다지 도움을 주지 못했다. 이러한 변화는 좋을 수도 있고 나쁠 수도 있다. 먼 옛날 이 황량한 해안으로 이주해 온 영국인들은 귀족이란 신분 외에 여러 위엄 있는 직위를 버리고 왔지만, 한편으론 존경받아야 할 권위의 필요성이 여전히 컸기 때문에 백발이나 성스러운 이마, 오랜 시련을 견딘 고결함, 원숙한 지혜나 비애의 색을 띤 경험, 영원이라는 관념을 엿보이게 하고 동시에 '존경할 만한'이라는 일반적인 정의로 한데 묶을 수 있는 근엄하고 묵직한 자질에 중점을 두었다. 따라서 초기 정치가들―브래드스트리트[3]나 엔

---

3) 1603~1697. 1630년 윈스럽 등과 함께 아벨라호를 타고 대서양을 건너 매사추세츠에 상륙한 행정관. 후에 매사추세츠 식민지의 총독을 지냈다.

디코트[4], 더들리[5], 벨링엄[6] 및 그 동료들—은 민중의 손에 의해 정권의 자리에 올랐지만 그다지 재기가 넘쳤던 것 같지는 않고, 지적인 능력에서라기보다 묵직한 근엄함 덕분에 인망을 얻었던 것 같다. 그들은 굳은 의지와 자부심을 가지고, 위기에 처해서는 질풍노도에 맞서 저항하는 절벽과도 같이 국가의 안위를 위해서 일어섰다. 여기에서 말한 성격상의 특질은 식민지를 지배하는 정치가들의 각진 얼굴 윤곽이나 딱 벌어진 체격에 잘 나타나 있었다. 자연스럽게 몸에 밴 권위에 관한 한 모국 영국은, 민주주의를 실천함에 있어 최첨단을 걷는 이런 인물들을 귀족원이나 국왕의 추밀원에 초빙해도 결코 부끄럽지 않았을 것이다.

고관들의 대열을 뒤따르는 것은 바로 그 젊고 고매한 성직자였다. 그가 이날을 축하하는 강론을 하게 되어 있는 것이다. 당시 목사란 정치가들보다 훨씬 더 지적 능력을 발휘할 수 있는 직업이었다. 게다가 이 직업은 사람들로부터 거의 숭배에 가까

---

4) 1589~1665. 1628년에 매사추세츠로 건너가 이 식민지의 총독 대행을 지내고, 그 후에도 몇 번인가 총독의 직을 맡았다. 그는 용맹한 군인으로 자진해서 피쿼드 인디언에게 공격을 가하기도 했으나(1636) 실패로 끝났다. 그는 또 퀘이커교도의 박해에도 열심이었다. 호손의 작품에는 엔디코트가 자주 등장하는데,「엔디코트와 적십자」(1838)라는 단편소설도 있다. 그 속에는 징벌의 상징으로서 가슴에 A 자를 단 젊은 여인, 목에 밧줄이 감겨진 남자, 귀가 베인 사람 등이 나온다.
5) 1630년에 매사추세츠로 건너와 식민지의 행정에 관여하면서 총독을 몇 차례 지냈다.
6) p.28 주2 참조.

운 존경심을 받았기 때문에 아주 야심 많은 자들의 구미를 끄는 매력을 지니고 있었다. 인크리스 매더[7]의 경우처럼 성직자들은 정치적인 권력조차 좌지우지했던 것이다.

이때 딤스데일 목사를 지켜보았던 사람들의 의견에 따르면, 목사가 뉴잉글랜드의 해안에 발을 들여놓은 이래 지금 행렬에 섞여 행진하는 그의 발걸음과 태도에서 보이는 그런 활기는 처음이었다고 한다. 그 발걸음엔 여느 때와 같은 허약함은 없었다. 몸도 구부러져 있지 않고 손도 불안하게 가슴 위에 놓여 있지 않았다. 그러나 목사를 더 자세히 관찰했다면 그 활기가 육체에서 나오는 것이 아님을 알아차렸을 것이다. 그 활기는 정신에서 솟구치는 것으로, 마치 하늘이 돕고 있는 것과도 같았다. 아니면 진지하고 지속적인 사색의 화롯불에 의해서만 증류할 수 있는 그 강심제의 효능이 나타난 것일지도 모른다. 혹은 하늘을 향해 상승하는 귀가 찢어질 듯한 거대한 음향에 의해 목사의 예민한 기질이 고양되었던 것일까. 그렇기는 하나 그 텅 빈 표정에서 헤아리건대, 딤스데일 목사의 귀에 과연 경쾌한 음악 소리가 들리기나 했는지 의심스런 일이다. 그의 육체는 심상치 않은 강력한 힘을 가지고 전진하고 있었다. 그러나

---

7) 1639~1723. 뉴잉글랜드의 지식계급을 대표하는 매더가의 한 사람. 보스턴에서 태어나 하버드 대학과 더블린의 트리니티 칼리지에서 교육을 받고 보스턴 제2교회의 목사가 되었으며, 하버드 대학 총장, 영국에 있어서 식민지 대표 등을 역임·겸임했다. 많은 저서를 남겼으며 그중에서도 특히 최후의 작품은 1692년에 시작된 세일럼의 마녀재판을 종식시키는 일에 공헌했다.

그의 정신은 어디에 있었던 것일까? 정신은 그것이 속하는 영역의 깊숙한 곳에서 초자연적인 활동력을 발휘하면서, 거기에서 조만간 풀어낼 당당한 사고의 대열을 정돈하느라 몹시 바빴다. 그래서 그는 주위의 것은 아무것도 보지 않고 아무것도 듣지 않았으며 아무것도 알지 못했다. 단지 정신적인 요소가 목사의 쇠약한 몸을 안아 올려, 스스로 정신 그 자체로 바꾸어갔던 것이다. 남다른 지성의 소유자는 육체적으로 쇠약해 있어도 때때로 이 같은 심대한 노력을 기울일 수 있는 능력을 여전히 유지하고 있어서, 이러한 노력에 몇 날의 생명력을 쏟아 넣고 또 그만큼의 날들을 생명력을 잃은 채 지내곤 하는 것이다.

가만히 목사를 주시하고 있던 헤스터는 어쩐지 비통한 생각이 들었다. 그러나 그러한 생각이 왜, 또 어디에서 오는 것인지 알 수 없었다. 단지 그가 이제 자신의 손이 전혀 미치지 않는 먼 세계에 있다고 생각되었다. 그녀는 서로 상대를 확인하는 눈짓을 주고받을 수 있을 것이라고 기대했다. 헤스터는 지난번 어둠침침한 숲 속에서의 일을 떠올렸다. 그곳에는 인기척 없는 작은 계곡이 있었고 사랑과 번민이 있었으며 이끼가 무성한 통나무가 있었다. 그 통나무 위에 앉아 두 사람은 손을 마주 잡고 작은 시냇물의 우울한 속삭임 속에 슬픈 사랑의 이야기를 던져준 것이었다. 그때 두 사람은 얼마나 깊게 서로를 알고 있었던가! 저 사람이 그때 그 사람이란 말인가! 지금 그는 전혀 모르는 사람 같다! 그는 화려한 음악 소리에 싸여 권위를 갖춘 도도한 장로들의 행렬 속에서 자랑스럽게 전진해 간다! 저토록 높은 위치에 있는 그에게 나는 도저히 손이 미치지 않는다! 현재 그녀가 바라보고 있듯이 동정을 모르는 관점에서 그를 바라볼 때에 목사는 더더욱 그녀의 손이 미치지 않는 곳에 있었다. 모든 것이 환상이었으며, 아무리 생생한 기억이었다 해도 목사와 자신 사이에는 실제로 어떤 인연도 존재하지 않는다고 생각하자 그녀는 기분이 침울해졌다. 결국 여자일 수밖에 없었던 헤스터는 그를 용서할 수가 없었다. 특히 두 사람의 운명을 관장하는 여신의 무거운 발소리가 시시각각 다가오는 지금에 있어서는 한층 더 그랬다! 그는 두 사람이 공유하던 세계에서 이렇게도 완벽하게 물러날 수 있는데, 자신은 차가운 어둠 속을 더듬으며 아무리 양손을 내밀어도 그를 붙잡을 수 없다는 사실이 용서가 되지 않았다.

펄은 엄마의 감정을 헤아리고 그것에 반응한 것인지, 아니면 목사의 주위에서 수수께끼처럼 피어오르는 생소함을 느낀 것인지, 행렬이 지나는 사이 아이는 침착함을 잃고 날갯짓하는 작은 새처럼 안절부절못하고 있었다. 행렬이 모두 지나가자 아이는 헤스터의 얼굴을 올려다보았다.

"엄마, 저분이 시냇물 옆에서 나에게 입맞춤을 했던 바로 그 목사님이에요?"

펄이 말했다.

"조용히, 펄!" 어머니가 작은 소리로 말했다. "숲 속에서 있었던 일을 광장에서 얘기하면 안 돼."

"저분이 목사님이라니 도저히 믿어지지 않아요. 완전히 바뀌어버렸는걸." 아이는 계속했다. "그렇지 않았다면 나, 목사님 곁으로 뛰어가서 모두가 보는 앞에서 입을 맞춰달라고 졸라댔을 거예요. 그랬으면 목사님은 뭐라고 하셨을까요. 엄마? 가슴 위에 손을 얹고 나를 노려보면서 저쪽으로 가라고 하셨을까요?"

"글쎄다. 아마 이렇게 말씀하셨겠지." 헤스터는 대답했다. "지금은 입을 맞출 때가 아니란다. 광장에서는 입을 맞추는 게 아니야, 라고. 그러니 펄, 저분에게 말을 걸지 않은 건 정말 잘한 일이야!"

이때 딤스데일 목사에 대해 은근히 가시 돋친 말을 내뱉은 자가 있었다. 그 사람은 괴이한 습성 탓에—아니, 광기라고 해도 좋을 것이다—마을 사람들이 좀처럼 하지 않는 일을 해치웠다. 즉, 사람들 앞에서 주홍 글자를 단 여자에게 말을 건 것이다. 그는 히빈스 부인이었다. 삼중 주름 옷깃에 요란하게 수를 놓은 가슴 옷과 호화로운 벨벳 가운으로 현란하게 치장을 하고, 금손잡이가 달린 지팡이를 짚으며 행렬을 구경하러 온 터였다. 이 노파는 당시 행해지고 있던 갖가지 검은 마법에서 주역을 맡고 있다는 소문(그 소문 탓에 결국엔 목숨까지 잃게 되었다)이 있었기 때문에, 군중은 그녀가 오자 길을 양보하고 마치 그 호사스런 의상의 주름에서 전염병이라도 옮을까 봐 두려운 듯 옷에 닿지 않으려고 몸을 피했다. 사람들은 노파가 헤스터와 함께 있는 것을 보자—지금은 많은 사람이 그녀에게 동정을 품고 있었으나—히빈스 부인에 의한 공포가 배가되어 두 사람이 서 있는 지점에서 일제히 물러나기 시작했다.

"글쎄, 인간의 머리로 저런 일을 상상이나 할 수 있을까요!" 노파는 헤스터에게 친숙한 말투로 속삭였다. "저 목사님 말이에요! 지상 위의 성자라고 모든 사람이 우러러 받드는 저 사람요. 역시 그 점은 인정하지 않을 수가 없네요. 정말로 성자로 보이니 말이죠! 그런데 방금 전 저 목사가 행렬에 섞여 지나가는 것을 본 사람들 중에 도대체 누가 상상이나 할 수 있을까요. 바로 얼마 전에 그가 서재를 나와―그것도 분명 입속에서 히브리어 성서의 문구를 웅얼웅얼 외우면서―기분 전환을 위해 숲으로 외출했다고 말이에요! 아하! 우리는 그 이유를 알고 있지요, 헤스터 프린 씨! 그런데 말이죠, 정말 나는 저 양반이 그 목사님이라니 도저히 믿어지지가 않아요. 악대 뒤를 따라서 걷고 있는 교회 신자들 중에서도 나는 많이 보았어요. '아무개 씨'가 바이올린을 켜고, 인디언 마술사인지 라플란드의 요술사인지가 우리와 함께 손에 손을 잡고 춤추었을 때 똑같이 리듬에 맞춰서 춤을 춘 무리를! 여자가 일단 세상을 알면 그런 건 대단한 일도 아니죠. 그런데 저 목사님은 정말이지, 당신이 숲 속 오솔길에서 만난 그 사람이라고 단언할 수 있나요?"

"당신이 무슨 말씀을 하는지 모르겠군요." 헤스터 프린은 히빈스 부인이 과연 제정신인지를 의심하면서 그렇게 대답했지만, 많은 사람(그녀 자신도 그중의 한 사람)과 악마의 관계를 그녀가 자신을 갖고 단정하는 데엔 당황스럽고 겁이 나지 않을 수 없었다. "딤스데일 목사님처럼 학식이 뛰어나고 경건한 분께 함부로 경박한 입을 놀리다니, 너무 무례한 게 아닌가요!"

"저런, 놀라 자빠지겠네!" 노파는 헤스터에게 치켜든 손가락을 바들바들 떨면서 외쳤다. "이것 봐요, 나는 뻔질나게 숲 속을 들락거린다고요. 그런데 그런 내가 숲으로 들어간 자가 누군지 그거 하나 모를 것 같아요? 숲에서 춤출 때 머리에 쓰는 들꽃 화관의 이파리가 머리칼에 남아 있지 않아도 나는 빤히 알고 있다고! 헤스터, 나는 당신에 관한 일은 다 알고 있어요. 그 표시를 봤으니까 말이지. 그건 햇빛이 비치는 곳이라면 누구에게나 보이고, 어둠 속에서는 불꽃처럼 훤하게 타오르거든. 더구나 당신은 그걸 공공연하게 달고 있잖아. 그러니 틀렸을 리가 없어. 하지만 저 목사님은 말이지, 잠깐 귀를 좀 빌려주겠어요! 저기요. 대마왕님은 딤스데일 목사처럼 자신의 종복이 되기로 정식으로 서명까지 해놓고는 그 관계를 밝히길 꺼리면 언젠가 백일하에, 온 세상 사람들 눈앞에 그걸 드러내게 만든다오! 목사는 가슴에 손을 얹고 도대체 무얼 감추려 하는 걸까? 응, 헤스터 프린!"

"히빈스 할머니, 목사님이 감춘 게 뭐예요?" 펄은 간절히 되물었다. "보신 적이 있나요?"

"아무것도 아니란다." 히빈스 부인은 펄에게 깊은 경의를 표하면서 말했다. "머지않아 네 눈으로 보게 될 거야. 그렇고말고. 너는 대마왕님의 혈통을 이어받았다고 하니까 말이지! 언젠가 달이 뜨는 날 밤, 네 아버지를 만나러 나와 함께 날아가 보지 않으련? 그러면 목사님이 왜 항상 가슴에 손을 얹고 있는지 알게 될 거야!"

이 기분 나쁜 노파는 날카로운 웃음소리로 광장 전체를 뒤흔들며 자리를 떠났다.

이즈음 교회에서는 개회 기도가 끝난 터였고, 설교가 시작되었는지 딤스데일 목사의 목소리가 들려왔다. 헤스터는 저항하기 힘든 어떤 감정에 이끌려 교회로 다가갔다. 그 성스러운 건물은 이미 더 이상 발 디딜 틈도 없이 만원이었기 때문에 그녀는 처형대 바로 옆에 서기로 했다. 그곳은 설교가 귀에 들어올 정도로 가까워, 분명하진 않지만 목사의 특징 있는 목소리가 작은 흐름이 되어 들려왔다.

목사의 발성 자체가 하늘이 내려주신 최고의 선물이었기에 청중은 목사가 하는 말을 완전히 이해할 수 없어도 그 음성과 리듬을 듣는 것만으로도 감동을 받아 고개를 끄덕이며 전율했다. 음악이 그러하듯이, 듣는 사람의 교양 수준과는 관계없이 목사의 목소리는 타고난 인간의 마음의 언어로써 희로애락이라는 감정의 기복을 토로했다. 교회의 긴 벽을 타고 오는 그 소리는 불명확했지만 그래도 그녀는 열심히 귀를 기울이고 깊이 공감했다. 잘 알아듣지 못했어도 내용과는 관계없이 그녀에게는 그 설교가 처음부터 끝까지 완벽한 하나의 의미를 지니고 있었던 것이다. 내용이 더 명료하게 들렸다면 아마 그것은 오히려 정신적인 의미를 잘 전달하지 못했을 것이다. 지금 그녀의 귓가에 들리는 것은 서서히 가라앉는 온화한 바람 소리와도 같은 것이었다. 그것이 점차 감미로움과 강한 힘을 더해감에 따라 그녀의 마음 역시 고양되고, 마침내 그 음량은 그녀를 두려움에 떨게 하는 장엄한 분위기로 온몸을 에워쌌다. 이렇게 때로 그 목소리는 장중하게 울려 퍼졌지만 깊숙한 밑바탕에는 언제나 애원하는 듯한 떨림이 있었다. 위아래로 물결치는 고뇌의 메아리—인간의 번민을 토로하며 모든 이의 심금을 울리는 중얼거림 혹은 외침! 때로는 깊은 애수의 선율만이 침울한 정적 속에서 한숨이 되어 들려올 뿐이었다. 목사의 목소리가 드높이 위엄을 띨 때에—하늘을 향해 걷잡을 수 없이 솟구쳐 나올 때에—광활한 음량으로 견고한 벽을 돌파하여 옥외로 넘쳐흘러 나올 때에—이때 조금만 주의해서 귀를 기울인다면, 청중은 역시 이 같은 고통의 비명 소리를 포착할 수 있었을 것이다. 그것은 도대체 무엇이었을까? 큰 죄를 범하고 비운의 짐을 짊어진 인간의 마음이 죄든 슬픔이든, 자신의 비밀을 인류의 커다란 마음을 향해 고백하며 애원하는 절규였을 것이다. 한 순간 한 순간, 한 마디 한 마디 인류의 커다란 마음에 동정과 용서를 구하는 그 외침은 헛되지 않았다. 그리고 이때 목사에게 그 같은 천상의 능력을 부여한 것은 깊고도 지속적인 애수의 선율이었다.

헤스터는 줄곧 조각상처럼 처형대 밑에서 꼼짝하지 않았다. 설사 목사의 목소리가 그녀를 그곳에 못 박지 않았다 해도, 그녀에게 있어서 굴욕적인 인생의 출발점이 된 그 장소의 저항하기 힘든 자력이 그렇게 만들었을 것이다. 그녀의 가슴속에는 어떤 느낌이, 너무나 막연해서 생각이라고 하기에는 적당치 않은, 그녀의 마음을 무겁게 짓누르는 느낌이 있었다. 자신의 온

생애가 이전에도 이후에도 이것과 긴밀하게 연결되어 있으며, 이곳이야말로 그녀의 생애를 하나로 묶어주는 기점과도 같다는 바로 그러한 느낌이었다.

그 사이 펄은 엄마 곁을 떠나 제멋대로 광장을 뛰어다니며 놀고 있었다. 아이는 마치 화려한 빛깔의 작은 새가 나뭇잎이 무성한 새카만 가지 사이에서 숨바꼭질하듯 폴짝폴짝 날아다니며, 나무 전체에 환한 빛을 밝히는 것 같았다. 눈부시게 반짝이는 빛을 흩뿌리며 아이는 음침한 군중 사이에 생기를 불어넣었다. 아이는 잔물결 치듯이 부드러우면서도 날카롭고 불규칙적인 움직임을 보였다. 그것은 펄의 지칠 줄 모르는 정신의 활력을 나타내고 있었으며, 특히 이날 그 정신의 발끝으로 추는 춤은 평소보다 갑절이나 활기에 넘쳐 피로함을 몰랐다. 오늘의 춤은 엄마의 불안함에 맞춰, 그것에 공감하여 연출되었기 때문이다. 펄은 늘 활동적이고 멈출 줄 모르는 호기심을 자극하는 대상을 발견하면, 쏜살같이 거기로 날아가 사람이든 사물이든 원하는 것을 손아귀에 넣으려고 달려들곤 했다. 하지만 그 대가로서 자신의 행동을 규제하는 것은 손톱만큼도 용납하지 않았다. 청교도들은 미소 띤 얼굴로 바라보기는 했지만, 그 작은 몸으로 빛을 발하며 움직일 때마다 형용할 수 없는 매력을 발산시키는 아이를 악마의 자식이라고 부르지 않을 수 없었다. 아이가 인디언이 있는 곳으로 달려가서 그 얼굴을 뚫어져라 쳐다보면 인디언은 자기보다 더한 야생동물이 있다는 것을 깨달았다. 다음에 또 아이가 타고난 대담함과 용기를 가지고 뱃사람들의 무리 속으로 뛰어 들어가면, 인디언이 육지의 야만인이 라 할 때 햇볕에 그을린 새카만 바다의 야만인이라 할 수 있는 그들은 놀라움과 경탄의 눈빛으로 펄을 바라보았다. 파도의 물거품 하나가 한밤중 뱃머리 밑에서 반짝이는 바다 인광의 영혼을 부여받아 귀여운 아가씨로 변신한 것 같았기 때문이다.

이러한 뱃사람 중 하나가―바로 헤스터 프린과 얘기를 나눴던 그 선장이―펄의 모습에 이끌려 입을 맞추려고 아이를 붙잡으려 했다. 그러나 아이에게 손을 대는 것은 하늘을 나는 벌새를 잡는 것만큼이나 어렵다는 것을 깨닫고 이번에는 모자에 말아두었던 금사슬을 풀어서 아이에게 던져주었다. 펄은 그것을 곧 목이나 허리에 감아 보였는데, 그 솜씨가 어찌나 뛰어난지 일단 몸에 걸자 그것은 바로 아이의 몸의 일부가 되어버려 그것을 걸고 있지 않은 펄을 상상하기가 힘들 정도였다.

"저쪽에 주홍 글자를 달고 있는 사람이 네 엄마지?" 뱃사람이 말했다. "내 얘기를 좀 전해주지 않을래?"

"제 마음에 드는 내용이라면 전해드리죠."

펄은 대답했다.

"그러면 이렇게 전해다오." 그는 말했다. "저기 저, 얼굴이 검고 허리가 구부정한 의사 선생과 다시 얘기를 했는데, 저 선생이 엄마가 아시는 신사 양반이 배에 타는 걸 도와주겠다고 하더라. 그러니 네 엄마는 엄마 자신하고 너만 챙기면 된다고 그렇게 좀 전달해주겠니, 아기 마녀야?"

"히빈스 할머니는 우리 아버지가 마왕님이랬어요!" 펄은 장난기 넘치는 웃음을 지으며 외쳤다. "아저씨가 그렇게 나쁜 말로 나를 부르면 마왕님한테 일러바칠 거예요. 그러면 마왕님은 아저씨 배가 폭풍에 뒤집어지게 할 거라고요."

아이는 광장을 여기저기 기웃거리다 엄마 곁에 돌아오자 선장이 한 말을 전했다. 강인하고 냉정하며 묵묵히 견디는 것에 익숙한 헤스터의 정신도 급기야는 이 피하기 힘든 숙명의 어둡고 험악한 표정 앞에서 그만 산산조각이 날 것 같았다. 숙명은 —목사와 그녀가 비참한 미로에서 벗어나는 길이 열렸다고 생각한 바로 이 순간에—무자비한 웃음을 띠고 홀연히 나타나 그들이 가는 길을 가로막고 선 것이다.

선장의 전갈이 몰고 온 끔찍한 파국에 몹시 고통스러웠던 그녀는 나아가 또 하나의 시련에 직면해야 했다. 그곳에는 부근의 시골 마을에서 찾아온 사람이 많이 있었다. 그들은 주홍 글자에 대한 것을 들어서 잘 알고 있었고, 또 사실무근의, 혹은 과장된 소문을 잔뜩 듣고 있었기 때문에 주홍 글자를 아주 꺼림칙한 존재로 여기고 있었다. 그러나 그것을 직접 육안으로 본 자는 없었다. 다른 구경거리를 모두 둘러본 이들은 이제 헤스터 프린의 주위에 천박하고 무례한 호기심을 노골적으로 드러내며 모여들었다. 그들은 아무런 거리낌 없이, 그러나 조금 떨어져서 둥글게 진을 치고 더 이상은 그녀에게 가까이 가지 않았다. 그만큼의 거리를 두고 이 신비로운 상징이 불러일으키는 혐오감의 원심력에 의해 단단히 고정된 그들은 그곳에 서서 움직이지 않았다. 뱃사람들 역시 주홍 글자의 상징을 들어서 알고 있었기에, 구경꾼들이 몰려드는 것을 보고 볕에 그을린 검고 험상궂은 얼굴을 사람들의 울타리 속에 들이밀었다. 인디언들까지 백인들의 차가운 호기심에 영향을 받아, 군중 사이로 슬그머니 들어와 살무사 같은 검은 눈으로 헤스터의 가슴을 주시했다. 빛나는 금실로 수놓인 표시를 달고 있으니, 아마 백인들 중에서도 지위가 높은 인물일 것이라고 생각했는지도 모른다. 마지막으로 마을 주민들도 (새삼 신기할 것 없는 이 대상에 대한 타지 사람들의 느낌에 조금씩 공감하여) 천천히 그곳으로 발걸음을 옮기고, 그들 눈에 익숙한 헤스터의 치욕의 상징을 차갑고도 의기양양한 눈빛으로 바라보며 그녀에게 다른 무엇과도 비교할 수 없는 고통을 주었다. 7년 전 헤스터가 감옥에서 나올 때, 문 앞에서 그녀가 나오길 고대하고 있었던 부인들의 얼굴이 눈에 띄었다. 그러나 그중 제일 젊고, 오로지 혼자 동정심을 표했던 얼굴만은 보이지 않았다. 이후에 헤스터는 그녀의 수의를 만든 일이 있었다. 불타는 상징을 내동댕이치려 하는 이 순간, 주홍 글자가 이렇게 사람들의 주목과 관심의 표적이 되고 그것을 몸에 단 후에 한 번도 느껴보지 못했던 가슴 타는 괴로움을 느끼게 되다니, 이 무슨 묘한 조화일까?

헤스터가 자신에게 언도된 교활하고 잔인한 선고에 의해 마법의 원 안에 단단히 갇혀 옴짝달싹 못하고 있을 때, 만인으로부터 추앙받는 설교자는 성스러운 단상 위에서 정신의 뿌리까지 송두리째 그의 뜻에 맡겨버린 청중을 내려다보고 있었다. 성자로서 칭송받는 목사는 교회 안에! 주홍 글자의 여자는 광장에! 그 어떤 불경한 자라 한들 불타는 듯한 치욕의 상징이 두 사람 위에 나란히 새겨져 있다고 감히 상상이나 할 수 있었을까?

23
드러난 주홍 글자

　귀를 기울이고 있는 청중의 영혼을 넘실대는 파도에 태워 저 높은 곳으로 향하게 하던 웅장한 목소리도 드디어 멈췄다. 심원한 신의 계시가 내려진 후처럼 한순간 침묵이 이어졌다. 그리고 작은 속삭임과 더불어 장내는 조심스럽게 술렁이기 시작했다. 마치 강력한 주술에 걸려 타인의 마음속으로 이끌려 들어갔던 청중이 여전히 두려움과 경이로움을 강하게 느끼면서 본래의 자신으로 돌아오고 있는 것 같았다. 잠시 시간이 흐르자 군중은 교회의 문을 빠져나오기 시작했다. 설교가 끝났으니 이제 그들에게 필요한 것은 목사가 화염의 언어로 바꾸어놓은 그 향기롭고 고매한 분위기가 아닌, 이 거친 세상에서 생명을 지탱하기 위한 전혀 다른 성질의 공기였다.

　바깥의 공기를 빨아들이자 그들의 환희는 언어가 되어 용솟

음쳤다. 거리나 광장 구석구석까지 목사를 칭찬하는 소리로 들
끓었다. 그의 설교를 들은 사람들은 자신이 귀로 듣고 입으로
말한 이상의 것을 지껄이며 흥분을 억누르지 못했다. 그들은
한결같이 오늘 설교를 하신 목사님만큼 현명하고 고매하며 동
시에 신성한 정신을 지닌 이는 이 세상 어디에도 없을 거라고
한결같이 입을 모았다. 하나님의 영감이 이만큼 뚜렷하게 인간
의 입을 통해 흘러나온 예는 한 번도 없었던 것이다. 영감은 하
늘에서 그에게로 내려와 그를 잡고, 그 앞에 놓인 원고 속의 내
용보다 한층 더 높은 곳으로 그를 끌어올려, 청중뿐만 아니라
그 자신조차 경이로움을 느끼지 않을 수 없는 사상으로 그를
가득 채웠다는 것이었다. 그의 설교의 주제는 하나님과 인간사
회의 관계에 대한 것으로 그들이 광야에 건설하고 있는 뉴잉글
랜드에 주안점을 두고 있었다. 설교가 막바지에 이름에 따라
옛 이스라엘의 예언자들이 받았던 신의 계시와도 같이 성령이
목사 위에 강림하여 그로 하여금 그 목적을 따르게 했다. 단지
다른 점은 이스라엘의 예언자들은 그들의 나라에 내려질 신의
심판과 파멸을 예고했던 것에 반해, 그의 사명은 주의 거룩한
이름하에 새로이 결속된 사람들의 높고 영광된 운명을 예고한
것이었다. 그러나 설교 내내 그곳에는 줄곧 깊고 서글픈 나지
막한 메아리가 울리고 있었으며 그것은 죽을 때가 된 것을 깨
달은 자가 자연스럽게 느끼는 한탄으로밖에 달리 해석할 도리
가 없었다. 그렇다. 군중이 그토록 사랑하는 목사가—마찬가지
로 그들 모두를 변함없이 사랑해 탄식 없이는 그들을 떠날 수

없는 목사가ㅡ때 이른 죽음이 다가왔다는 것을 깨닫고, 마침내 신자들을 눈물 속에 남겨두고 이 세상을 떠나려 하고 있었다! 이제 목숨이 얼마 남지 않았다는 생각이 그의 설교에 둘도 없는 종국의 효과를 부여했다. 마치 하늘로 올라갈 때가 된 천사가 사람들 위에서 빛나는 날개를 퍼덕이며ㅡ그것은 광채임과 동시에 그늘이기도 했다ㅡ그들에게 황금의 진리를 떨어뜨리는 모습과도 같았다.

이렇게 하여 딤스데일 목사에게는 이전의 어느 시기보다, 또 이후의 어느 시기보다 영광에 가득 찬 인생의 승리의 때ㅡ대부분의 사람들은 먼 훗날에야 알 수 있는ㅡ가 찾아왔다. 초기 뉴잉글랜드에 있어서 목사의 자리에 있다는 것은 그것만으로도 이미 우러를 만한 존재라고 할 수 있었는데, 이 순간 그는 하늘로부터 부여받은 지성, 풍부한 학식, 설득력 있는 웅변, 순백무구의 평판으로 목사로서 획득할 수 있는 최고의 명예를 거머쥐고 서 있었다. 목사가 축하 설교의 끝 부분에 이르러 설교대 위에 고개를 떨구었을 때, 그가 차지하고 있었던 입장은 이와 같은 것이었다. 그 사이 줄곧 헤스터 프린은 가슴 위에 이글이글 타오르는 주홍 글자를 단 채 처형대 옆에 꼿꼿이 서 있었다.

잠시 후, 다시 경쾌한 음악과 더불어 의장대가 발걸음을 맞추어 우렁차게 바닥을 구르며 교회의 문을 빠져나왔다. 행렬은 그곳에서부터 마을 공회당까지 나아가 연회를 개최하고, 그것을 마지막으로 이날의 축하 의례는 끝을 맺게 되어 있었다.

덕망 높고 위엄에 찬 장로들의 행렬이 다시 사람들 사이로 열린 넓은 길을 전진했다. 총독과 주요 인사들, 나이 든 현자와 경건한 목사 등 지위와 명성을 겸비한 인물들이 자기들을 향해 행진해 오자 군중은 경의를 표하며 양쪽으로 물러섰다. 그리고 일행이 광장 중앙에 도달하자 사람들은 높이 환호성을 지르며 그들을 맞이했다. 여전히 귓가에서 메아리치는 드높은 웅변 소리에 흥분이 최고조에 달한 청중이 결국에는 그 흥분을 억누르지 못하고 걷잡을 수 없이 폭발하는 것 같았다. 사람들은 자신의 내부에서도, 또 주위 사람들에게서도 그러한 충동을 감지할 수 있었다. 교회 안에서 가까스로 억누르고 있었던 충동이 큰 하늘 아래서 하늘 끝까지 울려 퍼지고 있었다. 많은 사람이 몰려 있었던 데다 모두가 교묘하게 작곡된 교향악처럼 감정의 파장을 서로 절묘하게 맞추고 있었기 때문에 그것은 질풍과도 같이, 혹은 천둥소리나 우렁찬 파도 소리를 내는 오르간 소리보다 더 웅장하게 울려 퍼졌다. 대합창이 갖는 그 강대한 소리의 파도와 함께 많은 군중의 마음을 거대한 덩어리로 묶어주는 충동이, 수많은 사람의 목소리를 하나의 커다란 화음으로 어우러지게 하고 있었다. 일찍이 뉴잉글랜드 땅에서 이 같은 외침이 솟아오른 적은 없었다! 뉴잉글랜드 땅에서 이 목사만큼 뭇사람으로부터 숭상받은 이는 없었다!

그때 그의 모습은 어떠했을까? 빛나는 후광이 머리 주위를 감싸고 있지는 않았을까? 이렇게 성령에 의해 거룩해지고 숭배자들에 의해 신격화되어 행렬을 따라 걸어가는 그의 발끝이 정말로 대지의 흙을 밟고 있었을까?

장병들과 각계의 장로들이 열을 지어 전진하는 가운데, 모든 사람의 시선이 자기들에게로 다가오는 목사에게 집중되었다. 몰려 있던 군중은 그를 보고 하나둘씩 소리치는 것을 멈추고 목소리를 낮췄다. 승리의 깃발을 한 손에 거머쥐고 승자의 기쁨에 도취되어 있어야 할 목사의 모습이 왜 이리도 처량하고 창백해 보이는 것일까? 그 활기는—아니, 하늘에서 내려 받은 하나님의 계시를 전달할 때까지 가까스로 그를 지탱해주었던 그 영감은—본래의 역할을 충실하게 마친 지금, 하늘의 부름을 받아 올라가 버린 것이었다. 방금 전까지 그의 두 볼을 뜨겁게 달구던 열기는 무너져 내린 잿더미 속에서 희망도 없이 깜박이는 작은 불씨처럼 꺼져가고 있었다. 온몸의 핏기가 싹 가신 듯한 그 얼굴은 도저히 살아 있는 사람으로 보이지 않았다. 기력이 쇠진한 채 비트적거리면서, 그렇다고 쓰러지지도 않고 자신의 길을 걷고 있는 그 모습은 도저히 목숨이 붙어 있는 인간이라고 생각할 수가 없었다!

그의 동료 중 한 사람—나이 든 존 윌슨 목사—은 딤스데일 목사에게서 지력과 감각이 썰물처럼 빠져버린 위태위태한 모습을 발견하고, 서둘러서 그쪽으로 달려가 도움의 손길을 뻗치려고 했다. 목사는 부들부들 떨면서도 단호하게 노인의 손을 뿌리쳤다. 불안한 상태에서도 여전히 행진을 계속하고 있는 그의 모습은 마치 아기를 부르며 양팔을 벌리고 있는 엄마 앞에서 갓 걸음마를 시작한 아기가 한 발짝 한 발짝 가까스로 발걸음을 옮기는 것과도 같았다. 그리고 지금, 그렇게 비틀비틀 발을 떼면서도 그는 비바람에 검게 닳은 잊을 수 없는 처형대 바로 앞에 다다랐다. 먼 옛날 헤스터 프린이 온갖 굴욕을 감내하며 서 있었던 처형대, 바로 그 장소에 지금 헤스터는 펄의 손을 잡고 서 있었다! 가슴에는 주홍 글자를 단 채! 악대는 위풍당당하게 환희에 찬 행진곡을 연주하고 있었지만 목사는 그곳에서 멈추었다. 악대는 그에게 전진을 요구했다. 축제를 향해 나아가라! 그러나 그는 그곳에서 발을 멈춘 것이다.

아까부터 걱정스런 눈초리로 그를 주시하고 있던 벨링엄 총독은 행렬에서 벗어나 그를 부축하러 갔다. 딤스데일 목사의 상태로 보아 그렇게 하지 않으면 곧 쓰러져 버릴 것만 같았다. 총독은 마음에서 마음으로 전달되는 막연한 암시 따위에 쉽게 구애받는 인물은 아니었지만, 목사의 표정에는 총독이 가까이 접근할 수 없는 무언가가 있었다. 한편 군중은 놀랍고도 두려운 이 광경에 압도되어 묵묵히 지켜볼 뿐이었다. 그들의 눈에는 목사의 육체적인 허약함도 오로지 천상의 강인함으로 비쳤다. 만약 목사가 그들 눈앞에서 점차 모습이 흐려지다가 환한 빛으로 온몸이 감싸여 마침내 하늘로 승천한다 해도, 이렇게 신성한 인물에게 그리 놀랄 만한 기적은 아니라고 여겼을 것이다!

목사는 처형대 쪽으로 방향을 바꾸어 팔을 뻗쳤다.

"헤스터." 그는 말했다. "이쪽으로 와요! 나의 귀여운 펄, 너도 어서 오너라!"

두 사람을 바라보는 목사의 눈동자에는 지극한 애정과 불가사의한 승리의 빛이 감돌았다. 아이는 작은 새와도 같이 재빠른 몸짓으로 그 곁으로 날아가 무릎 언저리에 매달렸다. 헤스터 프린도 마치 피할 수 없는 운명에 이끌려 가듯, 또 스스로의 강한 의지에 항거라도 하듯 천천히 다가가다가, 바로 앞에서 갑자기 멈춰 섰다. 이 순간 로저 칠링워스가 군중을 헤치고 들어와 모습을 나타낸 것이다. 그 어둡고 사악한 표정에서 판단하건대, 자신의 먹이에 멋대로 손대게 놔둘 수 없다고 어딘가 지옥의 불길에서라도 뛰쳐나온 것 같았다! 그러나 진심이 무엇이었든 이 노인은 앞으로 걸어 나와 목사의 팔을 붙들었다.

"기다려, 자네 미치기라도 했나." 그는 작은 소리로 말했다. "그 여자를 물러서게 하게! 아이를 떼어놓으라고! 그렇게 하면 만사 아무 문제 없는 것이야! 명성을 더럽혀가면서 죽을 필요는 없어! 나는 아직 당신을 구할 수 있단 말이지! 신성한 목사의 얼굴에 먹칠을 할 작정인가?"

"하하하, 악마여! 이미 늦은 것 같구나!" 목사는 몸을 떨면서도 확실하게 상대의 눈을 주시하며 대답했다. "이제 너에게 예전의 힘은 없다! 하나님의 도움으로 비로소 나는 너의 손아귀에서 벗어날 수 있게 된 거야!"

그는 또 주홍 글자를 달고 있는 여자에게 손을 내밀었다.

"헤스터 프린." 그는 비통한 목소리로 외쳤다. "7년 전 나 자신의 엄청난 죄의 무게와 나약함 때문에 이루지 못했던 것을 지금 이 최후의 순간에 이룰 수 있도록 배려해주신 자비로운 하나님의 이름으로 청하건대 헤스터, 이쪽으로 와서 나에게 당신의 힘을 보태주시오! 당신의 힘을! 그 힘이 하나님이 나에게 부여하신 의지에 따르기를! 이 비열하고 포악한 노인이 있는 힘을 다해 방해하려 하고 있소! 그에게 남아 있는 온 힘을 다해서, 악마의 힘까지도 빌려서! 자 헤스터, 어서 와주시오! 나를 저 처형대 위로 밀어 올려주시오!"

군중이 웅성거리기 시작했다. 목사와 좀 더 가까운 곳에 있는 고위 관료들도 뒤통수를 맞은 듯 눈앞에 전개되고 있는 상황을 이해하지 못한 채, 어쩔 도리 없이 잠자코 하나님의 뜻으로 여겨지는 심판의 구경꾼이 되었다. 죄의 산물인 펄의 작은 손을 꼭 잡고 헤스터의 어깨에 기대어 부축을 받으며 처형대 쪽으로 걸어가는 목사의 모습을 그들은 보았다. 로저 칠링워스는 그들 모두가 등장인물이라 할 수 있는 이 죄 많은 비극과 밀접한 관련이 있는 자로서, 당연히 피날레를 장식할 권리가 있기라도 한 듯 그 뒤를 따라갔다.

"나한테서 도망칠 수 있는 비밀 장소는 어디에도 없어. 높은 곳이든 낮은 곳이든 말이지. 이 처형대를 제외하면!"

목사를 쳐다보며 노인이 말했다.

"이곳으로 인도해주신 주님께 감사드립니다!"

목사는 말했다.

하지만 그는 떨고 있었다. 헤스터에게로 향한 그 얼굴은 입가에 어렴풋한 미소를 띠고 있었지만 눈빛은 불안함과 당혹스러움을 숨기지 못했다.

"이 편이 더 좋지 않겠소?" 그가 낮은 소리로 말했다. "우리가 숲 속에서 꿈꿨던 것보다는."

"전 모르겠어요! 모르겠다고요!" 그녀는 머리를 저었다. "이 편이 더 좋다고요? 네, 그래요. 우리는 같이 죽는 거죠. 귀여운 펄도 함께!"

"당신과 펄은 주님이 정하신 대로 될 거요." 목사는 말했다. "주님은 자비로운 분이오! 지금은 하나님이 나에게 명시하신 뜻을 따를 뿐이오. 헤스터, 나는 이제 곧 죽을 몸입니다. 그리고 내가 받을 치욕은 마땅히 내가 거두면서 죽고 싶은 거요."

부축하는 헤스터의 팔에 반쯤 몸을 맡기고 펄의 손을 잡은 딤스데일 목사는 권위에 찬 존경할 만한 위정자들을 향해, 그의 형제인 성스러운 목사들을 향해, 또 동정의 눈물을 흘리는 관대한 군중을 향해 얼굴을 돌렸다. 군중은 무언가 일생일대의 중대사가―죄에 얽힌 번민과 회한에 가득 찬 중대사가―그들 앞에서 파헤쳐지려 하고 있다는 것을 감지하고 있었다. 막 정오가 지난 태양은 목사 위에 눈부신 빛을 내리쬐면서, 하나님의 법정에서 자신의 죄를 고하기 위해 과감하게 일어선 그의 모습을 한층 더 선명하게 비추었다.

"뉴잉글랜드의 주민 여러분!" 그는 높고 위엄에 찬 목소리로 사람들을 향해 외쳤다. 그러나 그 목소리는 끊임없이 떨리고, 때로는 회한과 비애의 끝없는 심연에서 기어 올라오는 비명을 포함하고 있었다. "저를 사랑해주신 여러분! 저를 성자라고 생각해주신 여러분! 이 세상의 죄인 중의 죄인인 저를 보아주십시오! 마침내!―이제야 겨우!―7년 전에 제가 있었어야 했던 장소에 저는 섰습니다. 여기에 이 여인과 함께 말입니다. 있는 힘을 다 짜내어 가까스로 기어 올라온 저의 무력함을 여기에 있는 이 여자의 팔이, 이 위기의 순간에 제가 무너지지 않도록 받쳐주고 있습니다! 보십시오, 헤스터가 달고 있는 주홍 글자를! 그것을 보고 여러분은 두려움에 떨었습니다! 그녀가 어디를 걸어가도 이 글자는—어디에서 안식을 취하려 해도 이 비참하고 무거운 짐은—그녀의 주위에 공포와 혐오의 소름끼치는 빛을 던졌던 것입니다. 그러나 당신들 속에 섞여 있었던 한 남자의 죄와 치욕의 낙인에 당신들은 경악하며 물러서지 않았습니다!"

이 시점에서 이미 목사는 그 비밀의 나머지를 밝힐 여력이 없는 듯 보였다. 그러나 그를 굴복시키려고 달려들었던 육체의 허약함을 이겨내고, 나아가 정신의 나약함도 이겨내면서 목사는 다른 모든 도움의 손을 뿌리치고 비장한 표정으로 두 모녀보다 한 발자국 앞으로 나가 섰다.

"그 낙인은 남자의 가슴에도 있었던 것입니다!" 그는 가슴속 밑바닥까지 깡그리 털어놓지 않고는 배길 수 없다는 듯 단호한 어조로 계속했다. "하나님의 눈은 그것을 보고 계셨습니다! 천사들은 항상 그것을 손가락으로 가리키고 있었습니다! 악마역시 빤히 알고 있어서, 끊임없이 불타는 손가락으로 그것을 만지작거리고 있었습니다! 그러나 그 남자는 교묘하게 사람들 눈을 피해 감추어왔고, 당신들 사이를 천사와 같은 표정으로 돌아다녔습니다! 이제 죽음을 눈앞에 둔 그 남자는 가까스로 여러분 앞에 섰습니다! 그리고 그 남자는 다시 헤스터의 주홍 글자를 보아달라고 간청하는 것입니다! 그 남자는 말하고 있습니다. 그것이 제아무리 소름끼치는 공포를 자아낸다 해도 남자의 가슴에 찍혀 있는 표시에 비한다면 그림자에 지나지 않으며, 또 그 자신의 붉은 표시조차 심장을 새카맣게 태워버린 고통에 비한다면 가면을 쓴 것에 지나지 않는다고 말입니다! 죄인에게 내려지는 하나님의 심판에 의심을 품는 자는 누구든 여기에 서십시오! 그리고 보십시오! 이 무시무시한 증거를!"

경련을 일으키듯 그는 제복의 늘어진 옷깃을 잡아 찢었다. 그러자 그것이 모습을 드러냈다! 하지만 그때 드러난 것을 여기에 적는다면 불경스럽다는 지탄을 면하기 힘들 것이다. 순간 공포에 뒤통수를 맞은 군중의 시선은 이 무시무시한 기적 위에 쏠렸다. 한편 목사는 고통의 극점에서 승리를 얻은 자처럼 얼굴에 환희의 빛을 띠고 꼿꼿이 서 있었다. 그러다가 마침내 처형대 위에 풀썩 쓰러졌다! 헤스터는 그의 몸을 약간 일으켜 머리를 가슴에 기대게 했다. 로저 칠링워스는 혼이 빠져나가고 허물만 남은 사람처럼 멍한 표정으로 목사 곁에 무릎을 꿇었다.

"도망쳐버렸다!" 그는 되풀이하고 또 되풀이했다. "도망쳐버렸어!"

"당신에게 주님의 용서가 있기를!" 목사는 말했다. "당신 역시 큰 죄를 지었습니다!"

그는 노인에게서 눈을 돌려 마지막으로 여자와 아이를 가만히 바라보았다.

"나의 귀여운 펄." 그는 힘없이 말했다. 그 얼굴에는 깊은 안식에 잠기려는 감미롭고 부드러운 미소가 떠돌고 있었다. 아니, 그보다는 오히려 무거운 짐을 내려놓은 만큼 아이와 장난치고 싶은 기분이 든 듯했다.

"사랑스러운 펄, 입을 맞추어다오. 숲 속에서는 해주지 않았지만, 지금이라면 해주겠지?"

펄은 그의 입술에 입을 맞추었다. 주문이 풀렸다. 이 야성적인 꼬마도 한 몫을 담당했던 비극의 대단원이 아이의 동정심을 이끌어낸 것이다. 그리고 아이의 눈물이 아버지의 볼에 떨어졌을 때, 그 눈물은 아이가 끝없이 세상과 싸우는 것을 멈추고 인간의 기쁨이나 슬픔 속에서, 세상 속에서 한 여성으로 성장해 가겠다는 맹세이기도 했다. 어머니에 대해서도 역시, 고통의 전달자로서 펄의 역할은 끝난 것이다.

"헤스터, 안녕히!"

목사가 말했다.

"우리는 이제 다시 만날 수 없는 건가요?" 그녀는 그에게 얼굴을 가까이 댔다. "우리는 저세상에서도 함께 있을 수 없는 건가요? 분명히, 분명히 우리는 서로의 죄를 이 같은 고통으로써 속죄해왔는데 말이죠! 당신은 죽음을 맞이하는 그 눈으로 아주 먼 영원의 세계를 보고 계시죠! 무엇이 보이는지 말해주세요!"

"그만하시오, 헤스터, 그만!" 그는 떨리는 목소리로 엄숙하게 말했다. "우리가 깨버린 법칙!—끔찍하게도 지금 이렇게 백일하에 드러난 죄!—그것만을 생각해요! 나는 두렵소! 걱정이 되오! 우리가 하나님을 잊었을 때, 우리가 서로의 영혼에 대한 존경심을 잃어버렸을 때, 그때부터 이미 저세상에서 다시 만나 영원히 맺어지기를 바라는 우리의 희망은 이루어질 수 없게 된 것만 같소. 주님은 알고 계시오. 그리고 주님은 자비로운 분이시오! 하나님은 그 자비를 나의 고통 속에서 깨닫도록 하셨소. 내 가슴속에서 양심의 가책을 불타오르게 하셨지! 그리고 늘 시뻘겋게 타오르는 양심의 불이 꺼지지 않도록 그 음험하고 잔인한 노인을 불러들이셨소! 나를 이곳으로 데려와 사람들 면전에서 이 치욕스런 영광의 죽음을 맞이하도록 배려해주셨소! 만약 이러한 고통이 하나라도 부족했다면 나는 지옥에서 영원히 신음하게 되었을 것이오! 하나님의 뜻이 이루어지기를! 안녕히!"

이 최후의 말은 목사의 꺼져가는 숨결과 함께 새어 나왔다. 그때까지 잠자코 숨죽이고 있던 군중의 놀라움은 그제야 서서히 술렁임으로 변하기 시작했고, 그것은 사라져가는 영혼의 뒤를 따라 길고도 무거운 꼬리를 꿈틀꿈틀 이어갔다.

24
결말

여러 날이 지나 앞서 벌어진 광경에 대해 사람들이 각자의 생각을 정리할 수 있게 되었을 때, 처형대에서 목격한 것과 관련해 다양한 해석들이 나돌았다. 대부분의 목격자는 그 불행한 목사의 가슴에 헤스터 프린이 달고 있는 것과 똑같은 주홍 글자가 새겨져 있는 것을 보았다고 단언했다. 주홍 글자가 새겨진 이유에 대해서는 다양한 설이 있었지만 어느 쪽도 억측의 범위를 벗어나지는 못했다. 어떤 사람들은 헤스터 프린이 치욕의 상징을 단 그날부터 딤스데일 목사가 일련의 고행을 시작하고, 그 후에도 이를 지속하면서 자신의 몸에 심한 고통을 부여한 때문이라고 주장했다. 이에 대해서 어떤 자들은 그 상징이 나타나게 된 것은 그보다 훨씬 후로, 강력한 마술사인 로저 칠링워스가 마술과 독약의 힘을 빌려 그렇게 되도록 손을 썼기 때문이라고 반론했다. 또 다른 자들은—그들은 목사의 특별한 감수성과, 그의 정신이 육체에 미치는 불가사의한 작용을 이해할 수 있었던 사람들로서—쉴 틈을 모르는 회한의 이빨이 저 깊숙한 곳에서부터 마음을 갉아먹기 시작하여 점차 바깥쪽으로 나아가 결국 하늘의 엄격한 심판을 눈에 보이는 문자로써 나타낸 것이라고 수군거렸다. 독자는 이 같은 해석 중 어느 쪽을 택해도 좋다. 우리는 이 불길한 상징에 대해 밝힐 수 있는 것은 모두 밝혔으며, 상징이 그 역할을 다해버린 지금에 와서는 그것에 대해 너무 오래 생각해 머리에 깊이 새겨진 각인을 지워버리는 것이 좋겠다.

그러나 이상하게도 그 장면을 처음부터 끝까지 지켜보면서 딤스데일 목사에게서 한 번도 눈을 뗀 적이 없다고 공언하는 일부 사람들이 목사의 가슴에는 갓 태어난 아기의 가슴처럼 아무 표시도 없었다고 부정했다. 게다가 그들은 죽음의 문턱에 이른 목사가 헤스터 프린이 그렇게도 오래 주홍 글자를 몸에 달게 된 이유와 자신의 관계를 인정하는 말은 조금도 한 적이 없고 암시조차 하지 않았다고 단언했다. 이들의 증언에 의하면 목사는 임종이 가까워온 것을 깨닫고, 또 사람들이 자신을 존경하는 나머지 성자나 천사의 대열에 나란히 세워놓고 있다는 것을 의식하여, 그 타락한 여자의 팔에 안겨 숨을 거둠으로써 인간의 정의란 얼마나 무가치한 존재인가를 만인 앞에 나타내려고 했다고 했다. 인류의 정신적인 구원을 위해 일생을 바친 그는 자신이 죽는 모습을 하나의 우화로 연출하면서, 완벽한 순결이라는 관점에서 본다면 우리는 모두 한결같이 죄인이라는 거부하기 힘든 슬픈 교훈을, 그를 존경하는 사람들의 마음에 깊이 새겨두려 했다는 것이다. 즉, 그 교훈이 우리에게 말하고자 하는 것은 우리 중에 가장 신성한 자라 해도 우리를 굽어보시는 '신의 자비'를 좀 더 잘 분별할 뿐이요, 또 인간의 미덕이 드높이 하늘을 향해 있다는 환상에서 좀 더 잘 깨어나게 할 뿐, 다른 이들에 비해 특별히 뛰어난 점은 없다는 것이었다. 이처럼 중대한 진리를 깎아내릴 생각은 없으나 딤스데일 목사의 일화에 대한 이 같은 해석은, 주홍 글자 위에 내리쪼인 한낮의 태양처럼 명백한 증거에 의해 그가 기만에 차 있으며 죄로 더럽혀진 인간이라는 것이 증명됐음에도 불구하고 한 인간의 친구들—특히 목사의 친구들—은 친구의 인격을 옹호하기 위해 이 정도의 우직한 의리를 발휘하는 일도 있다는 하나의 사례로 볼 수 있을 것이다.

우리가 주로 참고해온 자료—그것은 오래된 날짜가 적힌 낡은 수기로 개인의 구두 증언으로 이루어져 있으며, 어떤 사람은 헤스터 프린을 알고 있고 또 어떤 사람은 당시의 일을 목격한 증인으로부터 얘기를 전해 들었을 뿐이다—에는 앞에서 언급된 견해에 확신을 주는 내용이 담겨 있다. 이 가련한 목사의 비참한 경험에서 배워야 할 교훈은 많지만 단지 이것만을 글로써 남겨두고자 한다.

"정직하라! 정직하라! 정직하라! 설사 최악의 죄는 아니라 해도, 최악이라고 추측될 만한 죄가 있다면 세상을 향해 아낌

없이 드러내라!"

딤스데일 목사가 죽은 지 얼마 안 되어 로저 칠링워스라는 이름으로 알려진 노인의 풍모와 태도는 놀랄 만큼 변했다. 그 체력과 정력, 활력과 지력이 일거에 그에게서 빠져나간 듯 보였다. 이 노인은 뿌리째 뽑힌 잡초가 햇볕에 드러나 메마른 것처럼 시들고 바짝 쪼그라들어 인간의 시야에서 거의 모습을 감추었다. 이 불행한 남자는 복수를 위해 적을 추적하고, 이치에 따라 그것을 완수하는 것을 인생의 최대 목표로 삼아왔기 때문에 복수가 완벽한 승리로 끝나고 사악한 목표를 뒷받침할 만한 더이상의 재료가 없어져 버렸을 때, 즉 지상에서 그가 할 수 있는 악마의 소행이 없어졌을 때, 이 마귀 같은 인간이 가야 할 장소는 그의 주인이 듬뿍 일을 할당해주고 보수도 넉넉히 지불해주는 지옥밖에 없었다. 그러나 우리가 오랫동안 알고 지내온 이런 이름뿐인 인물들에 대해서—로저 칠링워스뿐만 아니라 그의 친구들에 대해서도—관대했으면 하는 바람이다. 사랑과 미움은 뿌리를 같이한다는 말은 생각해볼 만한 가치가 있다. 사랑이든 미움이든 궁극적인 단계에게 이르러서는 고도의 친밀감과 교감을 느끼게 되는 것이요, 양쪽 모두 상대에게 정념과 정신의 양식을 요구하게 된다. 정열적으로 사랑하는 자도, 정열적으로 미워하는 자도 모두 그 대상이 소멸되면 적막한 고독감에 사로잡히는 것이다. 따라서 철학적인 면에서 보면 두 개의 정열은 본질이 같은 것으로, 단지 한쪽은 천국의 빛을 받으며 반짝이고 다른 한쪽은 어둡고 음산한 그늘 아래서 일그러져 보일 뿐이다. 정신적인 세계에 있어서는 노의사나 목사 모두 똑같은 희생자로, 그들은 무의식중에 지상에서의 증오와 반감이 황금과 같은 사랑으로 변질되어가는 것을 깨달았는지도 모른다.

이에 대한 논의는 이쯤에서 멈추기로 하고 한 가지 독자들에게 전해두어야 할 말이 있다. 로저 칠링워스는 사망(그는 1년이 못 되어 세상을 떠났다)할 즈음, 벨링엄 총독과 윌슨 목사를 집행인으로 하여 유언장을 작성하고 뉴잉글랜드와 영국에 있었던 상당한 규모의 재산을 헤스터 프린의 딸 펄에게 물려주었다.

이렇게 해서 그 요정과 같은 펄은—여전히 그녀를 악마의 자식이라고 주장하는 자도 있었지만—당시의 신세계에서 가장 부유한 상속인이 되었다. 이러한 사정이 세상의 평가에 중대한 변화를 초래하는 것은 흔히 있을 수 있는 일로, 만약 모녀가 뉴잉글랜드에 계속 머물렀다면 어린 펄이 혼기를 맞아 그 야생의 피를 아주 독실한 청교도의 혈통과 섞게 되었을지도 모른다. 그러나 의사가 죽은 지 얼마 안 되어, 주홍 글자를 단 여자는 펄과 함께 모습을 감췄다. 가끔씩 뜬소문 같은 것이 바다를 건너 날아오곤 했지만—그것은 해안에 떠밀려 내려온 다 썩은 유목의 파편과 같았다—오랫동안 두 모녀에 대한 신뢰할 만한 소식은 없었다. 주홍 글자 이야기는 하나의 전설이 되어버렸다. 그러나 그 마력은 여전히 힘이 있었으며 가련한 목사가 죽어간 처형대는 헤스터 프린이 살고 있던 해변의 오두막과 함께 여전히 공포를 자아냈다. 어느 날 오후, 이 오두막 근처에서 놀고 있던 아이들은 회색 옷을 입은 키 큰 여자가 그 현관문으로 다가가는 것을 보았다. 참으로 오랜 세월 동안 현관문은 열린 적이 없었는데 그녀가 자물쇠를 딴 것인지, 아니면 다 썩어가는 나무와 손잡이가 그녀의 손에 걸려 부서져버렸는지, 혹은 유령처럼 그녀가 장애물을 통과한 것인지, 어쨌든 그녀는 안으로 들어갔다.

문턱에서 그녀는 문득 발을 멈추고 살짝 뒤를 돌아보았다. 아마 혼자서 다 쓰러져 가는, 고뇌에 찬 인생의 한때를 지낸 골방에 발을 들여놓으려 했을 때, 그녀는 말할 수 없는 통한과 쓸쓸함을 느꼈을 것이다. 하지만 주저한 것은 잠시, 곧 그녀는 가슴에 달았던 주홍 글자를 발견했다.

이렇게 돌아온 헤스터 프린은 오랜 기간 버려두고 있었던 치욕의 상징을 다시 몸에 달았다. 그런데 어린 펄은 어디로 갔을까? 만약 살아 있다면 지금쯤 한창 꽃다운 나이의 아가씨로 성장했을 것이다. 그 요정과 같은 아이가 짧은 생을 마치고 결혼도 하기 전에 무덤으로 들어갔는지, 아니면 야생마 같은 성격이 누그러들고 조신해져서 여성의 원숙한 행복을 누리게 되었는지, 이러한 점에 대해서는 아무도 알지 못했고 이후에도 누구 하나 정확한 소식을 전하는 사람이 없었다. 하지만 헤스터의 여생을 통해서 이 주홍 글자의 은둔자가 어딘가 외국에 살고 있는 사람으로부터 사랑받고 있다는 것을 말해주는 증거는 몇 개인가 있었다. 영국의 문장학紋章學상으로는 아직 밝혀지지 않은 것이지만, 어떤 문장으로 봉인된 편지가 날아오곤 했다. 오두막 안에는 헤스터가 사용할 것 같지 않은, 사치와 안락함을 엿보이게 하는 물건들이 있었다. 그것들은 웬만한 돈을 지불하지 않고는 사기 힘들고 또 각별한 애정이 담긴 것들이었다. 이 외에도 사랑에서 우러난 섬세한 손놀림이 만들어낸 작은 장식품이나 아름다운 추억이 깃들어 있을 법한 자잘한 소품들도 눈에 띄었다. 때로는 한두 번, 헤스터가 아기 옷에 수를 놓는 모습을 볼 수 있었는데, 이처럼 금실을 듬뿍 곁들인 호화로운 옷을 몸에 걸친 아이가 우리 미국의 칙칙한 사회에 모습을 나타냈다면 대단한 소동을 일으켰을 것이다.

요컨대 당시의 세평에 따르면, 또 한 세기가 지난 후 검사관 퓨 씨가 조사한 바에 따르면, 나아가 퓨 씨의 최근 후임자인 한 사람이 굳건한 믿음을 가지고 말하는 바에 따르면, 펄은 살아 있을 뿐만 아니라 행복한 결혼 생활을 영위하고 있고, 늘 어머니의 일을 염려하면서 이 고독하고 가엾은 어머니를 자신의 곁으로 맞아들이기를 간절히 바랐다고 한다.

그러나 헤스터 프린에게 여기 뉴잉글랜드는 펄이 가정을 꾸린 그 미지의 세계보다 더 진실한 삶이 있는 곳이었다. 이 땅에 그녀의 죄가 있고 그녀의 슬픔이 있었다. 그러니 그녀가 속죄할 장소는 이 땅이 아니면 안 되었다. 그래서 그녀는 다시 돌아와 주홍 글자를 몸에 단 것이다. 철의 시대의 위정자들조차 강요하지 않았던 것을 스스로의 자유의지에 의해, 지금까지 전개된 어두운 이야기 속의 상징을 몸에 단 것이다. 후에 그것이 그녀의 가슴에서 사라지는 일은 없었다. 그리하여 남을 돕는 고

되고 헌신적인 세월이 헤스터의 일생을 형성하는 동안 주홍 글자는 세상의 조소와 빈축의 대상에서 벗어나 위안의 상징, 두려움과 존경의 눈으로 바라보아야 할 상징이 되었다. 헤스터는 이기적이지 않고 자신의 이익과 즐거움만을 추구하는 일이 전혀 없었기에, 사람들은 슬픈 일이나 곤란한 일들이 생기면 그녀를 찾아가서 상담을 부탁했다. 그녀 자신이 커다란 고난을 극복한 장본인이었기 때문이다. 특히 여자들은 상처받거나 학대받거나 배반당했을 때, 잘못을 저질렀다든지 불륜을 범했다든지 하는 시련을 겪었을 때, 혹은 무시당하고 사랑받지 못해 마음이 심히 울적할 때 헤스터의 오두막에 찾아와서 자신의 처지를 한탄하고 어떻게 하면 좋은가를 물었다. 헤스터는 힘이 닿는 대로 그들을 위로하고 고민을 받아주었다. 또 하나님의 뜻이 지상에서 이루어질 수 있는 더 밝은 시대가 오면 새로운 진리가 나타나 남녀의 모든 관계가 상호의 행복이라는 더 확실한 토대 위에 구축될 것이라고 자신의 확고한 신념을 피력하기도 했다. 젊은 시절 헤스터는 자신이 예언자로서의 숙명을 타고난 것이 아닐까 하는 헛된 상상을 한 적도 있었다. 그러나 죄로 인해 더럽혀지고 치욕에 고개를 떨군 채 평생의 슬픔을 짊어진 여자에게 신성하고 신비로운 진리를 전달하는 사명이 맡겨질 리가 없다는 것을 인식한 지는 이미 오래되었다. 하늘의 계시를 전달하는 천사나 사도들은 마땅히 여성이어야 한다. 그러나 그러한 여성은 품위 있고 순결하며 아름답고, 또 그늘진 슬픔에 의해서가 아니라 천상의 기쁨을 매개로 하여 현명해지고, 동시에 신성한 사랑이 우리를 얼마나 행복하게 하는가를 그 같은 목적에 어울리는 인생의 진정한 시련을 거쳐 나타낼 수 있어야 한다!

헤스터 프린은 이렇게 말하고 서글픈 눈을 주홍 글자 위에 떨어뜨렸다. 그리고 오랜 세월이 지나 킹스 채플이 세워진 장소 부근의 묘지에는 움푹 팬 오래된 무덤 곁에 새로운 무덤이 파였다. 그것은 움푹 팬 그 오래된 무덤 옆에 파였지만 약간 거리를 두고 떨어져 있어, 두 무덤은 여기에 잠들어 있는 두 유해가 먼지 하나라도 섞일 이유가 없음을 암시하는 듯했다. 그러나 두 사람을 위한 묘비는 하나로 충분했다. 주변에는 문장이 새겨진 묘비가 여럿 있었다. 그리고 이 보잘것없는 묘비 위에는—주의 깊게 살펴본다면 아직 알아볼 수 있지만 그 취지가 묘연하여 고개를 갸웃거릴—방패형의 문장 같은 것이 새겨져 있었다. 그 것의 문장학식 해석이 지금 여기에서 끝을 고하려 하는 전설의 교훈이 되기도 하고 간단한 설명이 되기도 할 것이다. 아주 침울한 그것은, 그림자보다 더 어둡기는 하지만 끊임없이 빛나는 오직 한 점의 빛으로 겨우 알아볼 수 있는 것이다.

'검은 바탕의 붉은 A.'